EL DÍA QUE SE PERDIÓ LA CORDURA

JAVIER CASTILLO

EL DÍA QUE SE PERDIÓ LA CORDURA

Papel certificado por el Forest Stewardship Council®

Primera edición: febrero de 2017
Trigésima reimpresión: mayo de 2022

Printed in Spain – Impreso en España

ISBN: 978-84-8365-905-2
Depósito legal: B-22661-2016

Impreso en Liberdúplex,
Sant Llorenç d´Hortons (Barcelona)

SL 5 9 0 5 C

A mi todo, por la que daría mi vida entera,
por la que haría cualquier cosa.

Todo en la vida tiene su porqué, pero solo se conoce cuando miras hacia atrás.

Introducción

24 de diciembre de 2013. Boston

Son las doce de la mañana del 24 de diciembre, falta un día para Navidad. Camino por la calle tranquilo, con la mirada perdida y todo parece que va a cámara lenta. Miro hacia arriba y veo cuatro globos de color blanco alzarse alejándose hacia el sol. Mientras ando, escucho gritos de mujeres y noto cómo la gente a lo lejos no para de observarme. A decir verdad, me parece normal que me miren y griten, al fin y al cabo, estoy desnudo, cubierto de sangre y llevo una cabeza entre mis manos. La sangre de mi cuerpo ya está casi seca, aunque la cabeza aún sigue goteando lentamente. Una mujer se ha quedado paralizada en mitad de la calle al verme. Casi suelto una carcajada cuando se le ha caído la compra al suelo.

Todavía no me puedo creer lo que hice anoche, aunque en el fondo tengo una sensación de tranquilidad y paz interior que jamás había tenido. Es extraño, pero es la verdad.

Miro de nuevo a la mujer y sigue inmóvil. Le dedico una sonrisa de oreja a oreja y veo cómo empieza a temblar. Dios, qué bueno soy.

Recuerdo con nostalgia los cuatro meses que me he pasado ensayando la mirada perdida delante del espejo. Día sí, día también, cuatro horas diarias de ensayo. Me satisface pensar que soy autodidacta, pero supongo que es la semifalsa sensación de autorrealización que sienten todos los que se proclaman autodidactas. Siempre se me ha dado fatal la interpretación y nunca he sabido mentir. No supe hacerlo ni tan siquiera cuando le dije a ella, a mi todo, hace tantos años, el motivo por el que íbamos a aquel sitio en mitad de la noche. Me encantaba su sonrisa, y su mirada era una auténtica perdición. No se le podía mentir a esa mirada. Podría haber estado toda una vida observándola mientras amanecía, mientras los rayos de sol iluminaban su pelo, y mientras abría los ojos y me sonreía al despertar.

En mi silencio interno, empiezo a escuchar de fondo las sirenas de la policía y, poco a poco, percibo todo lo demás: el caos de la gente, bebés llorando, pasos a toda velocidad.

Me detengo donde estoy, suelto la cabeza de J.T. y sonrío a los policías mientras se acercan rodeándome y apuntándome con sus armas. Me arrodillo en el suelo y, antes de caer inconsciente por un golpe en la cabeza, solo tengo tiempo de decir:

—Falta un día para Navidad.

Capítulo 1

26 de diciembre de 2013. Boston

Creo que es el segundo día que estoy aquí encerrado. Al abrir los ojos no hay nada. La luz que entra por debajo de la puerta apenas permite que alcance a ver mi mano a veinte centímetros. Fuera se oyen, de vez en cuando, los pasos de los vigilantes y alguna que otra voz a lo lejos. Durante todo este tiempo me imaginaba que esto iba a ser mucho más aterrador y, al contrario, me siento relajado en esta oscuridad. Tal vez sea por lo que acabo de hacer, por lo que ha pasado hace un par de noches. Creo que poco a poco todo comienza a ubicarse y por muchos actos, tanto bondadosos como malévolos, que uno realice al final sigues siendo tú. Puede que no el mismo tú, pero tú al fin y al cabo. Aún resuenan en mi interior los llantos de antes de anoche y aquel grito desgarrador. Las imágenes del fuego me atormentan en cuanto me quedo dormido. Sin embargo, creo que nunca me he sentido mejor en mi vida.

Capítulo 2

26 de diciembre de 2013. Boston

Se intensificaron los pasos y el ajetreo fuera. «Ya vienen», pensó el prisionero. Desde dentro de la habitación se oía de fondo lo que hablaban en el exterior.

—¿Es en esta celda? —preguntó una voz grave al otro lado de la puerta.

—Sí, director —musitó otra voz.

—¿Cuánto lleva aquí?, ¿lo ha visitado alguien? —preguntó de nuevo la voz grave.

—Desde ayer por la mañana, director, como usted me ordenó, no se han permitido las visitas. Los periodistas se impacientan y quieren saberlo todo. Una periodista ha intentado esta mañana hacerse pasar por un familiar para entrar a verlo y hablar con él. Superó todos los controles hasta esta puerta, donde yo mismo la expulsé. Ya hemos tomado medidas para que no vuelva a suceder. Los vigilantes del centro han sido llamados para que expliquen lo ocurrido y ahora mismo les están tomando declaración —respondió la segunda voz.

—Despidan a las personas que la dejaron pasar. Además, quiero una lista con sus nombres. Me encargaré personalmente de que no vuelvan a trabajar en un centro psiquiátrico de por vida —respondió tajante la voz grave con tono de mando—. Por su parte, muchas gracias. Ha hecho un buen trabajo. Se puede retirar —añadió.

—Gracias, señor, a su servicio —respondió la segunda voz. Tras aquellas palabras se oyeron unos pasos alejándose de la puerta.

Desde la oscuridad del interior la única luz que se percibía era la del umbral de la puerta, donde ahora se podían ver las dos sombras de los pies de quien se encontraba al otro lado.

«Aquí viene», pensó el prisionero. En ese momento, el ambiente se quedó en silencio, como si el vacío se hubiese apoderado de la habitación y hubiese absorbido el sonido.

De repente, la oscuridad absoluta del interior se resquebrajó con una luz cegadora, dejando ver al prisionero, que se encontraba acurrucado en el suelo y miraba sonriendo escuetamente al director. El prisionero vestía el uniforme blanco del centro psiquiátrico y tenía la piel pálida y unas amplias ojeras profundas. Su cabello era moreno oscuro y, aunque su aspecto actual parecía demacrado, la mirada con sus ojos azules sorprendía por su belleza. Sus pupilas se habían contraído tanto con el cambio de luz que solo se apreciaba el azul intenso de sus ojos. El prisionero se sujetaba las rodillas con los brazos en una esquina de la celda y permaneció inmóvil pese a la expresión amenazadora del director. La habitación estaba acolchada en blanco y había sido ideada para los pacientes y enfermos mentales más peligrosos o con tendencia a autolesionarse y, aunque de momento no había mostrado indicios de autolesión, el director optó por proteger al paciente más mediático de su carrera como psicólogo.

Nada más saber que su centro sería el destino temporal del «decapitador», como lo habían apodado en la prensa, reunió a todo el personal del centro en la cantina y explicó durante una charla de media hora la importancia que tenía para todo el complejo psiquiátrico el tratamiento, los cuidados y las precauciones que se debían llevar a cabo con el nuevo inquilino temporal.

—Recordad: tendremos a la prensa en la puerta del centro todos los días mientras dure la evaluación psicológica. Intentarán entrar por todos los medios posibles. Conseguir una entrevista con alguno de vosotros o con el mismísimo «decapitador». Tratarán de compraros, con dinero, viajes, o cualquier cosa. Solo os doy una advertencia: un viaje o el dinero que os ofrezcan solo os durará varios días, semanas, o incluso varios meses; a cambio, buscaréis trabajo de por vida. Si alguno de vosotros comenta algo en la prensa de lo que ocurre dentro del centro, o del estado del nuevo inquilino, yo me encargaré de que no encuentre trabajo en ningún otro centro psiquiátrico —resumió el director al final de la charla.

El director sabía perfectamente manejar las sutilezas del lenguaje y los miedos de las personas, y aprovechaba su situación de poder en el centro para manipular a su antojo al personal.

Se quedó mirando fijamente al prisionero a los ojos, que seguía dedicándole una sonrisa y lo observaba sin parpadear. Durante un segundo, el prisionero sonrió más, y su perfecta sonrisa de dientes blancos lo sorprendió. En cierto modo, y a pesar de su aspecto pálido, el prisionero era atractivo. Al director le recordaba a Tom, un antiguo compañero de facultad con quien solía estudiar. Ambos, durante los años de estudio en la Facultad de Psicología, compartieron apuntes, fiestas y mujeres. Al director le sorprendía la facilidad con la que Tom conseguía citas con chicas en la universidad. Con una sonrisa, una mirada y su manera de ser descarada, Tom flirteaba con chicas que acababa de conocer y a los pocos minutos volvía con un *post-it* con un nombre y un número de teléfono.

El prisionero tenía los bordes de las uñas sucias, con restos de tierra, y los nudillos magullados. Presentaba algún que otro rasguño en los brazos y en la cara. El director lo miró fijamente de nuevo a los ojos. «¿Qué clase de persona decapita a otra y camina tranquilamente por la calle?», pensó el director. La mirada del prisionero le desconcertaba.

—Está bien, levántate —ordenó.

El prisionero se incorporó lentamente sin apartar la mirada.

—Tengo tu expediente aquí —dijo—. Son más de ciento cincuenta folios. El centro de investigación de la policía ha elaborado un dossier descriptivo de las doce horas posteriores a tu detención. Se ha interrogado a más de treinta personas de la zona en la que te vieron deambular desnudo a las doce de la mañana del 24 de diciembre —añadió—. La primera llamada a la policía fue a las 12.01 de la mañana de un comerciante de Irving Street. A las 12.03 ya se habían recibido diecisiete llamadas a la policía de gente que te había visto —dijo en tono serio—. En los últimos dos días, no se habla de otra cosa que no sea tu caso. Noticias, tertulias, periódicos e incluso en las redes sociales. Llevas siendo *trending topic* mundial en Twitter durante dos días. Has causado un gran revuelo. En todas partes se hacen la misma pregunta: ¿quién es el decapitador? —resumió—. A mí, en cambio, solo me interesa la única pregunta que de verdad ofrece respuestas: ¿por qué asesinaste y decapitaste a esa mujer?

El prisionero ni se había inmutado ante la contundencia de las palabras del director. Corrigió su postura, estiró su espalda, miró fijamente al director y sonrió.

—Ya me han dicho que en doce horas de interrogatorios no has hablado absolutamente nada. Ni siquiera para pedir agua. La policía baraja dos hipótesis: una, que eres mudo y que no puedes hablar. Esta hipótesis yo la descarto completamente. Ya habrías respondido por escrito o realizado algún gesto para que te diésemos algo con lo que escribir. Y dos, eres más listo de lo que aparentas, y quieres jugar con todo el departamento de policía —añadió. El prisionero sonrió—. Por lo que veo, incluso después de dos días de confinamiento en una celda de nivel 1 tu disposición a no hablar, ni explicarte, no se ha quebrantado. Creo que otro par de días, esta vez sin comida, tal vez te ayuden algo más en la recuperación de tu habla.

El prisionero cambió el gesto, se puso completamente serio. Parecía como si hubiera dejado su alegría a un lado y la estuvieran pisoteando. El director pensó que había funcionado. En unas horas podría comenzar el examen psicológico.

—Creo que nos vamos a entender a la perfección. Yo estoy aquí para ayudarte y para hacer que tu estancia en nuestro centro sea lo más agradable posible. Si estás dispuesto a cooperar conmigo, a entender qué ha ocurrido, y por qué, todo se solucionará —dijo el director.

Durante años de trabajo como psicólogo en varios centros psiquiátricos del país, había utilizado la misma frase, en el mismo orden, con enfermos mentales. En su primer año como psicólogo interno de un centro en Alabama, había tenido que tratar a una chica con esquizofrenia que había intentado ahogar a su bebé en el fregadero. Los doctores pensaban que oía voces que le decían qué hacer. La chica comenzó su tratamiento contra la esquizofrenia a los seis meses de quedarse embarazada y, en el primer cumpleaños de su bebé, lo sumergió en el fregadero hasta que su marido oyó los llantos desde el garaje y acudió en su rescate. Después de una semana en el centro, y tras solo tres sesiones, el doctor Jenkins dedujo que la chica había simulado su esquizofrenia para deshacerse del bebé, y de su marido, para fugarse con un amante. Su talento como psicólogo no pasó desapercibido entre los jueces y fiscales, y pronto se labró la reputación suficiente como para que le designaran director de un pequeño centro psiquiátrico al sur de Washington. Tres años después, y tras numerosos éxitos, lo nombraban director del complejo psiquiátrico de Boston, el de mayor prestigio del país.

—¿Quieres hablar? —preguntó el director con la esperanza de haber conseguido infundir el miedo en la celda de confinamiento.

De repente, el prisionero volvió a sonreír.

Capítulo 3

13 de junio de 1996. Salt Lake

El pueblo de Salt Lake era el destino de cientos de familias en verano. En los últimos años, la fuerte campaña de promoción del nuevo alcalde del pueblo, junto con la inversión en la mejora de la zona costera del lago, había atraído a la clase media-alta del este del país para que eligieran este lugar como destino de vacaciones. Numerosas familias habían adquirido sus segundas viviendas en la zona nueva de Salt Lake, una extensión de dos kilómetros que bordeaba el lago desde el centro del pueblo. Salt Lake, a pesar de su nueva imagen, no era un destino turístico por excelencia, pero sí tenía un aire encantador que recordaba a Nueva Orleans en los años cincuenta. Los propietarios de las grandes casas independientes de madera blanca y amplios ventanales de la zona nueva las alquilaban durante los meses de verano por semanas a las familias que visitaban la ciudad a razón de tres mil dólares semanales, más del doble del sueldo mensual de un reparador de moquetas o de un carpintero. Esto había propiciado, en los últimos años, el auge de la construcción de casas en la zona nueva, y la rehabilitación de las más antiguas que se encontraban cerca del lago.

Salt Lake se distribuía en forma de «C» en la zona oeste del lago. En el centro del pueblo se ubicaba un pequeño campanario con una plaza central, donde normalmente durante el verano se montaba un pequeño mercadillo de cosas usadas. Dos calles paralelas comunicaban la plaza central con el embarcadero y con el lago. Rodeando la plaza se encontraba la calle Wilfred, la nueva zona comercial de la ciudad, que era un hervidero durante el día, con pequeñas tiendas de ropa, muebles, objetos antiguos y algún que otro puesto ambulante de comida.

El embarcadero conservaba aún su antigua estructura de madera y servía de punto de anclaje a varias decenas de pequeñas embarcaciones de recreo. Durante la noche el largo embarcadero se iluminaba con las antiguas farolas, que aún seguían funcionando, y le otorgaban una luz tenue bajo la que paseaban numerosas parejas.

La familia de Amanda ya llevaba varios años visitando Salt Lake durante el verano. Les aportaba la tranquilidad que les robaba el estrés de Nueva York, donde su padre trabajaba como abogado para uno de los principales bufetes de la ciudad. Este año las vacaciones de verano habían sido en junio, antes que los años anteriores, como premio al reciente ascenso de su padre a socio. Steven Maslow se había convertido en el abogado más exitoso del bufete, gracias a su racha imparable de casos ganados. Había defendido a todo tipo de delincuentes, desde ladrones de joyas y de bancos, a asesinos y políticos acusados de algún escándalo sexual. Era un abogado que conocía a la perfección a las personas y que contaba con una facilidad asombrosa para llevar a la gente a su terreno. En el ámbito personal, era un padre de familia severo que creía en la disciplina y en el trabajo duro. A pesar de su severidad, adoraba a sus dos hijas: Amanda y Carla.

Amanda tenía dieciséis años, su cabello era moreno cobrizo y sus ojos eran de color miel, al igual que los de su madre. Sus labios eran delgados pero a la vez carnosos y, cuando sonreía, dejaban paso a una sonrisa blanca que le marcaba dos hoyuelos junto a la boca. Su hermana Carla, de siete años, morena y con el pelo a la altura de los hombros y ondulado, siempre le estaba diciendo que no sonriera tanto, que si se le marcaban más los hoyuelos se le iba a ver la lengua a través de ellos. Amanda siempre respondía igual a su hermana:

—¡Eso es lo que quiero! —decía sonriendo y marcándolos aún más.

En el taxi que habían cogido desde la pequeña estación de tren de Salt Lake viajaban Amanda, Carla, su padre, Steven, y su madre, Kate.

Kate, de cuarenta y un años, tenía el pelo de color castaño claro, sus ojos eran idénticos a los de sus hijas, de un color miel vivo. Tenía tres pecas, que para Steven recordaban al cinturón de la constelación de Orión. A Kate le encantaba jugar con Carla, y anteriormente con Amanda, pero últimamente a su hija mayor parecía interesarle más otras cosas que jugar con su hermana o su madre.

El taxi en el que viajaban recorría el bulevar de Saint Louis, un antiguo barrio francés del pueblo, que aún conservaba varias tiendas de vinos donde a Steven le gustaba comprar botellas con sabores peculiares para regalar a jueces, fiscales y compañeros de trabajo. Al final del bulevar se encontraba la entrada a la zona nueva, que bordeaba el lago, y donde se ubicaban las nuevas casas del pueblo.

—¿El número 35 me dijo, señor? —preguntó el taxista.

—El 36 —corrigió Steven.

—Exacto, el 36. Quería ponerlo a prueba —bromeó el taxista.

—¡Risas, risas! —gritó Carla a su padre al ver que no se reía, mientras estiraba con las manos una sonrisa en sus labios.

—Carla, por favor, compórtate —rechistó su padre.

—Solo quería que sonrieras, papá —respondió Carla.

—Carla, cariño, ya sabes que a tu padre no le gusta demasiado bromear —aclaró su madre.

—Hemos llegado —interrumpió el taxista—, el número 36 de New Port Avenue.

La casa en la que solían quedarse en Salt Lake todos los años era la pequeña villa de los Rochester, en la zona antigua. Una pequeña casa de madera de una planta, donde la pintura poco a poco había ido cediendo al paso del tiempo. El señor Rochester todos los años se inventaba mil motivos por los que no había tenido ocasión de pintarla. Trabajo, mal tiempo en las fechas en las que lo pensaba hacer, haber estado fuera de la ciudad e incluso que los botes de pintura los había extraviado el servicio de mensajería cuando los encargó de un color especial a una empresa de Nueva York. Steven Maslow sabía perfectamente que no lo hacía porque el señor Rochester era un gandul, pero aun así le gustaba esa pequeña casa. Tenía un encanto peculiar. Su pequeño porche había sido testigo de numerosas cenas con Kate años antes de nacer las niñas, cuando todavía él se preocupaba más de vivir, y sobre todo de sonreír, que del trabajo, los casos y las cenas de empresa.

Este año, en cambio, y con motivo del ascenso a socio del bufete, el señor Maslow había decidido alquilar durante un par de semanas una de las nuevas casas victorianas de la zona nueva. El número 36 de New Port Avenue era una casa de dos plantas, blanca y de grandes ventanales. El tejado estaba pintado de color azul, el mismo azul del que se veían las cortinas a través de las ventanas. La casa ocupaba una amplia parcela. Desde la acera hasta la puerta principal, un camino de grandes losas blancas interrumpía el verde vivo del césped del jardín. La confianza de la gente de Salt Lake, unida a la escasa delincuencia de la zona, propiciaba que prácticamente ninguna de las casas tuviera valla. La visión de la casa sorprendía a la gente que paseaba. Sus paredes recién pintadas de un blanco perfecto destacaban frente al resto de casas de las parcelas colindantes.

—¡Guau! —gritó Carla aún desde dentro del taxi.

Amanda se quedó mirando la casa callada sin bajarse del taxi. A pesar de que este año no le apetecía nada pasar un par de semanas en Salt Lake, al ver la casa se entusiasmó. Odiaba el olor de la antigua casa de los Rochester y, además, este año esperaba poder disfrutar del verano en compañía de su compañera de clase Diane, su mejor amiga, y con la que compartía pupitre, y gustos por los chicos, en el instituto.

—¿12,20 dólares? —dijo Kate al taxista mientras sacaba un billete de veinte del monedero—. Tome, quédese con el cambio. ¡Amanda!, sal y ayuda a tu padre con las maletas —gritó a su hija mayor que aún no había salido del taxi.

Lentamente Amanda se bajó del coche y caminó hasta situarse al lado de su padre, que estaba intentando colocar las maletas en la acera. Las cogió sin decir una palabra, refunfuñando, y las arrastró hasta la casa. Al pisar una de las grandes losas del suelo del camino que conducía a la casa, esta estaba suelta y se movió, causando que Amanda tropezara y casi se cayese con las maletas. El tropiezo hizo que el asa de la maleta se enganchase con una de sus pulseras y se rompiera, haciendo caer decenas de pequeñas bolitas de colores por el suelo.

—¡Ahh, se me ha roto la pulsera por culpa de esta losa suelta! ¡Vaya comienzo!

—Amanda, deja de quejarte, es solo una pulsera —replicó su madre—. Tu padre ha trabajado mucho para conseguir unas merecidas vacaciones en esta preciosa casa. ¿O acaso prefieres pasar el verano en la vieja casa del señor Rochester?

—Ni loca… —respondió mosqueada.

Al agacharse a recoger las pequeñas bolas de la pulsera, Amanda se percató de que la losa suelta tenía una piedra justo debajo de una de las esquinas. Se agachó para retirarla y vio una pequeña hoja amarillenta, manchada de tierra y que estaba doblada varias veces. La recogió y se la guardó en el bolsillo.

—¿Qué has cogido? —preguntó su madre, que la vio ponerse nerviosa.

—Las bolas, mamá... —respondió Amanda enseñando la mano llena de las piezas de la pulsera.

—Déjalas por ahí dentro en la casa, intentaré arreglártela.

—Está bien, mamá. No te preocupes —asintió Amanda aliviada—. Carla, ¿te vienes a elegir habitación? —le preguntó a su hermana.

—¡Síííííííí! —gritó Carla—. ¡Me pido la más grande!

—¡De eso ni hablar! —rechistó sonriendo Amanda—. ¡Anda, vamos! —añadió al tiempo que dejaba las maletas en el porche y alentaba a su hermana.

Steven y Kate se miraron seriamente mientras las niñas entraban. Hace años, cuando eran jóvenes, en cada una de esas miradas, ellos transmitían pasión y alegría. Hoy, en esa mirada ya no había amor, solo un sentimiento de complacencia, de conformidad y de lejanía, como la de dos extraños que se cruzan en la calle y que, por un segundo, piensan que ya se conocen, pero no es así.

Capítulo 4

26 de diciembre de 2013. Boston

En la puerta del complejo psiquiátrico de Boston se aglutinaban más de ciento cincuenta medios acreditados. Todos esperaban cualquier noticia para entrar en antena con las *breaking news*. A las 15.00 de la tarde estaba prevista una rueda de prensa por parte del doctor Jenkins para informar del estado del «decapitador» y para aportar datos que ayudasen a esclarecer lo que todo el mundo quería saber: «¿Quién es?».

El doctor Jenkins miró su reloj de muñeca. Eran las 9.47 y se encontraba cara a cara con el prisionero en la sala de aislamiento.

—Creo que tienes mucho que contar. Las motivaciones, muchas veces infravaloradas, son el motor de la conducta humana. He vivido cientos de casos en los que la motivación principal para asesinar ha sido el dinero, el poder o el interés en general. Contigo, sin embargo, tengo la intuición de que no ha sido así. Podrías ser un pobre hombre que perdió los papeles en un momento concreto, sobrepasado por la situación, y que actuó sin pensar las consecuencias. Si este es tu caso, y se demuestra, podrías continuar con tu vida en poco tiempo —explicó el doctor Jenkins.

El prisionero bajó la mirada... y comenzó a reír a carcajadas.

El doctor Jenkins se inquietó, y miró a su alrededor para comprobar si seguía estando cerca de la puerta. El protocolo de seguridad del centro establecía medidas de control del personal que garantizaban que los doctores, y los enfermeros, no fueran heridos por ningún interno. El doctor acababa de recordar que desde el inicio de la conversación había estado ignorando las nuevas medidas de seguridad que él mismo definió.

Estas fueron adoptadas tras la muerte de una enfermera, años atrás, al ir a medicar a uno de los pacientes. El interno comenzó a sonreír a la enfermera, a la vez que se negaba a tomarse sus tres pastillas diarias de tranquilizantes. Cuando ella se acercó, el interno le mordió el cuello, seccionándole la carótida. Murió en apenas unos minutos. Cuando llegó el personal de seguridad a la habitación, se encontraron al interno vestido con la ropa ensangrentada de la enfermera y con la boca y las manos cubiertas de sangre. La enfermera se encontraba tumbada en la cama inerte, desnuda y con el improvisado enfermero intentando darle la medicación. Fue un auténtico shock en el centro.

—¿No piensas hablar? —insistió el director mientras caminaba hacia atrás dirección a la puerta.

—La policía no ha conseguido sacarle ni una palabra, señor —interrumpió una voz femenina desde la puerta de la sala.

—Pensaba que había dejado bien claro que me dejaran solo con él —respondió el director, mientras desviaba su mirada hacia la puerta.

Bajo el marco de la puerta se encontraba una joven de cabello moreno y de piel clara, delgada, de unos treinta y tantos años. En la mejilla tenía algunas pecas, que seguramente habían sido objeto de burla durante la infancia, pero que ahora le otorgaban una belleza inusual.

—Creo que necesitará mi ayuda, doctor Jenkins —dijo la joven.

El prisionero se sentó en el suelo acolchado, sonrió y bajó la mirada.

El director se relajó. Se aproximó a la puerta, mirando fijamente a la joven con superioridad. La apartó del arco de la puerta y sin más dilación cerró, inundando de oscuridad el interior de la habitación.

—¿Quién es usted? —preguntó el director a la joven.

—Me llamo Stella Hyden, experta en perfiles psicológicos del FBI —respondió a la vez que sacaba su identificación—. Me envía el inspector Harbour para ayudarle con la evaluación psicológica. Tengo órdenes de estar presente en cada interrogatorio, y durante cada una de las entrevistas, que tenga con el «decapitador».

—¿El inspector Harbour? Hace años que no se inmiscuye en ninguno de mis casos.

—Como entenderá, este es un caso especial. Medio mundo está hablando del caso. Supongo que querrá cubrirse las espaldas y tener un mayor control sobre el transcurso de las investigaciones —respondió Stella.

—No entiendo, ni siquiera cuando tuvimos aquí a Larry el violador, que acaparó bastantes noticias en la prensa, me llamó una sola vez. Supongo que el inspector se está haciendo mayor y no sabe en qué entretenerse —rechistó el director.

—Llámelo y negócielo con él. Yo mientras tanto, tengo que hacer mi trabajo. Necesito el dossier descriptivo del caso y sus primeras impresiones —aseveró Stella—, ¿qué piensa sobre él? ¿Alguna idea de su nombre o país de procedencia? Por sus rasgos faciales, podría ser de cualquier país del mundo occidental —añadió.

—Me parece que va usted demasiado rápido, agente —respondió el director, mientras comenzaba a andar por el largo corredor dirección a su despacho—. Lo único que le puedo contar, por ahora, es que en este primer contacto que he tenido con él me ha parecido inusualmente valiente. Su mirada no denotaba arrepentimiento ninguno. Lo que más me ha inquietado, sin ninguna duda, ha sido esa maldita sonrisa. Todavía no tengo muy claro si entiende nuestro idioma, o si está intentando jugar con nosotros —resumió el director.

—¿A qué hora tiene prevista la entrevista? Según tengo entendido, hay una rueda de prensa a las 15.00. ¿Para contar qué? Aún no sabe absolutamente nada sobre él —inquirió Stella acompañando al director camino a su despacho.

—Todo a su tiempo, agente Hyden. Aún tengo cosas que entender de todo esto. Mi rueda de prensa puede esperar —respondió el director.

—¿Acaso piensa cancelarla? —dijo Stella con nerviosismo.

—Ni mucho menos, agente. Esta rueda de prensa la dará usted. Yo tengo que pensar qué demonios hay dentro de la mente de ese hijo de puta.

Capítulo 5

25 de diciembre de 2013. Quebec, Canadá

El Parque Nacional La Mauricie, en Quebec, se sitúa en zona boscosa boreal del continente americano, y está repleto de pinos rojos, blancos, grises y alcornoques. En esta época del año, el frío de la noche había congelado las partículas de agua que se depositaban en sus ramas, otorgándoles un tono apagado. La densidad del bosque, con miles de árboles por kilómetro cuadrado, lo convertía en un auténtico laberinto que había causado la desaparición de numerosos grupos de excursionistas que se aventuraban a descubrir la zona sin la experiencia necesaria. En 2008, y tras cincuenta y cuatro días de búsqueda, fueron encontrados los restos de una familia que practicaba senderismo en su profundo bosque.

A las 16.30, justo antes del atardecer, el silencio del bosque del Parque Nacional solo era acompañado por el sonido de las miles de ramas de los árboles al rozarse cuando el aire las mecía y por el aleatorio graznido lejano de las aves de la zona.

En algún lugar del bosque, y a setecientos kilómetros del centro psiquiátrico de Boston, una silueta encapuchada salió de una cabaña de madera con un hacha en las manos y se adentró entre los árboles.

Minutos después se oyó un grito desgarrador.

Capítulo 6

13 de junio de 1996. Salt Lake

Ya en el interior de la casa, Amanda subió las escaleras para elegir habitación. La escalera de madera blanca se encontraba en el lado izquierdo del hall. El blanco de las paredes solo era interrumpido por varios cuadros de paisajes repartidos por el recibidor. Con cada paso de Amanda, cada peldaño de madera crujía escuetamente. Al llegar a la planta superior, contempló por un segundo el largo pasillo, con las paredes empapeladas, en el que se disponían a cada lado las habitaciones.

Al abrir una de las puertas, Amanda se encontró con un espacioso dormitorio con un amplio ventanal que lo iluminaba, y cuyas cortinas azules se mecían con la suave brisa. El mobiliario de la habitación solo incluía una enorme cama de madera blanca y un escritorio en el que únicamente había una pequeña lámpara.

No había nada, a excepción del gran ventanal, y su luz, que a Amanda le llamara la atención. Su desánimo por acompañar este año a sus padres durante las vacaciones hizo que preparara su maleta sin apenas ropa, con la intención de pasar la mayor parte de las vacaciones en casa, en su habitación, echando de menos la vida en la ciudad. Mientras tiraba su vacía maleta encima de la cama, Amanda gritó:

—¡Ya he elegido habitación!

Los pasos rápidos de Carla se acercaron corriendo a la nueva habitación de Amanda. Se asomó por el arco de la puerta y preguntó:

—¿Esta es la que eliges, Amanda? ¡La mía es mejor!

—¡Pues para ti! —respondió haciéndole burla a su hermana.

A pesar de que Amanda siempre estaba incordiando a Carla, y que no compartían ningún interés en común por la evidente diferencia de edad, la amaba con todas sus fuerzas. Ella era el motivo por el que aún disfrutaba algo de las vacaciones con sus padres. No sabía cómo, pero de cualquier pequeño gesto, Carla conseguía sacarle siempre una sonrisa.

A principios del reciente curso en el instituto, Amanda tuvo algunas diferencias con el profesor de educación física, pues la humilló delante de toda la clase por no querer trepar por la cuerda, algo que ella consideraba innecesario para su educación. Cuando Amanda llegó desanimada a casa por lo sucedido, Carla recogió una de las cortinas de su salón e intentó trepar por ella. A mitad de camino la cortina se descolgó y Carla se cayó de culo, haciendo a Amanda reír a carcajadas. Cuando su madre, Kate, llegó a casa y se encontró la cortina rota, y a las dos niñas riendo sin parar, no pudo contener una carcajada.

Carla salió corriendo de nuevo escaleras abajo, dejando a Amanda sola en la habitación. Entonces apartó las cortinas azules y observó las vistas de la casa. Desde allí aún podía ver el taxi que los había traído alejándose dirección al centro de Salt Lake. Frente a la casa, al otro lado de la calle, se encontraba otra, mucho más pequeña, y cuya fachada había sucumbido al paso del tiempo. En cierto modo tenía el encanto de la vieja casa de los Rochester. Detrás de esta, se podía observar un poco más lejos el lago de Salt Lake, que estaba rodeado de numerosos árboles.

Amanda soltó encima de la cama el pequeño montoncito de bolas de la pulsera y notó además en su otro bolsillo el papelillo que acababa de encontrar.

«¿Cuánto tiempo ha podido estar esta nota ahí escondida? Por lo desgastado que está el papel, podría haber estado ahí durante años. ¿Quién la habrá dejado?», pensó Amanda mientras la sacaba de su bolsillo.

Al abrirla, y leer lo que contenía, un torrente interno detuvo durante un microsegundo su corazón. Dejó caer la nota al suelo y se sentó en la cama sin dar crédito a lo que acababa de leer. La recogió del suelo y volvió a leer el mensaje otra vez: «Amanda Maslow, junio de 1996».

En la nota no había nada más, solo su nombre, la fecha y un extraño asterisco escrito a lápiz en el reverso.

Amanda no paraba de darle vueltas al contenido de la nota. ¿Cómo era posible que su nombre apareciera en un papel, que sabía Dios cuánto tiempo llevaba ahí, con la fecha exacta en la que iría por primera vez a esa casa? ¿Acaso alguien le estaba gastando una broma? Nada tenía sentido. Por más que intentaba comprender por qué había tenido que encontrar esa nota de manera fortuita al romperse su pulsera, no lograba encontrar una razón.

Los pasos de Carla seguían resonando por toda la casa mientras la correteaba de arriba abajo. Amanda sostuvo la nota una vez más y se asomó al ventanal, dejando la mirada perdida, controlando su respiración e intentando relajar sus pulsaciones. Miró a la lejanía y observó de nuevo el lago. Había varias embarcaciones recorriéndolo. Se dio cuenta de la amplia vegetación que lo rodeaba y se fijó en el contraste de los colores de los distintos árboles. Cerró los ojos, y para cuando los abrió, Carla estaba justo a su lado, observándola y sonriendo.

—¿Estás bien, Amanda? Mamá dice que estás enfadada porque no querías venir este año. Si quieres, esta vez jugamos a lo que tú digas —dijo su hermana pequeña.

—No te preocupes, Carla. Solo es el olor de este sitio, que me ha mareado un poco. Será porque la acaban de pintar —respondió Amanda, tranquilizándola—, ¿vamos a ver el resto de la casa juntas? —añadió.

—¡Sí! —gritó Carla entusiasmada.

Al bajar de nuevo a la planta baja, se encontró a su madre en la entrada hablando con una pareja de vecinos que habían venido a dar la bienvenida y a desear una alegre estancia durante el verano. La mujer traía un pastel de arándanos y se lo entregaba alegremente a Kate. El hombre que la acompañaba, moreno, de altura media y con un traje algo desfasado, estaba serio y escuchaba atentamente la conversación, hasta que desvió la mirada hacia Amanda que bajaba las escaleras junto a su hermana.

Ella se acercó a saludar a los vecinos.

—Hola, es un placer conocerles, señor y señora... —saludó Amanda esperando a que los vecinos dijeran sus apellidos.

—Vaya, tú debes de ser Amanda. ¡Qué guapa eres! —respondió la mujer.

—¿No tienen apellido?

—Qué chica tan graciosa.

—Adiós —cortó tajante y se fue con su hermana pequeña hacia la cocina.

—No saben cuánto lo lamento —se disculpó su madre ruborizada—, no le hagan caso, está un poco enfadada por venir a Salt Lake este año. Por lo visto está en «esa» época.

—No se preocupe, señora Maslow. También hemos tenido una hija de su edad, y entendemos lo que es. Las hormonas pueden ser una auténtica montaña rusa —empatizó la mujer.

Amanda siguió escuchando desde la cocina la conversación de su madre con los vecinos, mientras observaba a Carla abrir uno tras otro cada uno de los armarios en busca de alguna curiosidad.

—¡Qué asco! —gritó Carla al sacar un tarro cubierto de moho del fondo de uno de los armarios—. ¡Puaj! ¡Es asqueroso! ¿Qué tendrá dentro? —añadió.

—¡Deja eso! ¡Qué asco, por favor! ¡Ni se te ocurra abrirlo! —rechistó Amanda.

—Ups... —dijo Carla mientras levantaba la tapa. Un nauseabundo olor salió del interior del tarro, haciendo a Carla taparse la nariz rápidamente. Con el movimiento, golpeó el tarro sin darse cuenta que cayó al suelo desde la encimera de la cocina, rompiéndose en mil pedazos.

—¡Ahhhh! —gritaron Amanda y Carla al unísono al ver el contenido del tarro: un gato negro en descomposición, cubierto de cientos de pequeños gusanos.

Capítulo 7

26 de diciembre de 2013. Boston

De camino a su despacho, acompañado de la agente Stella Hyden, el doctor Jenkins no paraba de darle vueltas a la sonrisa del prisionero. Según su punto de vista uno de los principales motivos por los que una persona que había cometido atrocidades, como en este caso decapitar, actuaba con normalidad era porque no percibía la realidad igual que los demás. Este tipo de enfermos mentales distinguían su realidad de manera difusa, y no consideraban sus actos malévolos, siendo incapaces de comprender las consecuencias de sus actos. Otra posibilidad, ante el comportamiento que mostraba el prisionero, podría ser que estuviera contento con lo que acababa de realizar. Cualquiera de las dos alternativas era válida, y requerían de su experiencia en análisis psicológico para determinar si se trataba de un enfermo mental o de un asesino despiadado.

Al aproximarse a su despacho, el director y la agente saludaron a la secretaria, quien se aproximó para darles los buenos días e informarles sobre la agenda.

—Buenos días, doctor Jenkins y señorita... —saludó la secretaria.

—Hyden, Stella Hyden —contestó Stella.

—Ha llamado el jefe del departamento de policía, preguntando sobre cuándo se podrán reunir para coordinar el proceso. El fiscal general también ha llamado y me ha pedido que contacte cuanto antes con él. También ha llamado el director del *New York Times*, doctor Jenkins, preguntando por usted. Quieren hacerle una entrevista en persona y sacarla lo antes posible. Además, han llegado bastantes cartas y varios paquetes a su nombre. Me he adelantado y he leído la mayor parte de las cartas. Todas son de gente que pide que no tengamos piedad con el prisionero. Los paquetes, como entiendo que son algo más personal, se los he dejado en el despacho.

—Muchas gracias, Teresa. En cuanto pueda, páseme una nota con los números de teléfono del jefe de policía, del fiscal y del director del *New York Times* —dijo el director, mientras entraba en su consulta junto a la agente Hyden.

El director se acercó a su escritorio, que estaba lleno de paquetes y cartas, se sentó e instó a Stella a que hiciera lo mismo. Hurgó un poco entre los papeles de su escritorio y sacó una carpeta de color beige, con el sello del departamento de la policía de Boston. En ella, escrito a rotulador rojo, se podía leer: «Caso 172/2013: Decapitador».

—Aquí tiene el informe, Stella. Tiene dos horas para leérselo. A las 12.00 será la primera entrevista del análisis psicológico. Espero sinceramente que hable. Si no, será un caso cerrado, lo derivaremos a la policía y su trabajo aquí habrá terminado. Seguramente habrá un juicio rápido y lo condenarán a cadena perpetua. Personalmente espero que hable. Me ha inquietado como nunca ningún otro paciente lo ha hecho antes —argumentó el director, mientras daba el dossier del caso a la agente Stella.

—¿Dos horas dice? Son más de ciento cincuenta páginas. Tendré que darme prisa —respondió Stella.

—No tenemos tiempo. Su rueda de prensa es dentro de nada —añadió el director, con ganas de incordiar, mientras echaba un vistazo a una de las cartas que había recibido de uno de los montones.

Uno de los paquetes que se encontraba en el escritorio llamó su atención. Era una caja marrón, más grande que las demás, anudada con un pequeño cordel. En la parte superior estaba estampado el sello de Quebec, Canadá.

—¿Un paquete de Canadá? Pues sí que ha llamado la atención internacional este caso —dijo el director mientras cortaba el cordel con un abrecartas.

—La verdad es que la puesta en escena del prisionero ha sido única —bromeó Stella.

El director levantó la tapa y, al ver su interior, se quedó petrificado. La agente Hyden se incorporó de la silla para ver el contenido de la caja y no pudo contener su grito, cayendo de espaldas en su silla. El director se descompuso y rompió a llorar. Sin poder reprimir las lágrimas, se acercó de nuevo a la caja y observó el interior. Una cabeza de una mujer se encontraba dentro de una bolsa de plástico, junto a una nota de papel envejecido. La agente Hyden se reincorporó, cogió la nota de dentro de la caja y la leyó: «Claudia Jenkins, diciembre de 2013».

—Claudia Jenkins. Tiene su apellido, doctor. ¿La conoce? —preguntó Stella aún consternada.

El director, sin apenas fuerzas para contenerse en pie, respondió entre lágrimas:

—Es... mi hija.

Capítulo 8

13 de junio de 1996. Salt Lake

Amanda no podía creerse que fuera ella quien tuviese que recoger los pedazos de cristal del suelo y el gato en descomposición que Carla había encontrado. Su madre siempre daba lecciones a Carla mediante castigos que debía soportar Amanda, lo cual a ella le resultaba tremendamente injusto.

Carla sonreía mientras miraba en el borde de la puerta de la cocina cómo Amanda recogía el gato con una bolsa entre las manos y la anudaba. Amanda miró de reojo a Carla con su expresión de «te vas a enterar» que siempre le ponía cuando sufría algún castigo en nombre de su hermana.

Kate entró en la cocina y ayudó a Amanda a barrer los pequeños trozos de cristal del tarro, mientras ella derramaba un bote de ambientador con olor a lavanda que había encontrado bajo el fregadero.

—¿Sabes, Amanda? No te he castigado por lo del gato, sino por cómo has hablado a los vecinos. Solo intentaban ser amables. No debes pagar con los demás el que no quieras venir aquí. Este año debemos considerarlo una celebración. Tanto esfuerzo de tu padre ha dado sus frutos, y a partir de ahora podremos disfrutar de una posición económica mucho más desahogada —argumentó su madre.

—Ya, mamá. Si lo entiendo. Solo es que tú no me entiendes a mí —respondió tajante Amanda.

—Veamos, te propongo un trato. Intenta disfrutar durante esta primera semana con nosotros aquí y si el domingo sigues queriendo estar en la ciudad, podrás volverte a Nueva York y quedarte con tu tía —dijo su madre con aire reconciliador.

—¿Lo dices en serio?

—Si es lo que quieres, no puedo tenerte aquí en contra de tu voluntad. Ya eres lo suficientemente mayor. Ahora bien, tienes que prometerme que hasta el domingo te esforzarás en disfrutar de estas pequeñas vacaciones. ¿De acuerdo? —negoció.

—Trato hecho, mamá —respondió Amanda agradecida.

—Bueno, y ahora prométeme que no le dirás nada a tu padre sobre lo del gato. Creo que no está de humor. Acaba de recibir una llamada de un cliente y está un poco alterado.

—Está bien. ¿Aunque a ti no te parece extraño que hubiera un gato dentro de un tarro de cristal? —preguntó Amanda.

—Podría haberse quedado atrapado accidentalmente, o quién sabe. No le demos más vueltas —argumentó Kate, intentando quitarle importancia al asunto.

—Qué raro.

—¡Por cierto! —interrumpió su madre—, me han comentado los vecinos que el jueves por la noche comienza la feria de Salt Lake. ¿Recuerdas que nunca podíamos ir porque siempre veníamos de vacaciones a final de verano?

—Vaya, una fiesta de pueblerinos. ¡¡Yuju!! —respondió Amanda irónica.

—Me lo has prometido. Trata de mostrar algo más de entusiasmo —exigió su madre.

—Está bien..., perdona... —se disculpó—. ¡Qué pasada! ¡Una fiesta de pueblerinos! ¡Yuju! —volvió a añadir Amanda, en un tono más alegre, aunque igualmente irónico.

—Bueno, me conformaré con eso —respondió Kate comprensiva.

Steven Maslow entró en la casa. Había estado un buen rato hablando por teléfono, y ni siquiera se había percatado de la visita de los vecinos ni del jaleo al romperse el tarro de cristal.

Se acercó a la cocina algo alterado y resopló.

—¿Qué demonios es esta peste a ambientador? —protestó mientras olfateaba enérgicamente con cara extrañada.

—Olía a cañerías y las niñas han estado jugando con el bote de ambientador. Créeme, este olor es mejor que el que había antes —respondió Kate encubriendo la travesura de las niñas y su descubrimiento.

—Hablaré con el casero. Espero no tener que pasarme todas las vacaciones oliendo a ambientador en la cocina —añadió.

Kate guiñó un ojo a las niñas que se encontraban apoyadas sobre un mueble de la cocina, con cara de disimulo y una sonrisa cómplice.

Siempre había sido muy conciliadora. Había intentado educar a sus hijas en el respeto y en la comprensión, y trataba de disfrutar de los momentos en los que estaba con ellas. Steven, que pasaba mucho menos tiempo con las niñas por su trabajo, pretendía proyectar una figura de autoridad, tal y como él había vivido con su padre, quien nunca había mostrado cariño hacia su hijo, lo que forjó su carácter inamovible que le había llevado al éxito en el mundo de la abogacía. Steven entendía que aunque la época en la que él fue educado era muy distinta a la actual, un equilibrio entre seriedad, disciplina y cariño debía ser la base de su esquema familiar. Kate, por mucho que él intentara modularlo, aportaba todo el cariño que sus hijas requerían, así que debía conformarse con realizar la parte seria y de disciplina de la educación, aunque cediera en muchas ocasiones.

—Amanda, ¿por qué no vas al pueblo y compras algo para comer? —preguntó su padre, a modo de orden.

—¿Tengo que ser yo? ¿En serio? —replicó su hija mayor algo molesta.

—No rechistes, Amanda —respondió su padre—. Puedes darte un paseo con tu hermana.

—¿Y por qué no pedimos unas pizzas? —sugirió Amanda.

—¿Eso es comida? No entiendo esa moda que hay ahora de comer pan aplastado con queso y embutidos.

—¡Sí, pizza! —gritó Carla con una sonrisa de oreja a oreja, enseñando dos huecos que habían dejado unos dientes que habían preferido probar fortuna bajo una almohada hace pocas semanas.

Steven miró a los ojos a Kate, que le estaba sonriendo. Sabía que esa sonrisa de su esposa denotaba que ella se daba cuenta de que acabaría cediendo una vez más. Que le era imposible resistirse a la alegría que desprendía Carla y, sobre todo, que su estrategia de padre duro era imposible de mantener con sus dos hijas.

—Bueno, ¿alguien se sabe el número de la pizzería? —dijo Steven relajado y alegre.

Capítulo 9

23 de diciembre de 2013. 20.34 horas. Boston

Todo está preparado. Me miro una vez más en el espejo, y observo con asombro mi torso descubierto. Es increíble el cambio que ha dado. La palidez que desprendo ahora marca aún más mis costillas. La poca barriga que tenía ha desaparecido. De pesar más de ochenta y cinco kilos a casi sesenta y cinco en apenas cuatro meses. La verdad que esta última época, en la que tenía que experimentar un cambio físico tan radical, ha surtido efecto. Mis ojeras también se han marcado; tienen un tono grisáceo que no hubiera conseguido de no ser por las pastillas que me han mantenido activo las tres últimas noches, más que suficientes para el retoque final. Hace cuatro días que no me afeito la barba y, al acariciarme el mentón, noto cómo araña mi mano.

No estoy nervioso. Es increíble, pero estoy más relajado que nunca. Me acerco un poco más al espejo para observar de cerca mi mirada. Esa mirada azul que una vez estuvo llena de vida, y en la que hoy, después de tantos años, parece que no queda nada, salvo un recuerdo, una noche, un suspiro.

Me acaricio la espalda, y noto el relieve de las cicatrices de aquella noche. Esa maldita noche.

Entro en la pequeña salita y compruebo que está todo sobre el pequeño sofá: cuerdas, cinta americana, las fotos, varios sacos y el hacha. Esa que durante tanto tiempo he contemplado durante horas, visionando su objetivo.

Aún me atormentan los recuerdos de aquella noche. Todo sucedió muy deprisa, pero recuerdo ese sonido inquebrantable que me partió la ilusión, que me destrozó la vida, que me aspiró el alma.

En aquel momento no lo dudé ni un segundo. Tuve claro lo que tenía que hacer. Cambiaría el mundo, movería el cielo, y esperaría una eternidad para recuperar su recuerdo, su sonrisa. Sobre todo para recuperar la cordura, para redimir mi culpabilidad y para entender el sentido de todos estos años.

Capítulo 10

26 de diciembre de 2013. Boston

Los gritos del director se oían por todo el centro. Su llanto desmedido perforaba las paredes, recorría los pasillos y volvía en forma de eco al despacho, donde se encontraba con Stella, y donde contemplaba, colérico, el contenido de la caja. Stella se mordía el puño, en un intento por controlar su pánico interno, mientras rompía a llorar sin consuelo.

El director arrebató de la mano de Stella el pedazo de papel amarillento que contenía el nombre de su hija y lo releyó. No podía creerlo. Gritó una vez más y, frenético, salió del despacho corriendo dirección a la zona donde estaban las salas de confinamiento.

Los enfermeros que lo veían correr se miraban extrañados, y lo seguían al comprender que algo grave debía de haber pasado. Nunca habían visto al director perder la compostura. Nunca había alzado la voz por encima de su habitual tono de mando, ni nunca había acelerado el paso por encima de lo considerado correcto.

El director se aproximó a la sala donde se hallaba el prisionero y aporreó la puerta de metal blanca vociferando:

—¡Hijo de puta! ¡Hijo de puta! —no paraba de decir cubierto de lágrimas.

Mientras golpeaba la puerta y gritaba, hurgaba en el bolsillo de su bata, intentando encontrar la llave de la habitación. Su desesperación al no encontrarla se apoderó poco a poco de él, desinflando su ira, liberando su pena y convirtiendo sus insultos a viva voz en meros susurros para los que no quedaban ya fuerzas. El director cayó desplomado frente a la puerta, totalmente despedazado por la tristeza que se había liberado dentro de él.

Los enfermeros llegaron a la puerta de la habitación, donde lloraba el director arrodillado. Se miraron unos a otros, buscando el sentido al llanto, a la carrera y a la pena, y con el pensamiento de haber contemplado el desmoronamiento de una persona como nunca antes habían presenciado.

Capítulo 11

14 de junio de 1996. Salt Lake

Era el segundo día que Amanda y su familia se encontraban en Salt Lake. Amanda había accedido, muy a regañadientes, a acompañar a su padre al centro, que pretendía visitar una vinoteca en busca de algo con lo que regocijar a sus nuevos clientes en su vuelta al trabajo.

De camino al bulevar de Saint Louis, Amanda miraba a través de la ventana del pequeño Ford azul que su padre acababa de alquilar para esos días. Observó cada una de las casas de madera que se iban quedando atrás y se imaginaba quién viviría en ellas. A pesar de haber visitado de manera recurrente Salt Lake, nunca había tenido la oportunidad de conocer a nadie del pueblo, salvo al viejo señor Rochester, y a los vecinos de aquella zona donde solían quedarse. En su interior, y aún sin poder creérselo, algo le recordaba continuamente aquella nota con su nombre que había encontrado al llegar. «Es imposible que esa nota haya llegado ahí por simple casualidad. Alguien la debe haber dejado por algún motivo», pensó Amanda, mientras notaba cómo su corazón se aceleraba al recordarlo.

Steven observó el indicador del depósito de combustible y rechistó:

—¡Maldita sea!, el tipo que me alquiló el coche dijo que tenía el depósito lleno y en apenas diez kilómetros ya estoy en reserva.

—Pues no pienso andar —respondió Amanda, volviendo en sí.

Steven detuvo el coche en la pequeña estación de servicio ubicada en la entrada del pueblo.

Amanda se quedó dentro del coche y observó cómo su padre se adentraba en la tienda de la gasolinera. Mientras esperaba, Amanda se metió la mano en el bolsillo de los jeans que llevaba y sacó la nota. Su papel amarillento, algo comido por los bordes, denotaba su antigüedad, aunque su tinta negra, manchada por algo de tierra, parecía bastante reciente. En el reverso de la nota, esta vez a lápiz, se encontraba el extraño asterisco. Estaba pulcramente dibujado en el centro de la nota.

—¿Qué significará esto? —se dijo en voz baja al mirar otra vez el extraño dibujo.

Al levantar la vista de la nota, al otro lado de la calle, le pareció ver una silueta negra, inmóvil junto a una esquina, que parecía estar observándola. La figura permaneció durante varios segundos sin moverse. La respiración de Amanda comenzó a alterarse y los latidos de su corazón no parecían tener un plan alternativo. No sabía cómo reaccionar.

Se quedó quieta, intentando controlar el pánico que estaba sintiendo y calibrando sus pensamientos hacia qué hacer.

La joven pestañeó, e intentó forzar la vista para tratar de ver con mayor claridad el rostro de la figura. Por más que se esforzaba, la luna algo sucia del coche impedía ver con total nitidez a esa distancia.

Sin apartar la mirada de la silueta, Amanda agarró la maneta de la puerta y la abrió lentamente.

Cuando se disponía a salir del coche y asomar la cabeza por encima de la puerta entreabierta, algo la empujó hacia dentro desde el exterior.

—Vamos, jovencita. La tienda cierra a la una y media y es la una y diez. El chico de la gasolinera me ha dicho que no me fíe del *rent-a-car* del pueblo, que son unos timadores. ¿Te lo puedes creer? —dijo su padre, mientras cerraba la puerta, y se dirigía caminando por delante del coche hacia el lado del conductor.

Cuando su padre empujó la puerta para cerrarla, Amanda desvió la mirada de la figura durante un microsegundo hacia su padre y, al volver la vista a la esquina, la silueta ya no estaba.

Lo único que quedaba era su respiración asfixiada y su pulso agitado. Al entrar en el coche y verla así, su padre se preocupó:

—¿Te encuentras bien, cielo? ¿Qué ocurre?

Amanda continuaba respirando agitada, sin saber qué decir.

—Nada, papá, creo que el olor a gasolina no me ha sentado bien. Vámonos, por favor —mintió.

Capítulo 12

26 de diciembre de 2013. Quebec, Canadá

Al amanecer en el Parque Nacional La Mauricie, la temperatura rondaba los tres grados bajo cero. Los cortos días y las largas noches, resultado de la cercanía del solsticio, unidos a la latitud en la que se encuentra Quebec, fomentaban la fuerte bajada de las temperaturas en invierno. Los osos pardos que solían deambular por el Parque Nacional hacía semanas que habían decidido hibernar hasta la primavera.

En la cabaña de madera situada en un pequeño claro del bosque, un hombre se despertó, con una abundante barba de color castaño encanecida cubriendo gran parte de su cara.

Se levantó de la ruidosa cama y se cubrió la cabeza con la capucha de la sudadera gris que llevaba puesta. Se acercó a la zona que hacía las veces de cocina de la cabaña, con una encimera, y que contaba con una cafetera, un hornillo y una pequeña nevera cubierta de suciedad. Puso a calentar la cafetera, sacó una navaja de uno de sus bolsillos y, de uno de los muebles inferiores, cogió un trozo de pan.

Al ir a cortar un trozo del mendrugo, observó los restos de sangre de sus manos. El impacto de la imagen le hizo dejar caer la navaja al suelo. Durante varios segundos, y antes de agacharse a por la navaja, miró al vacío, y la imagen de lo que hizo el día anterior volvió a su cabeza.

Cerró los ojos, suspiró y se agachó lentamente a recoger la navaja. Cortó el trozo de pan y se sirvió una taza de café. Miró hacia una de las esquinas, donde había una caja marrón vacía, idéntica a la que había utilizado el día anterior para enviar el paquete a Boston.

Se acercó y encendió una vieja televisión que se encontraba sobre una pequeña caja de madera que hacía las veces de mueble, dejando la taza de café en el suelo y mordiendo el trozo de pan al tiempo que se sentaba en un pequeño sofá, situado frente a la televisión, con cara de indiferencia.

Las noticias de primera hora de la mañana comentaban que aún, pasados dos días desde su aparición, seguía sin esclarecerse quién era el «decapitador». El resumen de prensa de la CBC News Network, el canal de noticias 24 horas de Canadá, situaba en primera plana las portadas de los principales periódicos norteamericanos. El *New York Times*, a portada completa, incluía una imagen del momento del arresto del decapitador, captada con un teléfono móvil por uno de los testigos desde un balcón. La imagen se encontraba debajo del titular: «¿Es que nadie sabe quién demonios es?». El *New York Post*, tranquilizador, mostraba una portada sin fotografías. Su titular en negrita indicaba: «El doctor Jenkins entrará en su mente». El *Chicago Tribune*, algo más moderado, incluía una imagen de la misma escena que el *New York Times*, pero captada desde otro ángulo y a pie de calle. Su titular, bajo la imagen, resumía: «El día que se perdió la cordura».

Varios minutos después, y tras varios sorbos a la taza de café, el hombre se levantó, se calzó unas botas oscuras algo magulladas, cogió un abrigo, que estaba colgado junto a la puerta de la cabaña, y salió.

Con la mirada seria, observó el hacha que se encontraba tirada en el suelo. Una sensación de pánico se apoderó de él. Se adentró en el bosque y comenzó a correr sin parar, rozándose con algunas ramas bajas que arañaron ligeramente su envejecida cara. Siguió corriendo un rato más hasta que terminó el bosque y se encontró de bruces con la belleza del lago Gabet. Se detuvo en su orilla y contempló los momentos iniciales del sol saliendo por el horizonte. El marrón de sus ojos apagados, fruto de una vida de sufrimiento y soledad, resplandecía con el sol amaneciendo frente a él.

Metió su mano derecha en el bolsillo y, al notar algo, no pudo contener las lágrimas. Al sacarla, un pequeño pedazo de papel amarillento se encontraba entre sus dedos. Lo observó con toda su rabia, con todo su odio, y lo leyó.

Capítulo 13

23 de diciembre de 2013. 20.51 horas. Boston

El coche que compré, hace ya bastantes meses, un Dodge azul de siete años con matrícula de Illinois, y que ha estado aparcado en el aparcamiento de un supermercado, tres manzanas más lejos de donde vivo, tiene algo que me desespera. Con cada cambio de marcha hace un ruido estridente. Espero que no me falle hoy. No esta noche. Debería haber conducido algo más con él o, al menos, haberle revisado la batería en los últimos días. Pero no podía hacerlo. No podía salir. No podían verme.

Llevo más de una década oculto. Cómo pasa el tiempo. Recuerdo los sitios donde he estado viviendo, en ciudades de todo el mundo, siguiendo su rastro, siempre escondido entre la muchedumbre de las grandes urbes. Es impresionante la facilidad con la que uno se esconde en las capitales, donde no se es nadie entre millones de personas, donde uno se convierte en una silueta más entre todas las que recorren el metro o pisan las calles.

Según avanzo conduciendo, dirección a mi destino, no dejo de vislumbrar todas esas luces de Boston que no dejan de parpadear en Navidad. La imagen de las luces en la noche me recuerdan también a ella. ¿Cómo lo permití? ¿Acaso no pude hacer nada? Son muchos años preguntándome lo mismo y nunca he encontrado la respuesta. Nunca he dudado de mi amor, pero sí de mí mismo.

Al llegar al semáforo en rojo del cruce de Cambridge Street y Charles Street, junto al puente Longfellow, me detengo y miro por el retrovisor.

No puede ser. ¡No puede ser! ¡No! Un coche patrulla se encuentra justo detrás de mí. ¿Qué hago? No me puedo creer que se vaya a esfumar de esta manera el plan. Comienza a temblarme el pulso y no paro de mirar de reojo por el retrovisor mientras cuento los segundos para que el semáforo se ponga verde. Mi yo interior, mi más profundo yo, teme lo peor, me aparta, me empuja y toma el control. Surgen desde lo más profundo todos los motivos por los que estoy aquí esta noche. Suspiro un segundo. Una vez más, desaparece la tensión, desaparece el miedo.

El semáforo se pone verde y arranco. Sigo mi camino. Cruzo el puente Longfellow y me dirijo a las afueras. Al mirar una vez más por el retrovisor, observo a la policía desviarse. Ya estoy solo, rodeado de más coches haciendo mi misma ruta, pero con un destino diferente.

Capítulo 14

26 de diciembre de 2013. Boston

Las luces de los coches de la policía destellaban contra la fachada del complejo psiquiátrico de Boston. La suave llovizna, que había comenzado minutos atrás, obligó a la prensa a cubrirse bajo los paraguas frente a la puerta principal. No sabían qué ocurría ni por qué, de repente, la policía había tomado el centro. La mayoría de las cadenas interrumpió su emisión para informar de que algo había ocurrido en el centro, y aunque no sabían qué, igualmente se dispusieron a inventar teorías. Desde fuera, no se oyeron los gritos del director ni, aún menos, se pudo oír el llanto sordo de una Stella atemorizada.

Rodeada de policías de la unidad científica investigando el paquete y su contenido, Stella seguía ensimismada. No oía nada, no atendía a nadie. Únicamente visualizaba, con las manos temblando, los momentos vividos hace apenas unos segundos.

Cuando se incorporó al cuerpo, después de terminar sus estudios de criminología en la Universidad de Maryland, en College Park, participó en la definición de varios perfiles psicológicos junto a James Harbour, el veterano psicoanalista más prestigioso del FBI, y que ahora sustentaba el cargo de inspector, dirigiendo las operaciones de la unidad de Boston. Stella siempre había considerado su trabajo seguro. Su máxima aproximación al riesgo eran las entrevistas a algún criminal confeso, esposado, vigilado por dos o más agentes y, si era posible, con rejas de por medio. En los casos en los que participaba en los análisis psicológicos de criminales, como ocurría esta vez, el poder de actuación de los enfermos se limitaba a alzar la voz en las entrevistas, a escupir de lejos o, incluso, a desnudarse frente a ella.

Stella no concebía a un enfermo mental encerrado en una habitación de confinamiento, de la que no había salido en los últimos dos días, asesinando a una joven y enviando el detalle por correo a su progenitor desde setecientos kilómetros de distancia. Escapaba de su lógica.

Capítulo 15

14 de junio de 1996. Salt Lake

La tienda de licores a la que se dirigían Amanda y su padre estaba ubicada en el bulevar de Saint Louis, entre una quesería y una tienda de ropa usada. La fachada de la licorería, pintada de color verde claro, contrastaba con el amarillo de la tienda *vintage* y el azul de la quesería. Al llegar a la puerta, Steven se bajó del coche y se dirigió a la entrada:

—Amanda, si quieres espérame en la tienda de ropa. Parece que hay cosas chulas.

—Papá, respóndeme a una pregunta, ¿desde cuándo dices «chulas»?

—Desde que tengo una hija adolescente.

—Pues creo que ya nadie en el universo dice ni «chulo» ni «chula» ni «chulada». Está muy desfasado —exclamó.

—Pues en mi época se decía —se justificó Steven con cara de no entender nada.

—Bah, déjalo, papá. No lo entenderías —respondió Amanda.

—No, venga, explícamelo.

—Pues a ver. En resumen, cualquier palabra que un adulto crea que dice un adolescente está desfasada.

—Vaya —exclamó Steven—. Sigo sin entenderlo.

—Te dije que no lo entenderías.

—Bueno, ya me lo explicarás mejor. Vuelvo en diez minutos. No te despistes, ¿ok?

—¿Puedo entrar contigo? —dijo Amanda.

—¿No prefieres ver la tienda de ropa?

—Prefiero quedarme contigo.

—Pues claro, hija. Pero dime una cosa, ¿seguro que estás bien? Desde que hemos parado en la gasolinera te noto algo preocupada.

—No me pasa nada, papá. Solo que quiero pasar más tiempo contigo —dijo Amanda mientras recordaba la extraña silueta oscura que había visto minutos atrás.

—Está bien, entra conmigo. Pero no toques nada, ¿de acuerdo?

—Prometido —respondió con una sonrisa.

El interior de la licorería era un angosto espacio repleto de repisas con botellas de vino y licores. Desde el exterior daba la sensación de ser un diminuto antro en el que apenas cabían tres personas. Al entrar, Steven golpeó con la puerta a una señora que estaba pagando en la caja.

—Vaya, perdón —se disculpó.

—Nada, no se preocupe, Steven.

Steven se quedó petrificado al escuchar aquella voz ronca pronunciar su nombre. «¿Por qué sabe mi nombre?», pensó.

—Disculpe, ¿nos conocemos?

Amanda aún seguía en el arco de la puerta, y esperaba que su padre avanzara para entrar con él.

—Todo el mundo en este pueblo le conoce, señor Maslow.

—Vaya, no lo sabía.

—Esto es un pueblo pequeño y usted viene desde hace muchos años. La gente ya le conoce, ¿no cree, Steven?

—Bueno, visto así. Disculpe de nuevo mi empujón.

—No se preocupe —dijo la anciana cogiendo su bolsa y disponiéndose a salir.

Al pasar junto a Amanda, la anciana, vestida de negro, se detuvo un segundo, se volvió un poco hacia ella y añadió:

—Adiós, Amanda.

Ella no respondió. No pudo. Su corazón volvió a sentirse igualmente sobresaltado que cuando vio la silueta negra junto a la gasolinera. Dio un par de pasos hacia dentro de la tienda, asustada, sin saludar al dependiente que la miraba.

Capítulo 16

26 de diciembre de 2013. Boston

—Buenos días a todos —saludó nerviosa Stella—. ¿Se me oye?

Stella dio un par de golpecitos con el dedo índice en el micrófono. Quería comprobar si retumbaban los altavoces que tenía a su lado. Respiró hondo mientras ordenaba los papeles colocados sobre un improvisado atril. La prensa la observaba inquieta. Decenas de cámaras apuntaban directamente hacia ella, con unas diminutas luces rojas parpadeando, señal de estar emitiendo en directo. Esta situación era nueva para la agente. Nunca antes había dado una rueda de prensa ante tantos medios de comunicación. Una vez, justo cuando entró al cuerpo, tuvo que realizar una presentación sobre los criminales más buscados, en la que describía su modus operandi y detallaba pautas para poder encontrarlos, frente a los nuevos miembros del departamento de seguridad nacional del FBI. Estaba tan nerviosa que durante la exposición se bloqueó. Se quedó petrificada, sin saber qué decir sobre el francotirador anónimo que estaba atormentando al estado de Michigan. A pesar de su talento para indagar en la mente de los asesinos, Stella sufría un pánico que la paralizaba en las presentaciones en público. Había probado diversas técnicas para vencer el miedo escénico, y ninguna había dado resultado.

—Buenas a todos —repitió—. En las últimas horas han sucedido algunos hechos que han cambiado radicalmente el rumbo del análisis psicológico.

El mensaje reverberó en los altavoces y la prensa comenzó a murmurar ante estas declaraciones. La mano derecha de Stella, que se encontraba sobre el atril, comenzó a temblar levemente, empujando los folios al suelo. Se agachó rápidamente ruborizada y comenzó a recogerlos. El murmullo se hizo más fuerte. Stella se levantó y miró al frente, intentando buscar un punto lejano en el que concentrarse.

—En estos momentos, el prisionero, cuya identidad aún no ha sido confirmada —continuó Stella—, se encuentra en una celda de confinamiento a la espera de las entrevistas para evaluar su estado mental y entender las motivaciones que lo han llevado a realizar una de las mayores atrocidades que se recuerdan en el estado de Massachusetts. Siguiendo el procedimiento estándar para este tipo de casos, iba a ser el director Jenkins quien se encargaría del análisis psicológico del prisionero, dada su experiencia y su profesionalidad. Después de lo ocurrido esta mañana, el doctor Jenkins no se encuentra en condiciones para realizar esta labor tan intensa.

—¿Qué ha ocurrido esta mañana? —interrumpió un reportero de *Fox News*.

Stella no sabía cómo responder a aquella pregunta. Meditó durante un par de segundos e intervino:

—El director Jenkins, del que nadie duda su buen hacer y que ha colaborado tan activamente en el esclarecimiento de importantes casos en el país, se encuentra indispuesto y no se sabe cuándo podrá incorporarse de nuevo a sus tareas.

—¿Tiene algo que ver esa indisposición con que la policía y el FBI hayan, literalmente, tomado el centro psiquiátrico?

—No tiene nada que ver con eso —mintió—. El FBI y la policía han optado esta mañana por colaborar en las investigaciones y participar activamente en el caso para esclarecer lo ocurrido con la mayor celeridad posible.

Stella lanzó una mirada a uno de los periodistas que se encontraban con la mano levantada, cediéndole implícitamente el turno.

—¿Cómo es posible que después de dos días, ni la policía ni el FBI sepan quién es el decapitador?

—El decapitador, como ustedes lo llaman, muestra una actitud no colaboradora en el proceso y, por tanto, está dificultando su identificación. La policía, en las doce horas siguientes a su detención, le tomó las huellas, pero no se ha encontrado registro alguno de su identidad. Estamos consultando con las bases de datos internacionales y aún no se ha obtenido ninguna coincidencia. Extrañamente, nadie lo reconoce ni lo ha visto nunca. Es como si no existiese.

—¿Quién se encargará a partir de ahora del análisis psicológico y del curso de la investigación? —preguntó otro periodista.

—Está pendiente tomar esta decisión pero, de momento, seré yo quien dirija el proceso hasta...

La puerta del complejo psiquiátrico se abrió tras Stella. El murmullo de la prensa aumentó su volumen hasta casi convertirlo en el sonido de ambiente de un bar en hora punta. Stella se bloqueó sin saber qué decir. Fijó la mirada hacia un punto lejano e intentó continuar su respuesta.

—La persona..., la persona... Verán..., quiero decir...

El murmullo creció aún más y Stella se quedó aturdida. No podía pronunciar ni una palabra más. Por un momento, la prensa pensó que se desmayaba. El murmullo cesó y los periodistas observaron atentos la mirada perdida de Stella. Una silueta salió del interior del complejo psiquiátrico, causando un aluvión de flashes procedentes de los fotógrafos. La tormenta de luces desconcertó a Stella aún más. En su mente no paraba de recordar al francotirador de Michigan y su ridículo frente al departamento de seguridad nacional del FBI. Sintió que alguien se le aproximaba desde atrás, y notó la presión de una mano sobre su hombro.

—Buenas tardes —dijo el director Jenkins, con aire decidido.

Capítulo 17

23 de diciembre de 2013. 23.12 horas. Boston

Llevo más de dos horas conduciendo hacia el fin. Hacia mi final. Mirando atrás, no me arrepiento de ninguna de las decisiones que he tomado hasta llegar aquí, hasta este mismo momento. Creo que nadie debería arrepentirse de sus decisiones. Debe aceptarlas, vivirlas, pedir perdón cuando proceda, pero nunca arrepentirse. La vida se compone de momentos fútiles, de insignificantes decisiones tomadas por tu yo particular en cada instante, de manera más o menos meditada, pero siempre es uno quien las toma. Cuando eliges entre tomarte un té o un café no lo haces de un modo puramente consciente, lo decides y ya está, pero, en el fondo, tu subconsciente te recuerda todos esos buenos momentos que has pasado tomando un café o un té con alguien especial, todas esas buenas sensaciones que has sentido con cada té, con cada café, y las reordena y las lanza contra tu mente consciente haciendo que indudablemente elijas ese té, ese café, cada vez que te lo ofrecen. Nadie toma las decisiones por uno mismo. Nadie me ha obligado a hacer lo que voy hacer, pero sí se han dado las circunstancias adecuadas para que mi yo, mi ser, decida acabar con todo hoy.

Han estado viviendo todo este tiempo sin un atisbo de preocupación, arrepentimiento, perdón o redención. No lo puedo permitir ni un segundo más. Este es mi destino. Cumpliré mi objetivo y contaré al mundo mi historia. Amanda se merece que el mundo sepa lo que ocurrió. Dios, cuánto la echo de menos. En mi más profundo ser, pienso que aún puede estar viva, aunque perdí la esperanza hace años. Ojalá pudiera mirarla una vez más. Ojalá pudiera besarla una vez más. Ojalá pudiera rozar su mano una vez más.

Capítulo 18

14 de junio de 1996. Salt Lake

Al entrar en la angosta licorería, azorada por la ronca y extraña despedida de la anciana, Amanda no hizo otra cosa que plantearse más dudas sobre su presencia en Salt Lake este año. «¿Cómo es posible que esa mujer conozca mi nombre y el de mi padre? ¿Acaso no hay cientos de familias distintas que visitan Salt Lake todos los años? ¿Tiene alguna conexión la nota que encontré con la misteriosa silueta de la gasolinera?». A pesar de no estar completamente segura de que la vigilara, ya que apenas podía visualizar el rostro de la silueta, Amanda estaba convencida de que así era, que aquella misteriosa persona la contemplaba y que, por algún motivo, parecía estar esperándola en aquel punto concreto.

Steven estaba echando un vistazo a varias botellas que se encontraban en una vitrina de cristal donde, al parecer, estaban los jugos más selectos, y a la vez, más caros.

—Amanda, ¿qué te parece el Château Latour de 1987? Creo que no sale mal de precio del todo, y estoy seguro de que a Henry Lafite, de Lafite&Sons Co., le encantará como regalo un vino de su tierra.

Amanda miró a su padre, mientras se debatía internamente entre el miedo y la curiosidad.

—¡Ya sabes que no tengo ni idea, papá!

—Solo quiero saber si la botella te parece elegante.

—No entiendo mucho de vinos, pero ¿eliges un vino por su botella?

—¿Sabes?, hay estudios que demuestran que la gran mayoría de la población es incapaz de decir si un vino es de cartón o es un reserva de varios años.

—Entonces ¿por qué te molestas?

—La botella lo es todo en ese aspecto. Por muy malo que sea un vino, si va bien presentado, si la botella parece antigua, inexplicablemente, al probarlo, a todo el mundo le encanta. No me preguntes por qué, pero lo comprobé en Acción de Gracias.

—¿Serviste vino de cartón en Acción de Gracias?

—Estuve toda la tarde con tu hermana rellenando las dos botellas de vino de Rioja e intentando sellar el tapón de corcho lo mejor que pudimos —dijo Steven con una sonrisa, consciente de la travesura.

Cuando no estaba con Kate, Steven se esforzaba por congeniar con sus hijas. Intentaba hacerlas reír, y disfrutar el poco tiempo libre que tenía con ellas al máximo, a pesar de tener que cumplir con su aspecto de padre responsable y disciplinado.

—¿Y nadie se dio cuenta? Recuerdo que estuvisteis un buen rato hablando de vinos, pero la verdad es que no presté mucha atención.

—A tus tíos les encantó. Es más, me dijeron que era uno de los mejores vinos que habían probado nunca. Creo que desde entonces no paran de comprar vino de Rioja. Incluso el año pasado hicieron un viaje de turismo enológico por España. Ja, ¿te lo puedes creer?

—Ja. Pues creo que al señor... ¿Lápiz se llamaba?, le encantará un buen vino de brick.

—Jaja. Lafite, no lápiz. Y no puedo hacer eso con él. Es uno de los principales clientes del bufete —corrigió—. De todas formas, seguro que ese dependiente, que desde que hemos entrado no ha parado de mirarte, estará encantado de ayudarnos a elegir.

—¿Qué? —exclamó ruborizada.

Capítulo 19

26 de diciembre de 2013. Quebec, Canadá

La camioneta circulaba a toda velocidad por un estrecho camino de tierra dirección sur, hacia la vía principal que rodeaba el Parque Nacional La Mauricie. Con cada cambio de marcha, el motor retumbaba. La había comprado hacía un par de años, al comenzar su retiro. La parte de atrás aún contenía restos de leña que había comprado al inicio del invierno en un pueblo de la zona.

Era una camioneta Ford roja, medio oxidada por la escarcha y con medio parachoques descolgado. Tomaba cada curva al límite, haciendo saltar al aire los guijarros del camino. Al incorporarse a la vía principal del interior del Parque Nacional, tomó la dirección oeste, bordeando un hermoso lago rodeado de árboles. Su conductor lloraba desconsolado. Con la mano izquierda conducía mientras que con la derecha sujetaba una nota amarillenta que ojeaba cada pocos segundos.

—¿Qué ha hecho esta joven para merecer morir? —repetía murmurando continuamente con un hilo de voz casi imperceptible.

Continuó avanzando por la vía rodeada de árboles hasta llegar a las afueras de Quebec. Entre llantos, el conductor detuvo la camioneta en una ruinosa gasolinera que había sido testigo de una mejor época. Se puso la capucha de la sudadera y entró en la tienda empujando enérgicamente la puerta.

—Cuarenta dólares de gasolina, por favor —dijo el encapuchado al joven dependiente. Su voz denotaba tristeza, hastío, pesadumbre y sufrimiento. Era como si no hubiera nada dentro de aquella voz ronca y casi anciana, que alguna vez, tal vez, fue feliz.

—¿Quiere el periódico de hoy? Lo regalamos con cada repostaje mayor de treinta dólares —respondió el dependiente sin mucho ánimo de que su propuesta fuera a ser aceptada.

El hombre encapuchado dejó los cuarenta dólares encima del mostrador y salió sin mediar palabra. Se acercó a la cabina telefónica que se encontraba a un lado de la zona de surtidores, descolgó el teléfono e introdujo varias monedas. Al marcar, sus lágrimas aparecieron de nuevo. Respiró hondo, cerró los ojos y se puso el auricular en la oreja.

Una voz serena respondió inmediatamente.

—904 de la séptima avenida. Piso sexto E —pronunció la voz al otro lado del auricular.

La figura encapuchada colgó y se dirigió de nuevo a la camioneta con la cara cubierta de lágrimas. Miró atrás, a la cabina, y se detuvo. Se quedó durante varios segundos observándola. Se acercó de nuevo a ella, sacó las monedas que había devuelto y las volvió a introducir. Levantó el auricular y marcó un teléfono.

Tras unos segundos, el primer tono sonó. Respiró hondo de nuevo. El segundo tono. Contuvo la respiración, sabía que se aproximaba el momento. La persona al otro lado descolgaría el teléfono y ya no habría vuelta atrás. El tercer tono. «Vamos, cógelo, por favor», pensó. Cuarto tono. «Venga, por favor». Quinto tono. Se alejó el auricular de la oreja y se dispuso a colgar el teléfono, cuando de pronto escuchó de lejos:

—¿Sí? ¿Quién es?

Rápidamente, el hombre se acercó de nuevo el auricular a la oreja y escuchó:

—¿Hola? ¿Hay alguien? —decía una voz femenina.

Las lágrimas volvieron a salir de sus ojos marrones. Contuvo la respiración, mientras oía la voz al otro lado del teléfono.

—¿Eres tú? Por favor, si eres tú, dime algo. Solo necesito saber que estás bien.

Respiró profundamente y se dispuso a hablar, pero no pudo. El nudo en su garganta, provocado por tanto sufrimiento, bloqueó cualquier palabra que pretendiera atravesar sus cuerdas vocales. Desde el otro lado, solo pudo oírse un pequeño llanto, seguido de algunos resoplidos.

—Por favor, Steven, sé que eres tú. Vuelve a casa —imploró Kate al teléfono.

Reunió fuerzas, tragó saliva y con la garganta entrecortada dijo:

—Pronto terminará todo.

Y colgó, antes de que Kate pudiese decir nada.

Capítulo 20

26 de diciembre de 2013. Boston

Una vez terminada la rueda de prensa, el director Jenkins y Stella entraron de nuevo en el edificio. Las hombreras de la bata blanca del director se habían mojado durante la rueda de prensa. Una vez dentro, Stella se aproximó a él mientras caminaban por uno de los pasillos principales dirección a su despacho.

El director andaba con la mirada al frente, sin apenas percatarse de la presencia de Stella, como si el mundo hubiese desaparecido alrededor de él, y solo quedase el camino que tenía por delante hacia su despacho.

—Lo siento mucho, doctor Jenkins —lamentó Stella.

Transcurrieron varios segundos hasta que el director respondió a aquella muestra de afecto.

—¿Qué siente? —dijo el director sin dirigirle la mirada a Stella.

—Siento muchísimo lo que le ha ocurrido a su hija. Aún no me lo puedo creer.

—Yo también —respondió sin pestañear.

—Veo que es usted una persona muy fuerte.

—Tengo muchas preguntas que resolver. Demasiadas. Y necesito respuestas. Podría pasarme los próximos meses en casa, llorando desconsolado mientras usted, o cualquier otra persona, se encarga de este caso. Pero hay algo dentro de mí que me dice que ya tendré tiempo de llorar. Que no puedo dejar la responsabilidad de la muerte de mi hija en manos de cualquier otra persona. Debo encargarme yo.

—Yo también quiero que ese hijo de puta pague por lo que ha hecho y acabe entre rejas el resto de su vida. Le honra muchísimo su actitud. Es impresionante la rapidez con la que ha asumido lo ocurrido.

—No lo he asumido. No quiero asumirlo. Es la desgracia más grande que le puede pasar a una persona.

—Pues si no lo ha asumido, parece decidido a hacerlo.

Stella seguía absorta mirando al director. Después de una tragedia de este calibre, en apenas unas horas había recuperado la compostura. Tal vez se trataba de un escudo mental, de una prisión imaginaria que mantendría cautivos sus sentimientos.

—Estoy decidido a saber el porqué. Por qué ha tenido que morir mi hija.

—Ni siquiera sabemos si ha sido él, aunque la verdad ¿quién ha podido ser si no? Pero ¿cómo? Ha estado aquí todo el tiempo desde ¿hace cuánto? ¿Dos días? —incidió Stella.

—Sé que no ha sido él. Pero tiene que haber alguien más. No me compete esa parte de las investigaciones, para eso ya está su unidad. A mí me compete saber qué piensa, cómo actúa, por qué lo hace y, llegado el caso, si está suficientemente cuerdo para pasar toda la vida en la cárcel.

Capítulo 21

26 de diciembre de 2013. Boston

El director pidió a uno de los celadores que prepararan al prisionero en una de las salas de evaluación psicológica. Estas salas contaban únicamente con una silla atornillada al suelo en el centro de la habitación, una mesa sin cajones tamaño escritorio y un par de sillas acolchadas.

Al cabo de un rato, el celador volvió y le informó que ya estaba todo listo, que el prisionero se encontraba esperándolo en la habitación 3E.

—Stella, supongo que querrá acompañarme.

—Por supuesto, doctor.

—No creo que consigamos nada. No ha hablado desde que ha llegado, pero tenemos que empezar con el procedimiento. He recibido una llamada del juez que lleva la instrucción del caso y me urge a presentar el análisis psicológico lo antes posible, aunque se lo presente fundamentado sobre mis impresiones, y no sobre sus palabras y pensamientos.

—¿Cómo evaluar si una persona está cuerda o no, si no habla? —preguntó Stella perspicaz.

—El análisis de su actitud debería ser el primer paso, aunque no sabría muy bien cómo continuar.

—Quizá pueda convencerlo para escribir.

—Que una persona no hable no significa que no pueda gritar, ¿sabe?

—¿En qué está pensando, doctor?

—Supongo que sabe lo que son los electroshocks. No está demostrada su efectividad como tratamiento de ningún tipo de enfermedad mental, bueno, a excepción de la hiperagresividad, pero sí está demostrada su efectividad como amenaza.

—¿Piensa someterlo a electroshocks si no habla? Es ilegal y podría perder su carrera, doctor.

—Stella, estaba conmigo cuando recibí el paquete. Cuando abrí la caja. Parece que ya se le ha olvidado. No sé si ese hijo de puta ha sido quien ha asesinado a mi hija. No sé tan siquiera cómo lo podría haber hecho, pero lo que sí sé es que ese hombre, loco o no, sabe lo que le ha ocurrido y tiene algo que ver. Pienso someterlo a electroshocks, hable o no. Necesito saber que cuento con usted para esto —argumentó el director.

En el fondo algo había cambiado en él. Su actitud en el centro, a pesar de su evidente autoridad y la disciplina que impartía entre el personal, siempre había sido ejemplar. Cumplía con su horario, con cada protocolo, con cada procedimiento. Cuando se inició en el mundo de la psicología, y antes de que se lanzara su carrera como uno de los mejores psicólogos del país, se prometió que cambiaría algunos de los procedimientos en el mundo de la psicología. Era un momento en el que se había modificado el estándar que definía las enfermedades mentales y los métodos para su diagnóstico. La modificación de la normativa conllevó el aumento del número de personas declaradas mentalmente enfermas y se había abierto barra libre en la dispensación de antidepresivos. Su carácter meticuloso y preocupado permitió que ignorara esas tendencias y realizara una labor ejemplar al frente de varios centros psiquiátricos. Nunca se había saltado una norma, y ahora pensaba arriesgar su carrera como psicólogo por un enigmático interno, que había llegado de rebote al centro, y que seguramente tendría que ver con la muerte y decapitación de su hija.

—Puede contar conmigo, pero piénselo bien, su carrera como psicólogo estará sentenciada si sale a la luz.

—Ya lo he perdido todo, Stella.

El director sacó de su bolsillo la nota que aún guardaba con el nombre de su hija. Había conseguido esconderla de la policía científica que se encontraba en el despacho analizando la caja minuciosamente. Stella se fijó en ella y siguió al director por el pasillo camino a la sala donde se encontraba el prisionero.

—Debería entregar eso a la policía científica. Podría ayudar a esclarecer los hechos.

—La daré luego. Ahora quiero que el prisionero la vea. Tengo que conseguir que hable como sea.

Se acercaron a la sala 3E. La puerta de hierro blanca era exactamente igual a las otras que había a su alrededor. Junto a la puerta se encontraban dos enfermeros que saludaron al director cuando se aproximaba con Stella.

Antes de abrir, el director se detuvo un segundo frente a la puerta. Respiró hondo y cerró los ojos, intentando olvidar lo que sentía. Stella se quedó un paso por detrás de él, y durante un segundo dudó sobre si quería ver o no al hombre que probablemente fuera el culpable de la muerte y decapitación de dos personas. Una de ellas desconocida; otra, la hija del director.

El director miró a Stella y abrió, entrando sin dudarlo un segundo más.

El prisionero se encontraba sentado en una silla de hierro, maniatado a cada uno de los brazos con unas correas. Miraba cabizbajo la mesa que tenía justo delante y ni siquiera se percató de la entrada del director con Stella.

El director se sentó e instó a la agente a hacerlo también. Mientras se acomodaba en silencio, mantuvo su mirada en el prisionero, sin apartar la vista, buscando un encuentro directo con él, como tantas otras veces había hecho con otros internos. El prisionero ni se inmutó. Seguía mirando cabizbajo la mesa.

—Supongo que sabrás por qué estoy aquí —dijo el director.

El prisionero continuó mirando hacia abajo sin hacerle caso.

—¿Me oyes?

El prisionero suspiró durante un segundo. Levantó su mirada azul y sonrió. Mantenía una actitud relajada. Su perfecta sonrisa de dientes blancos impactó a Stella, que se sorprendió al ver por primera vez la mirada del prisionero.

—Veo que me oyes. Escúchame, necesito que hables. Si no lo haces, pasarás el resto de tu vida en una cárcel, donde te aseguro que serás muy famoso. El último interno que tuvimos, y que acabó en la cárcel, se suicidó a los tres días.

El prisionero miraba intensamente al director, sin pestañear. Su sonrisa había dado paso a una faz seria.

—Verás —interrumpió Stella—, hace falta que nos cuentes cómo te sientes, qué te ha llevado a asesinar a esa joven.

El prisionero la ignoró. Continuaba absorto mirando fijamente al director.

—¿No piensas hablar? —añadió el director con aire amenazador—. Este centro es uno de los pocos del país que sigue contando con un equipo para la práctica del electroshock. Hace algo más de tres años que no lo usamos, y creo que no viene mal revisar si el equipo sigue funcionando correctamente.

El prisionero sonrió y, para sorpresa de la agente Hyden y del doctor, dijo:

—Siento que su hija haya tenido que morir, doctor Jenkins.

La mirada amenazante del director cambió en un instante a una expresión de miedo. La agente Hyden recuperó la sensación de terror que había sentido hacía apenas unas horas. La voz del prisionero era algo ronca, acompañada de una vibración que recorría la sala. Era la primera vez que hablaba desde su detención y al director le sorprendieron esas primeras palabras. Tras varios segundos en los que el director mantuvo un debate interno, preguntó:

—¿Cómo lo sabes?

El prisionero cambió su expresión, denotando su pesar hacia el director. Durante unos momentos, continuó mirándolo, haciendo caso omiso a su pregunta. Lo miraba con una expresión de entendimiento, pero a la vez desafiante.

—¿Cómo sabes que ha muerto mi hija? —repitió.

—Hay pocos motivos por los que un hombre como usted se derrumba de esa manera ante una puerta de hierro.

Las palabras del prisionero le impactaron. En cierto modo, para él no cabía duda de que ese hombre era inteligente. Stella contemplaba la conversación sin entrometerse. Sentía que sobraba en aquella sala. Estaba a punto de librarse una batalla de egos y no quería formar parte de ella.

—Dime que no tienes nada que ver con la muerte de mi hija.

—Siento mucho la muerte de Claudia.

El nombre de Claudia reverberó en la habitación. El director se levantó de la silla, soltó su libreta y se acercó agachándose hasta estar a apenas cincuenta centímetros del prisionero. Lo miraba fijamente a los ojos azules mientras este mantenía su cabeza alta. No había ningún signo de arrepentimiento en él. Solo una actitud de indiferencia frente a la mirada amenazadora del director.

—¿Cómo sabes su nombre? —exclamó sorprendido.

—Lo siento mucho.

—Dime por qué ha tenido que morir Claudia —gritó el director perdiendo los nervios.

Desde que se derrumbó junto a la puerta, había permanecido callado, llorando en una de las salas que había reservadas para el personal, mientras el FBI y la policía registraban y estudiaban minuciosamente el despacho y el resto de paquetes que había recibido. Habían estado analizando durante varias horas la caja en busca de huellas y restos de ADN. No habían encontrado absolutamente nada. El paquete que contenía el macabro regalo era una caja estándar (sesenta de largo por cincuenta de ancho por cuarenta de alto) que se vendía en todas las oficinas postales de Estados Unidos y Canadá. La bolsa de plástico en la que se encontraba la cabeza era una bolsa de envasado al vacío con cierre hermético que daban de regalo en los principales supermercados del país para el almacenaje de fruta. En la bolsa no había ni huellas ni rastros de cualquier otro tipo que pudieran ayudar a esclarecer quién había sido. La única pista que existía era el sello de una oficina postal de Quebec, pero según el FBI servía de poco, ya que allí había más de trescientas oficinas postales. El paquete no incluía ningún número de seguimiento, por lo que era imposible rastrear por dónde había pasado antes de llegar a su destino. Cuando el FBI se acercó a la habitación para contarle al director los pocos avances que habían conseguido y las escasas pistas que tenían, este los echó a gritos tachándoles de incompetentes. Se dijo a sí mismo que esa sería la última vez que perdería los nervios, que sería él el encargado de esclarecer por qué había tenido que perder a su hija, y fue entonces cuando se dirigió al exterior del centro psiquiátrico para tomar el control de la rueda de prensa.

—¿Qué prefiere? ¿Saber por qué ha muerto Claudia o saber por qué sé su nombre?

Stella agarró el brazo al director, en un intento de calmar la tensión que estaba acumulando. Se acercó al oído y le susurró algo. Momentos después salieron de la habitación cerrando la puerta tras de sí. Una vez fuera, el director argumentó:

—No me pasa nada, Stella. Ese hombre está jugando conmigo. ¿Acaso tengo que tranquilizarme cuando menciona a Claudia?

—Supongo que entenderá que no debo dejarle cometer ninguna estupidez. Está jugando con usted y quiere irritarlo. Tal vez no sea usted la persona indicada para hablar con él.

—Si piensa que voy a dejarla al cargo del análisis psicológico, está claro que debería estar interna.

—No pienso que deba dejarme a mí al cargo. Solo pienso que usted está afectado por la muerte de su hija y que tal vez su evaluación va a estar condicionada por su estado.

—Ese demente lo había planeado de antemano. Sabía que sería yo quien llevaría el caso y sabía que si quería dejarme fuera de juego tenía que golpearme donde más daño se le hace a una persona. En sus seres queridos. En mi caso, en mi hija. No pienso dejar el proceso. Claudia se merece que haga esto por ella.

Por un momento, al director se le saltaron las lágrimas. Stella lo observó consternada y no supo cómo reaccionar. Se quedó mirándolo compasiva.

—Estoy solo. No me queda nada —dijo el director apenado—. Mi mujer desapareció hace diecisiete años, a los pocos meses de nacer mi hija. No sé qué le pasó, todavía es un misterio para la policía. Lo peor de perder a alguien no es saber que ha muerto, sino no saber qué ha ocurrido: si sigue viva, si le ocurrió algo, si se fue con otro. Al menos me dejó a mi hija. Lo mejor que me ha pasado en la vida. Durante todos estos años la crié yo solo, ¿sabe? Se llama Claudia. Se llamaba —se corrigió—. Dios, qué difícil va a ser esto. Estaba a punto de terminar el instituto y quería estudiar veterinaria. No me acostumbraré nunca a esta pérdida. Se llamaba Claudia y ahora ya no está.

Al director empezaron a fallarle las piernas y tuvo que sentarse en uno de los bancos azules que estaban junto a la pared. Stella se acercó y lo abrazó, rodeándolo con sus delgados brazos. No hacía ni medio día que había conocido al director, un tipo implacable y con una personalidad inquebrantable, y ahora se encontraba hundido en sus brazos en la más absoluta oscuridad. Su reaparición frente a la prensa no fue más que un espectáculo para tranquilizar a las masas. En aquel momento el director sabía que había sucumbido, que había perdido la batalla y que a no ser que fuera capaz de aguantar el primer envite de su encuentro con el prisionero, habría perdido para siempre.

—Doctor Jenkins, creo que será mejor que hoy se tome el día libre —añadió Stella—. Solo hoy. Déjeme a mí entrevistarme con él a solas. Tal vez salgamos de esta conversación en círculos en la que él se disculpa y usted lo amenaza.

—No puedo hacer eso, Stella —respondió el director entre lágrimas.

—Hágame caso. Váyase a casa, relájese hoy y venga mañana. Le vendrá bien salir de aquí.

—Tengo que hablar con él. Quiero que me lo explique todo.

—Yo me encargaré. Si para mañana no he conseguido nada será usted quien se encargue del proceso y no me entrometeré en sus métodos.

El director levantó la mirada hacia Stella. Sus ojos estaban cargados de resignación. En el fondo sabía que la agente Hyden tenía razón y que quizá lo mejor sería volver al día siguiente, después de haber asimilado mejor lo sucedido.

—Está bien —dijo.

Capítulo 22

26 de diciembre de 2013. Boston

Stella acompañó al director a la puerta trasera del centro psiquiátrico para evitar el acoso de la prensa. Se despidió de él con la mano mientras el coche del director se alejaba por la carretera.

Mientras caminaba de nuevo hacia la habitación 3E, se preparó mentalmente para la entrevista a solas con el prisionero. Repasó mentalmente la conversación con el director y, al aproximarse a la puerta blanca, entró sin dudar.

El prisionero la observó entrar, y la siguió con la mirada. Stella se sentó en una de las dos sillas y permaneció callada unos minutos mientras echaba un vistazo a la carpeta que le había dado el director antes del incidente de la caja. El prisionero mantuvo el silencio, desviando la mirada hacia el suelo y el techo, y solo cuando Stella habló pareció recobrar la atención.

—Hola de nuevo.

—Buenas tardes, agente Hyden.

Stella no recordaba cuándo se había mencionado su nombre frente al prisionero. «¿Acaso también sabe mi nombre?», pensó aterrorizada.

—Veo que también sabes mi nombre.

—Conozco a mucha gente —bromeó con un tono serio.

—¿Cómo te llamas?

—Vaya. La pregunta del millón. Seguro que la prensa pagaría una fortuna por una respuesta a esa pregunta.

—Creo que es lo más justo. Sabes mi nombre y yo no sé el tuyo. Si vamos a charlar, lo más educado sería presentarnos correctamente.

—No podría ser un maleducado ante una señorita como tú.—Stella se sorprendió a sí misma sobre cómo estaba manejando la situación. El prisionero, sin ninguna duda, era su mayor desafío desde que comenzó como analista de perfiles del FBI—. Mi nombre es Jacob.

Stella asintió con la cabeza.

—Encantada, Jacob. Yo soy Stella Hyden. Aunque tú eso ya lo sabes.

—Mi nombre no le servirá de mucho de cara a la investigación, agente.

—Ahora al menos, tengo un nombre al que dirigirme.

—Creo que ha sido la única persona por ahora que ha mostrado modales. Dígame, agente, ¿tiene miedo?

—¿Por qué iba a tenerlo, Jacob? Estás maniatado y fuera de esta habitación hay dos enfermeros que entrarán si escuchan algo inusual. No puedes hacerme nada.

—No le preguntaba si se siente a salvo, sino si tiene miedo. Esa sensación que todos hemos sentido alguna vez. Esa sensación de que a pesar de que te sientes seguro, crees que hay algo que se te escapa. Le pregunto si piensa que aun estando aquí encerrado, puedo poner en peligro su vida, si incluso estando aquí maniatado, está segura de que esos dos hombres de fuera la protegerán de verdad llegado el caso.

La argumentación de Jacob la dejó consternada. Stella no había visto nunca a ningún criminal que controlara tanto la situación. Que fuese capaz de infundir miedo con solo una mirada. Jacob observaba las reacciones de Stella a su discurso, la vio estremecerse, dudar de su autoridad. Para cuando Stella fue a hablar, Jacob continuó:

—Supongo que querrá saber por qué fui detenido.

—Fue detenido porque hace dos días caminaba por la calle desnudo con la cabeza de una chica a la que había decapitado.

—Hay dos errores en su respuesta, agente Hyden —respondió el prisionero a modo de cantinela.

—¿Dos errores? No veo ninguno.

—Repase atentamente su comentario. Lea más arriba. Se dará cuenta de los dos errores.

—¿Acaso tiene problemas para aceptar lo que hizo? ¿No acepta sus atrocidades? ¿Es eso?

—Su argumentación contiene errores de novata. Vamos, abra los ojos. Por ser la primera vez que hablamos, la ayudaré.

—¿Novata?

—En primer lugar, da por sentado que he sido yo quien ha decapitado a Jennifer Trause, la chica cuya cabeza portaba en el momento de mi detención. ¿De verdad cree que fue así? ¿Que fui yo quien lo hizo? —Stella lo observaba atónita mientras continuaba su argumentario—. El segundo error es incluso mayor. Le he preguntado si querría saber por qué fui detenido.

—Dime, Jacob, ¿y por qué fuiste detenido?

—Porque necesitaba encontrarte, Stella Hyden.

Capítulo 23

14 de junio de 1996. Salt Lake

Amanda se ruborizó al oír el comentario de su padre. Por lo visto, el dependiente la había estado mirando absorto desde que entró a la tienda, sin apenas prestar atención a la anciana que salía ni a Steven, que enseguida se había puesto a mirar las botellas de una de las vitrinas. El muchacho vestía un polo blanco y unos vaqueros azules. Estaba de pie tras el pequeño mostrador que apenas le llegaba a la altura del muslo. Su pelo era de color castaño y estaba algo despeinado, pero daba la impresión de que era intencionadamente.

Amanda volvió la mirada y lo vio. Por un segundo, cerró la boca y contuvo la respiración de manera casi imperceptible. Mantuvo la mirada durante unos segundos más. Miraba sus ojos azules. De un azul que nunca antes había visto. El chico debía de ser de su edad. Estaba pulcramente afeitado, y la miraba sin atender a nada más. A los pocos segundos, Steven interrumpió:

—¿Vas a preguntarle si nos puede echar una mano, por favor?

—¿Qué? —repitió Amanda volviendo en sí.

—Déjalo. No te preocupes. Hola, veo que eres nuevo por aquí —dijo Steven, dirigiéndose al muchacho—. Antes era el señor McCarthy quien trabajaba en la tienda. ¿Le ha pasado algo?

El muchacho parpadeó y dirigió su mirada a Steven. Por unos momentos se quedó aturdido.

—¿Hola? —repitió Steven, intentando llamar su atención.

—Sí, perdón. El..., el señor McCarthy es mi tío. Está perfectamente. Es más, creo que mejor que nunca. He venido este año a ayudarlo en verano y creo que no está descontento del todo.

—Me alegro de que se esté tomando unas merecidas vacaciones. Desde que vengo a Salt Lake he visto cómo se pasa muchas horas aquí. Es un tipo encantador, pero nunca descansa.

—Sí, es muy trabajador. Este verano le costó bastante aceptarme aquí como ayudante para que él ganara algo de tiempo libre. Ahora creo que no querrá volver. Por lo visto ha conocido a alguien.

—No me digas. El viejo Hans con novia. Vaya, cómo me alegro. Siempre charlábamos de eso, ¿sabes? Que si no conocía a nadie, que si quería viajar a Francia en un viaje enológico, pero que no quería hacerlo solo. Y mira, ahora con pareja.

—Ya ve usted.

—Nada, chico. Genial. Por cierto —añadió Steven—, necesito consejos sobre vinos, y no sé si tú me podrás echar una mano.

—Por supuesto que sí, señor.

—¿Sabes si esta botella de Château Latour de 1987 sería un buen regalo?

—Pues por el precio que tiene, a más de cuatrocientos dólares la botella, estoy seguro de que así será.

—¿Tiene cierto aroma afrutado? Sé que a quien le voy a regalar el vino le encantan los vinos afrutados con cítricos.

—Ni idea, señor.

—Bueno, y ¿sabes si ha estado envasado en barril? —inquirió Steven.

—Ni idea, señor.

—Pero ¿no has dicho que ibas a ayudarme?

El chico se puso colorado de vergüenza. Agachó la mirada y respondió:

—Lo siento, señor, pero es que por ahora solo he tenido tiempo de mirarme las descripciones de los más baratos. No soy muy de vinos, ¿sabe? Por eso de la edad.

Amanda se rio ante la actitud torpe del muchacho. Había estado mirándolo callada mientras su padre hablaba con él y al tiempo que lo veía expresarse con torpeza ante las distintas preguntas.

Steven no pudo hacer otra cosa sino reírse de la situación. Lanzó una carcajada al aire y el chico se sintió algo aliviado.

—Si quiere usted, puedo llamar a mi tío en un segundo y preguntarle. Seguro que estará encantado de ayudarlo.

—No te preocupes, muchacho. Me llevaré dos botellas igualmente —dijo Steven, mientras le guiñaba un ojo a Amanda.

—¿Se las lleva entonces?

—Sí, claro.

—Pues ahora mismo se las preparo.

El chico se agachó tras el mostrador y levantó una pequeña trampilla que tenía bajo sus pies. Descendió por unas escaleras de madera, y a los pocos segundos volvió con un par de cajas de madera con forma alargada.

—Aquí están las dos cajas del Château Latour de 1987 —dijo mientras las ponía en el mostrador. Cerró la trampilla que daba acceso al almacén subterráneo y recogió las dos botellas que estaban en la vitrina. Sacó una pequeña calculadora y la apoyó sobre el cristal del mostrador.

—Pues serán trescientos ochenta y siete dólares por dos..., setecientos setenta y cuatro dólares. Menos el diez por ciento de descuento por ser amigo de mi tío..., seiscientos noventa y seis dólares con sesenta centavos.

—Aquí tienes, muchacho.

—Aquí tiene su vuelta, tres con cuarenta. Puede volver cuando quiera —dijo sonriente, mientras desviaba la mirada hacia Amanda.

En cierto modo, esas palabras iban dirigidas a la joven. Quería que ella volviese a la tienda. Quería saber cómo se llamaba y, sobre todo, quería verla de nuevo.

Amanda tenía la respiración entrecortada y, ni siquiera cuando Steven se despidió y se disponían a salir de la tienda, recuperó su aliento.

—Lo haré, no te preocupes, chico. Y por cierto, no me llames de usted, que aún me considero algo joven. Puedes llamarme Steven. Seguramente antes de irme me pasaré por aquí a ver si tengo suerte y saludo a tu tío.

—Encantado de conocerle, Steven. Mi nombre es Jacob.

Capítulo 24

23 de diciembre de 2013. 23.17 horas. Boston

Mañana a esta hora estaré detenido. Es algo difícil de entender, pero es algo para lo que llevo preparándome demasiado tiempo. Me pregunto qué cara pondrá el jefe de policía cuando decida ceder mi interrogatorio al centro psiquiátrico. Después de muchas horas sin hablar, sin mostrar ningún signo de cordura, no le quedará otra opción. Mi aspecto físico reforzará su convicción de que este caso no es más que el de un loco desconocido que ha perdido la cabeza cuando ha decidido extraer otra. Pero ¿de verdad es así? Si lo pienso fríamente, puede que incluso tenga algo de razón. Que quizá mi método no sea el más lógico, que mi camino no sea el más sensato para el resto del mundo, pero para mí, para mi más profundo ser, es el único que tiene sentido. El único que me permitirá recobrar mi vida, el único que me acercará de nuevo a Amanda. Aunque no signifique directamente estar con ella, me gusta pensar que será un modo de unirme de una manera más esencial con Amanda. Será como si una parte de mí se reuniera con ella una vez más. Será, por algún instante, como si la volviera a tener entre mis brazos.

La autovía se acaba. Ya estoy cerca. El repiqueteo del hacha al vibrar en el maletero me relaja y me permite concentrarme en las escasas luces rojas que me acompañan por la carretera. Es esta salida, sin ninguna duda, es esta salida. Dedico los últimos momentos de mi camino hacia la mansión pensando en Amanda, en aquella mirada en la que se detuvo el tiempo, en aquella conversación sin importancia sobre vinos con su padre, y que supuso el inicio de esta historia, el inicio de mi camino, el de una vida que pudo ser, y que acabó no siendo.

Capítulo 25

26 de diciembre de 2013. Nueva York

Eran casi las cinco de la tarde en Central Park. El sol ya se encontraba en su límite, apoyado sobre los rascacielos de Nueva York. Por su interior circulaban parejas paseando, gente haciendo deporte, calesas de caballos cargadas de romanticismo. Un día después de Navidad, la ciudad había vuelto a la calma, a la espera de que llegara la noche de fin de año. Una calma relativa: continuaban los atascos, el bullicio de gente, los pitidos de los coches.

Eran casi las cinco de la tarde, y nadie, en el bullicio, había notado nada nuevo en la ciudad. Nadie había advertido la camioneta roja que se encontraba aparcada frente al 904 de la séptima avenida, justo en la puerta de una oficina del Chase Bank. Frente al banco se encontraba el 904, un edificio antiguo de ladrillos rojos de diez plantas que hacía esquina con la calle 57.

Steven había estado conduciendo más de ocho horas para llegar a Nueva York. Durante todo el camino, se repitió lo mismo una y otra vez, en un murmullo constante: «¿Qué ha hecho esta chica para merecer morir?». Se bajó de la camioneta y miró arriba mientras un continuo tráfico de gente lo rodeaba. Era hora punta, todo el mundo acababa de salir del trabajo y Nueva York se convertía en una jungla de supervivencia, en una competición por llegar antes a casa, en una jauría luchando por el hambre de hogar.

En mitad de la acera, rodeado de un sinfín de personas que lo esquivaban, sacó la nota amarillenta de su bolsillo, y la releyó: «Susan Atkins, diciembre de 2013».

—¿Qué ha hecho esta chica para merecer morir? —se dijo una vez más con consternación.

Se encontraba allí, atormentado, imaginando cómo sería esa chica o esa mujer. Se debatía entre cuánto duraría esta vez. Se imaginaba pegando en la puerta, fingiendo una maldita cara amable, simulando una falsa realidad mientras la chica le atendía. Se imaginaba empujándola al interior, entrando abrumador, durmiéndola con cloroformo. Se preguntaba cuántas horas tendría que esperar para volver a la camioneta. Cuánto tiempo tardaría Nueva York en dormirse. Cuánto tendría que aguantar en la casa de Susan, esperando el momento adecuado para bajar con ella a cuestas, para subirla a la camioneta, para hacerla desaparecer del mundo.

La frialdad con la que se lo imaginaba todo le asqueó. No era el hecho en sí lo que detestaba, sino la pasmosa indiferencia con la que se veía dispuesto a hacerlo. Habían sido demasiadas veces ya. Habían sido demasiados años.

—¿Se encuentra bien, señor?—interrumpió un chico trajeado con cara de preocupación, arrancándole del trance en el que estaba sumido.

—¿Perdón? —respondió con voz ronca.

—Le preguntaba si se encuentra bien. ¿Necesita algo? Le veo algo perdido.

—Ah, esto. Busco el 904 de la séptima avenida.

—Está usted en él —dijo con una sonrisa señalando una puerta de cristal por la que se accedía al edificio.

—Gracias, muchacho.

El chico se perdió entre el gentío y desapareció de su vista sin darse cuenta.

Steven se abrió paso entre la multitud. Cruzó la calle y observó a las parejas que dialogaban en el interior del Café Europa. Una de ellas llamó su atención a través del cristal. Ambos tenían unos veintitantos años. Ella, rubia y delgada; él, moreno y apuesto. Se sujetaban una mano por encima de la mesa, mientras ella reía. Él la miraba absorto; ella se tocaba el pelo. No pudo hacer otra cosa sino recordar a Kate. El corazón le dio un vuelco, y le vinieron a la cabeza aquellos momentos cuando se sentaban al atardecer en Salt Lake, en el porche de la vieja casa de los Rochester, cuando tenían veintitantos años. Recordó cuánto reía él, cuánto reía ella.

La pareja se percató de su mirada, y el chico se rio de él desde el interior. Steven agachó la cabeza y se alejó del cristal. Se sentía aturdido.

Remiró la nota y entró decidido en el portal. Mientras subía las escaleras se acordó de lo que había imaginado en cuanto llegó. Apenas habían pasado quince minutos y le pareció que llevaba todo el día en aquella calle, que había estado una eternidad mirando a través del cristal del Café Europa. En su interior, dudaba de si sería capaz de hacerlo de nuevo. Con cada peldaño, camino del sexto piso, su pulso se aceleraba, su respiración se agitaba, sus piernas flaqueaban. Cuando pensaba que ya no podría más, se vio a sí mismo frente a la puerta del sexto E.

Era el lugar que le había dicho la voz. Allí dentro estaría ella.

Esperó un minuto frente a la puerta mientras recobraba el aliento y llamó al timbre. En el lapso de tiempo en que tardó en abrir la puerta la pobre chica, Steven pensó que tal vez tuviera una oportunidad de sobrevivir. Que quizá fortuitamente lograría escapar y pedir socorro mientras él corría tras ella. Que algún vecino podría ayudarla, que la salvaría de él y le dejaría fuera de combate a merced de la policía.

Pero no fue así.

Pasaron más de seis horas hasta que Steven observó que la calle se quedó desierta. De vez en cuando aparecía un taxi a lo lejos que no tardaba en desaparecer. Cargó a Susan al hombro sin ningún temor. Bajó por las escaleras con ella a cuestas, cruzó la calle y la introdujo en la parte de atrás de la camioneta. Se acercó al parabrisas y tiró al suelo varias multas de aparcamiento que había acumulado durante el día. Al montarse en el coche cerró los ojos. Vio a Kate una vez más, y también a Amanda y a Carla, y, decidido, arrancó para perderse en la noche.

Capítulo 26

26 de diciembre de 2013. Boston

—¿Sabes, Stella?, es complicado contarte todo de una manera más o menos coherente. Sobre todo si cuando lo que intentas contar carece de sentido para una persona que no puede llegar a entender la magnitud e importancia de cada uno de los cientos de pequeños gestos y acontecimientos que ocurren en la vida. Por mucho que una persona se esfuerce en comprenderte, a no ser que seas capaz de introducirlo todo poco a poco en su cabeza, es realmente complicado concebir que se pueda llegar a meter en la mente de un asesino, ¿no es así?

—No te sigo, Jacob.

—A lo que me refiero es que la única manera que tendrías de comprender esta historia es contándotela como te la estoy contando, por muy compleja que te parezca al principio.

—Aún no me has contado nada, Jacob.

—Te equivocas, Stella, la historia ya se encuentra bastante avanzada, aunque quizá sería conveniente contártela desde el principio otra vez a ti, solo a ti, para que no te pierdas detalle.

—¿Qué quieres decir?

—Quiero que entiendas por qué eres tú a quien tengo que contar mi historia. Por qué el director ha tenido que sufrir de esta manera. Por qué has sido tú la agente de perfiles del FBI asignada a este caso.

Stella no sabía cómo comportarse con el prisionero. Tenía la sensación de que iba diez o doce pasos por delante de ella. Lo miraba a los ojos azules y le inquietaba sobremanera cómo mantenía la calma y cómo se sentía dueño de la situación.

—Comienza, Jacob —fue lo único que se atrevió a decir.

—Yo era un chico normal, ¿sabes?, de esos que van al instituto, que juegan al fútbol, que tienen muchos amigos. Sí, es verdad que durante los veranos me veía obligado a trabajar para ayudar en casa, ya que la situación no era la ideal: padre, alcohólico y problemático; madre, enamorada de un problema. Tal vez quieras anotar algo así como «familia inestable», «desorden familiar» o cualquier otro tecnicismo que uses para referirte a una infancia complicada, pero eso no es algo que influyera en mi vida ni que me llevase a hacer lo que hice para estar aquí hoy. —Stella agachó la mirada y anotó—. Mis padres hicieron lo que pudieron, lo que la sociedad les permitió hacer —continuó Jacob—. Cuando yo no era más que un crío, mi madre trabajaba continuamente para pagar el alquiler limpiando casas, ayudando a ancianas y haciendo de canguro. Mi padre era carpintero, y durante el día se comportaba con mi madre como si fuera una reina, como si no hubiera nadie más en el mundo. Yo admiraba esa parte de él. Cómo la protegía, cómo la mimaba, cómo reía junto a ella cuando yo los asaltaba en su cama dando brincos por las mañanas.

»Por la noche era otra historia. Otra persona totalmente distinta. Distante en su manera de cenar, de ver la televisión, de mirarla. Parecía como si le hubieran arrancado el alma poco a poco, como si con cada sorbo de cerveza, una parte de ella la hubiera absorbido la botella, llevándose consigo el instinto protector, los mimos, las risas.

»Anota, anota, no te cortes.

»Con el paso de los años, cuando tenía unos diez u once, recuerdo que hubo varios momentos en los que pensé que todo acabaría, que él se marcharía y buscaría otras vidas a las que atormentar, sobre todo, después de mis diminutos intentos por proteger a mi madre de sus interminables golpes. La fuerza que yo tenía entonces no se acercaba ni por asomo a la de un hombre de unos treinta años, que era la edad que debía tener mi padre, pero eso no me impedía agarrarlo o molestarlo en su ataque con la esperanza de protegerla. Fueron varios años así, luchando impotente contra un hombre que tenía dos vidas; una de día, otra de noche. No podía entender que una persona pudiera mostrar dos extremos tan opuestos al mismo tiempo. Había días muy similares unos de otros en los que amanecía arrodillado, arrepentido, haciendo mil promesas, llorando pidiendo perdón, implorando a mi madre que le entendiera.

»Y ella siempre cedía.

»Con quince años ya tenía la suficiente fuerza como para hacer algo más que molestar en una de esas peleas. Recuerdo perfectamente cómo lo amenacé aquella noche asquerosa: "No te acerques ni un paso más", le grité, "no volverás a tocar a mi madre". "No eres más que un mocoso", me dijo, "apártate o te cruzo la cara". "No", le contesté, "mi madre no se merece a un mierda como tú". "Aquí el único mierda", me dijo, "eres tú". Todo fue muy rápido. No sé si fue él mismo, o fue tras un empujón mío, pero cayó, seguramente ayudado por el alcohol, y se golpeó la cabeza con una mesilla de cristal que lideraba el salón. Pensé que lo había matado, que había podido con él y había salvado a mi madre. Fueron unos minutos en los que me sentí invencible. Pero entonces se levantó, se despertó cuando no lo miraba, cuando abrazaba a mi madre, cuando le decía que todo había acabado. Me tiró al suelo, me pateó sin piedad hasta que cerré los ojos. No sé cuánto tiempo estuve con los ojos cerrados. Cuando los abrí, me levanté dolorido y como pude caminé por toda la casa, buscando a mi madre por todas partes hasta que la encontré en el dormitorio dormida junto a él. Recuerdo que entré a hurtadillas en la habitación y la desperté sin hacer ruido. Él dormía como si nada hubiera sucedido. Mi madre me susurró que lo dejara estar, que me fuera a la cama, que se había dormido y que mañana sería otro día. "No puedes hacer como si nada", me dije; así que fui a la cocina, busqué un cuchillo y volví a la habitación. Estaba completamente dispuesto a hacerlo, a acabar con él. Mi madre me miraba acercarme envalentonado desde la penumbra, mientras apoyaba la hoja contra el cuello de mi padre. Pensé que lo haría. Lo iba a hacer.

»Pero mi madre me suplicó que no. Me susurró que lo amaba, que lo quería con ella. Yo no entendía nada. Y no es que no lo entendiera por la edad, aún sigo sin comprenderlo. Tiré el cuchillo al suelo y se me escaparon las lágrimas. Me temblaba la mano como nunca antes me había pasado. El ruido del cuchillo ni lo despertó. Mi madre me vio llorar, y quizá por miedo o por amor, nunca lo sabré, no me dijo nada. Cerró los ojos y se predispuso a dormir. Salí de la habitación llorando, me senté en el sofá y miré hacia la zona del suelo donde había estado medio inconsciente. Observé los marcos de las fotos que decoraban el salón con imágenes de mis padres sonrientes y abrazados. En pocas de esas imágenes estaba yo, ni siquiera de bebé o más joven. No sé, Stella, si comprendes lo que significó para mí aquella época. Aprendí dos lecciones que me acompañaron el resto de mi vida. La primera, que es muy distinto lo que una persona dice que quiere, o lo que una persona necesita, a lo que una persona quiere. Mi madre necesitaba una vida, y ella decía que quería ser libre, pero quería estar prisionera. Tal vez le faltaba valor. Me atormenté durante años pensando que ella no había encontrado un motivo lo suficientemente grande como para huir de ese calvario. No me vio a mí, a su hijo, un motivo suficiente.

»La segunda lección fue algo más perturbadora. Lo que vi en mi padre me hizo entender que todos y cada uno de nosotros guardamos dos mitades, dos extremos que nos impulsan hacia un lado o hacia otro. Que podemos amar con todas nuestras fuerzas algo, pero siempre nos queda una parte oscura esperando despertar. Mi padre amaba a mi madre, pero también la odiaba. Mi madre odiaba a mi padre, pero también lo amaba.

—Tuvo que ser muy duro para ti, Jacob —dijo Stella consternada.

En el fondo, había comenzado a empatizar con él. Su infancia no fue fácil tampoco. Desde que nació hasta los siete años había vivido en un centro de acogida. Recordaba vagamente aquellos años, como si estuviesen cubiertos de una neblina espesa y se hubiesen difuminado con el tiempo, pero sabía que tenían mucho que ver en la formación de su carácter más reservado. Era incapaz de rememorar los nombres de los compañeros y tutores del centro de acogida, y las caras de todos ellos estaban tan difusas en su mente que se mezclaban unas con otras. Para ella, aquellos años estaban tan borrosos que prefería dejarlos a un lado y seguir hacia delante. «¿Dónde pretende llevarme con toda esta historia de su infancia?», pensó Stella.

—No sabría decirte cuánto. Esa misma semana la situación se me hizo insostenible. La abofeteó delante de mí, discutí y acabé implorando a mi madre que nos fuéramos, que empezáramos en cualquier otro sitio lejos de él. Pero me dijo que no lo haría y que aceptase la situación. No pude hacer otra cosa sino irme de aquella casa. Hice mi maleta y, entre gritos y empujones, salí por la puerta sin saber exactamente adónde ir. Si hubiera seguido allí un minuto más, habría perdido la cordura. Digo esto hablando en retrospectiva, aunque tal vez, en estos momentos, no me encuentre en el lugar adecuado para hablar de cordura.

Capítulo 27

26 de diciembre de 2013. Boston

De camino a casa, y una vez lo suficiente lejos del centro psiquiátrico, el director detuvo el coche en la calle Irving. Se bajó del coche y entró en un bar que hacía esquina. El local estaba vacío, algo que le sorprendió, ya que era jueves y pensaba que estaría mucho más ambientado. Saludó al camarero alzando una mano y se sentó en una de las mesas del fondo. El camarero se acercó a él. Era un tipo recio, pero tenía una cara redonda con mofletes rojos que le otorgaban un aspecto amable.

—Dime, ¿qué te pongo, amigo?

—Necesito un buen whisky —dijo con la voz entrecortada.

—¿Un día duro, amigo? —preguntó el camarero.

El director no respondió. Agachó la cabeza y suspiró.

—Vamos, hombre, no sé qué te ha ocurrido, pero todo pasa, ¿sabes? —dijo a modo de ánimo—. Si te sirve de consuelo, llevo dos días horribles, amigo —añadió—. No te lo podrías imaginar. Desde lo de ese hombre deambulando con aquella cabeza, no viene nadie al bar. Dos días sin llevar ni un dólar a casa. Es usted el primero. Mi mujer está que trina. Fue aquí mismo, ¿sabes? Justo frente a la puerta del bar. Lo detuvieron ahí mismo, ¿te lo puedes creer, amigo? —dijo alzando la voz mientras se acercaba a la barra a por una botella de whisky y un vaso.

—¿Justo aquí? —El director no lo podía creer. Le temblaba el pulso. Estaba a punto de ponerse a llorar. Pretendía huir del prisionero y había vuelto al lugar donde todo había empezado. Se sentía aturdido y desorientado.

—Exactamente ahí, amigo, junto a la puerta. Si te fijas, todavía se ven las pequeñas marcas de sangre del goteo de la cabeza. Una auténtica barbaridad. No sé qué llevó a ese hombre a hacer todo eso. Menos mal que todavía tenía cerrado el bar y no estaba aquí. Hubiera sido demasiado para mí. Bueno, fue demasiado para todos, ¿sabes? La frutería del otro lado de la calle todavía no ha abierto desde entonces. Por lo visto la tendera se desmayó cuando vio la escena.

—Por favor, déjeme solo —dijo el director mirando el vaso vacío que tenía delante mientras resoplaba y negaba con la cabeza.

—No te pongas así, amigo. Intento hacerte ver que hay cosas más graves, ¿entiendes? La pobre frutera se quedó trastocada. Tiene que impactar muchísimo ver una cabeza de una chica tan joven. No era de por aquí, ¿sabes? Jennifer Strauss, o algo así, dicen en todas partes que se llama. Desapareció hace cinco días de su casa, y apareció solo una parte de ella. Maldita sea, ¿adónde vamos a llegar? La gente cada vez está más loca.

—Sírveme el puto whisky y cállate de una vez.

—Madre mía, cómo está el mundo. Debería tratar de sonreír más, amigo. Sea lo que sea lo que te haya pasado, deberías intentar no pagarlo con los demás. Pero vamos, solo es un consejo. Qué sabré yo, amigo.

El director se levantó de repente, agarró al camarero del cuello de la camisa y lo tumbó de espaldas contra la mesa, rompiendo el vaso en mil pedazos. Se acercó a él sin soltarlo, furioso. Tenía las venas del cuello hinchadas, a punto de explotar. Le temblaban las manos, la cara, la mejilla. El camarero apenas pudo reaccionar. A pesar de su tamaño y de su diferencia evidente de estatura, sentía pánico. Había tenido experiencias similares con clientes borrachos, pero ninguna como esta. Pensaba que acabaría asfixiándolo. Pasaron varios segundos y había comenzado a percibir el dolor de los cristales en la espalda.

—Yo no soy tu amigo, ¿entiendes? —dijo el director.

—Lo..., lo siento —exhaló el camarero—, solo pretendía ser simpático —se atrevió a decir.

—Tú no sabes nada de la vida. No tienes ni idea de lo que significa perderlo todo. ¿Cómo vas a dar consejos a nadie?

—Suéltame, por favor. Seguro que has tenido un mal día y he llegado yo a incordiar aún más. Lo siento.

Poco a poco, el director dejó que sus manos se abrieran, soltando la camisa del camarero. Dio varios pasos hacia atrás, observándole la cara asustada. Nunca había pegado a nadie y aquella situación le horrorizó. Sacó la cartera entre lágrimas, y tiró un par de billetes al suelo. Se acercó a la puerta del bar y salió sin mirar atrás.

Capítulo 28

14 de junio de 1996. Salt Lake

Amanda y Steven salieron de la licorería y se montaron en el coche. Mientras arrancaba, Steven dijo:

—Un muchacho simpático, ese tal Jacob.

—Ps..., normal —dijo resoplando—. Majo.

—¡Ja!, ¿sabes una cosa que no ha cambiado desde que yo era joven?

—A ver, ilústrame, papá —dijo en tono irónico.

—Cuando un chico os gusta, las chicas decís «majo». No falla.

—¿Qué dices? ¿Gustarme ese chico? Ni hablar —exclamó ruborizada.

—Tus mejillas dicen lo contrario. Te has puesto roja.

—¿Yo?, qué dices —dijo alzando la voz—. Es que hace calor. ¿Tú no tienes calor? ¿No hace mucho calor? ¿Puedes bajar la ventanilla?

—Amanda, no soy tonto. Sé que estás en esa época en la que te empiezas a interesar por los chicos. Y por cierto, no, no hace calor.

—Papá, por favor. Déjalo ya.

—Solo te pido una cosa: que tengas mucho cuidado. No quiero que nadie te haga daño.

—Papá, para.

—Si necesitas algún consejo, podría explicarte perfectamente todo. Pensé que este día no llegaría nunca, pero creo que será mejor que tratemos este tema cuanto antes.

—¡Papá!

Steven no tuvo tiempo de frenar. No circulaba muy rápido, pero no prestó la suficiente atención a la carretera. Por aquel sitio cruzaba un hombre que cargaba un par de bolsas de plástico blancas y un ramo de flores. El hombre cayó sobre el capó del coche. Las naranjas que llevaba en las bolsas se esparcieron por el suelo como si acabara de comenzar una partida de billar. El ramo había volado por los aires, cayendo sobre el techo del Ford. Amanda gritaba asustada, mientras Steven salía del coche temiendo lo peor. El hombre daba la impresión de tener unos treinta y tantos años, y estaba inmóvil sobre el capó. Steven se acercó poco a poco a él, observando atentamente por si había sangre y pensando en qué hacer si tenía que cubrir alguna herida.

—¿Oiga?, ¿se encuentra bien? —preguntó.

Steven miraba hacia todos lados y veía las caras de la gente de la calle curiosas por lo que había sucedido.

—¿Se encuentra bien? —repitió. Comenzaron a temblarle las manos. Por un momento pensó que había muerto, que había atropellado a aquel hombre y había fallecido. Algo le decía que a aquella velocidad era imposible que así fuera, pero tal vez, un mal golpe en la cabeza contra el capó lo podría haber matado.

Una señora se avecinó a la carretera ofreciendo su ayuda al ver a Steven consternado.

—¿Es que nadie va a llamar a una ambulancia?

Amanda se dispuso a salir del coche. La visión del hombre sobre el capó la perturbó. Veía su pelo moreno sobre el cristal y apenas alcanzaba a verle la cara.

—Amanda, quédate ahí —gritó Steven—. ¿Oiga?, ¿se encuentra bien? —repetía.

Amanda se tapó los ojos y dejó de mirar. No aguantaba ni un segundo más aquella imagen.

—Pero si iba lentísimo. No me lo puedo creer —decía Steven al aire.

Estaban a punto de saltársele las lágrimas cuando el hombre comenzó a moverse. Fue un gesto leve en la mano izquierda que aún aguantaba un jirón de bolsa. Algo sutil que hizo que Steven recuperara la esperanza. Ese pequeño movimiento fue seguido de otro en la mano derecha.

—¿Hola?, ¿está bien? —dijo Steven arrimándose al hombre.

Poco a poco este recuperó las suficientes fuerzas como para mover un brazo, y luego el otro. Hizo un gesto con la cara y apoyó una mano en el capó, empujándose hacia el suelo.

Steven lo ayudó a estabilizarse, se echó un brazo al hombro y apoyó al hombre sobre el coche.

—Conduce usted como un loco —dijo dolorido.

—No sabe cuánto lo siento. Déjeme llevarlo al hospital.

Amanda abrió los ojos y se alegró al no ver al hombre sobre el capó. Salió del coche y se aproximó para ayudar.

—¿Se encuentra bien?, déjenos que le llevemos al hospital —dijo decidida.

—No, no..., no hace falta. Solo necesito sentarme un rato. Creo que solo ha sido un golpe en la cabeza.

—Parecía que la había palmado —dijo Amanda sonriente a modo de broma.

—Amanda, no estás ayudando —dijo Steven—. ¿Seguro que se encuentra bien?

—No se preocupe, de verdad.

Steven ordenó a Amanda con la mirada que entrara en el coche y ayudó al hombre a volver a la acera y a sentarse en un banco.

—Lo siento mucho, déjeme aunque sea darle dinero para la compra.

—A eso no le voy a decir que no —dijo medio sonriendo.

Steven sacó un billete de cien dólares y se lo dio.

—Verá, sé que no es suficiente para compensarle por el atropello, pero justamente me he quedado sin efectivo.

—Es más que suficiente. Las naranjas apenas me costaron dos dólares.

—Tengo una idea —dijo Steven con la sonrisa de nuevo en su rostro. Se acercó al coche, abrió la puerta y cogió una de las botellas de vino que acababa de comprar.

—Tome. Se la regalo. Hágame caso y acéptela. Se la puede tomar con su esposa, regalarla o venderla. Vale bastante dinero.

—¿Una botella de vino?

—Le puedo dar otra, si no le parece suficiente.

—No hace falta que me dé nada —dijo el hombre—. Solo tenga más cuidado cuando conduzca. Aunque supongo que intenta redimir de alguna manera su sentimiento de culpabilidad, le aseguro que no hace falta. Ha sido un accidente, estas cosas pasan.

El hombre le dio un golpe en la espalda a Steven mientras le sonreía.

—Lo que sí le prometo es que no olvidaré nunca el día en que me atropellaron con un Ford azul.

—No sabe cuánto lo siento, de verdad.

—No lo digo por el atropello —dijo sonriendo de oreja a oreja.

—¿Por qué entonces?

—Mi mujer acaba de dar a luz.

—Vaya, felicidades —exclamó Steven.

—Es una niña. Iba hacia el hospital a ver a mi esposa.

—Y llego yo a acelerarle el trayecto —bromeó.

—Ja, y tanto. En serio, no se preocupe. Su hija le espera, y a mí me aguarda la mía.

—Le llevo si quiere.

—No se preocupe, me vendrá bien andar un poco.

—¿Seguro?

—Seguro.

Steven se acercó al coche donde esperaba Amanda.

—¿Se encuentra bien? —preguntó Amanda.

—Sí, dice que sí. Vaya susto, ¿eh?

—Tardaré tiempo en olvidarlo.

—Y todos.

Steven arrancó el coche, y se alejó despidiéndose del hombre con la mano a través de la ventanilla. Aún le temblaba el pulso del susto. Nunca había tenido un accidente de coche ni había visto mucha sangre. La primera de las dos cosas acababa de suceder, y la segunda, solo ocurriría tres días después.

Capítulo 29

23 de diciembre de 2013. 23.21 horas. Boston

Maldita sea, no puedo dejar el coche más cerca o me verán. Desde aquí lejos la mansión impresiona. Esas dos enormes columnas que escoltan la puerta parecen medir más de diez metros. Nunca me hubiera imaginado que tuvieran tanto poder. Seguramente alguno de ellos sea un millonario aburrido, o tal vez hayan presionado a alguien, quién sabe.

Los Siete, así dicen que se llaman. Los malditos Siete. Siete personas con un objetivo irascible, asqueroso y sin sentido. Seis de ellos no pasarán de esta noche.

Los tuve muy cerca en Estocolmo hace cuatro años. Me da rabia pensar en cómo escaparon, cómo desaparecieron justo cuando llegué. Por aquel entonces el sitio donde se reunieron fue una lejana cabaña a las afueras. Cuando llegué allí, habían desaparecido y, con ellos, mis anhelos de venganza. Han tenido que pasar cuatro años, con todas las posibles muertes que ello implica, para encontrarlos de nuevo.

Aún no entiendo por qué tuvo que ser ella, Amanda, la de aquel día hace tantos años. Ella no hacía daño a nadie. Ella solo quería ser feliz. Ella solo quería vivir conmigo.

Y no la dejaron.

Recuerdo con horror aquel silencioso despertar. Nunca un silencio había sido tan aterrador para mí, ni creo que nunca ningún otro pueda acercarse a lo que me hizo sentir aquel. No hubo nada, nada a excepción de aquella nota, de esta nota que traigo conmigo aquí, y de la que no me he separado en todos estos años. La nota que entregaré a quien hizo daño a Amanda, a quien la separó de mí.

La sacaré del bolsillo y la leeré en voz alta, para que sepan por qué estoy allí, por qué se equivocaron cuando la eligieron a ella, y por qué tienen que morir: «Amanda Maslow, junio de 1996».

No diré nada más. No pronunciaré ni una palabra más. No podrán huir.

Capítulo 30

26 de diciembre de 2013. Boston

—Puedes soltarme si quieres, Stella, te aseguro que lo último que quiero es que te pase algo.

—No puedo soltarte, Jacob. No mientras no sepamos qué ocurrió hace dos días.

—¿Qué quieres saber exactamente?

—Solo sigue por donde ibas. Aunque no tenemos mucho tiempo...

—Hasta que vuelva el director. ¿No es así?

—Sí, pero lo hará mañana.

—No te preocupes por él. El doctor Jenkins tiene muchas cosas que resolver antes de que lo tengamos aquí de nuevo.

—¿Qué quieres decir?

—Esto es mucho más grande de lo que te puedas imaginar, Stella. Es la obra maestra del destino. ¿Crees en él?

—¿Qué dices, Jacob?

—Yo siempre he pensado que el destino no existe. Que son las personas las que lo modifican, lo crean o lo destruyen. Pero después de todo lo que sucedió y, sobre todo, de lo que aprendí durante mis años de búsqueda, me di cuenta de que no es así.

—¿Quieres decir que estás aquí por el destino?

—Déjame sorprenderte, Stella.

—Adelante —dijo mientras se preparaba para anotar.

—Cuando me fui de casa, tenía quince años y no sabía adónde ir. Vivía con mis padres en las afueras de Charlottesville, Virginia, y nunca había salido de allí. Sabía que tenía familia repartida por todo Estados Unidos, pero a excepción de un par de tíos, por parte de mi madre, no conocía a muchos parientes. Tenía ahorrados unos setenta y cuatro dólares, gracias a una diminuta paga semanal que me acababan de conceder mis padres (de cinco dólares) y varios recados que había realizado para un vecino. No es que yo lo hubiera estado planeando y hubiera guardado dinero para cuando me fuera de casa, simplemente no tenía mucho en qué gastarlo. Recuerdo lo que hice con la primera paga que tuve. Me la dio mi padre de mala gana, rechistando y diciéndome, a modo de broma, que no me lo gastara en alcohol. Era su manera de decirme que sentía sus borracheras. En cierto modo, se sentía culpable, pero aun así no lo cambió. Cogí aquellos primeros cinco dólares y fui a la floristería. Fui con toda mi ilusión a comprar un ramo para mi madre. Cuando llegué a la floristería y vi los precios de todos ellos, se me cayó el mundo encima. Solo podía pagar dos margaritas y una rosa. Era eso o nada. La tendera me regaló una rosa más. «Me da pena ver un ramo tan insulso», me dijo, y yo salí de la tienda tan contento con mis dos margaritas y mis dos rosas. Se las dejé en un jarrón que tenía encima de la mesilla que un par de meses después mi padre rompería con la cabeza, y la esperé toda la tarde deseando que llegara de trabajar. Allí estaba yo, sentado en el salón, mirando con un ojo hacia la puerta y con el otro al ramo bicolor.

»No sé qué me dolió más, si el hecho de que ella llegase y ni mirara el ramo, o lo que me dijo cuando le conté que se lo había comprado. "¿En eso te gastas el dinero?". Yo había asumido que era mi dinero y que, por tanto, podía hacer con él lo que me diera la real gana. Y me dio la real gana tener un detalle con alguien que me había dado tanto, y a quien yo solo veía sufrir.

»No es que le guarde rencor a mi madre por su desprecio a mi regalo, eso lo olvidé en cuanto me sonrió aquella misma noche, diciéndome al oído cuánto le había emocionado el regalo y que sentía no haberlo disfrutado en el momento de verlo. Solo quiero que entiendas, Stella, hasta qué punto yo la amaba, y lo difícil que fue marcharme de aquella casa sin mirar atrás, temiendo que algún día, si volvía, ella no estuviese allí.

»¿No anotas, Stella?

—Sí, perdón —dijo mientras lo miraba a sus ojos azules, bajando instantáneamente la vista hacia la libreta y apuntando algo.

—Fui a la estación de autobuses de Charlottesville y pagué un billete hacia Salt Lake. Allí vivía uno de mis tíos que, en las escasas cenas familiares que se organizaban, siempre se mostraba atento con su hermana y conmigo. Todavía creo que odiaba a mi padre más que yo, pero eso nunca me lo dijo. Lo que sí sé es que un año, cuando yo tenía doce o trece, no lo recuerdo bien, vino a casa a las pocas horas de que mi madre lo llamara después de una pelea con mi padre. Él, como siempre, había estado bebiendo, discutió con ella y la empujó contra uno de los muebles de la cocina. Ella comenzó a sangrar, y yo me asusté bastante. Mi padre también se asustó, a pesar de su embriaguez. Cuando la vio sangrar, su cara se transformó de la ira al terror. Estuvo pidiendo perdón durante varias horas mientras mi madre y yo llorábamos en el dormitorio. Cuando por fin llegó mi tío, se enfrentó a mi padre. Yo me asomé por la puerta y los vi gritar y empujarse. Mi tío gritaba colérico. Esta imagen contrastaba con la actitud calmada y simpática que siempre había mostrado cuando venía a las cenas familiares. No recuerdo bien las palabras que se dijeron pero, desde aquella noche, no lo vi más hasta que me encontré con él en Salt Lake. No vino a ninguna cena familiar más, ni siquiera llamó por teléfono.

»Es difícil explicarte, Stella, por qué decidí ir a ver a mi tío tres años después de aquello cuando hui de mi casa. Podría haberme ido con algunos familiares que vivían más cerca de Charlottesville, o incluso haberme buscado la vida en cualquier otro lugar lejos de mi pasado. No sabría explicarte por qué fue con él con quien decidí comenzar mi nueva vida. Supongo que fue porque era la única persona en mis recuerdos a quien le afectaba tanto como a mí lo que estaba sufriendo mi madre y el calvario que vivía mi familia.

»Es irónico pensar cómo, huyendo de un alcohólico, acabé trabajando donde lo hice. Mi tío regentaba una diminuta licorería en el centro de Salt Lake y cuando me vio entrar por la puerta con la maleta, supo por qué estaba allí. Aunque yo detestaba el alcohol más que nadie del mundo, me resigné a trabajar para él y a ayudarlo en lo que necesitase. Yo ya era suficientemente mayor para comprender que no estaba en una situación para decidir cuál era el mejor puesto de trabajo o el más adecuado, y además no contaba con el apoyo de nadie más en el mundo salvo él.

—¿Y por qué me cuentas esto, Jacob?

—Porque no podrías entender la magnitud de todo lo que ocurre aquí, ahora, si no comprendes por qué acabé en Salt Lake, ni cómo los siguientes hechos, que ocurrieron en el mes de junio de 1996, evolucionaron hasta llegar a esta entrevista.

Capítulo 31

26 de diciembre de 2013. Boston

Al salir del bar, el director buscó en la acera las marcas a las que hacía alusión el camarero. No veía nada. Ningún rastro de sangre. Se dio por vencido y se aproximó al coche.

«No me lo puedo creer», se dijo. «He tenido que venir al maldito lugar donde ese degenerado fue detenido. ¿No había otro bar? ¿Otra maldita calle?».

Se montó en el coche, y condujo hasta su casa. Se encontraba aturdido. La situación le estaba superando. En un día había pasado de la cima al inframundo. Había sido designado para uno de los casos con mayor repercusión del país y, en un día, había perdido a su hija de un modo macabro, se veía alejado de su trabajo por sentirse incapaz de controlar su dolor y había acabado gritando a un pobre camarero que no sabía absolutamente nada acerca de lo que él estaba pasando.

Al llegar a su casa, un piso de dos habitaciones situado en el ático de un edificio del centro de Boston, ni siquiera encendió la luz. Entró a oscuras al salón, tiró su abrigo al suelo y se adentró por el pasillo. En la penumbra, abrió una de las puertas y se detuvo bajo el marco. Miraba su interior sin pestañear, sin pronunciar una palabra, sin hacer ni un gesto. Sabía que si se movía, si respiraba hondo, se pondría a llorar sin consuelo. En ese mismo momento en el que nada podía perturbarlo, su móvil vibró con energía en su bolsillo por una llamada entrante.

—¿Teléfono oculto? —susurró al observar la pantalla. Sin más dilación lo cogió, con la esperanza de que fuese algún miembro del FBI o incluso Stella Hyden para explicarle los avances del caso.

—¿Sí? —dijo.

Al otro lado no se oía nada.

—¿Hay alguien ahí? No estoy para bromas.

Se oyó una respiración de fondo al otro lado de la línea, pero nada más. Tras unos segundos se cortó la llamada.

El director se quedó durante unos momentos observando la pantalla del móvil con cara extrañada, y tras desistir en interpretar el significado de la llamada, levantó la mirada hacia la habitación de su hija, Claudia. Las paredes tenían varios pósteres de grupos que él no conocía. Había una estantería llena de libros, un escritorio vacío que solo tenía un ordenador de mesa y unos pequeños altavoces. La pantalla del ordenador estaba llena de notas adhesivas con mensajes de ánimo («Vamos, sigue estudiando», «Ya queda poco», «Fanny y Claudia, amigas para siempre», «Gracias, papá»). El director no pudo contener las lágrimas ni un segundo más. Entró a la habitación y estuvo hojeando las libretas con las que estudiaba Claudia. Entonces se lamentó de haber enviado a su hija a pasar la Navidad con sus tíos en Montpelier, Vermont, hacía ya dos semanas. Y lo lamentaba porque apenas había tenido tiempo para hablar con ella. Se suponía que hubiera llegado a Boston ese mismo día por la tarde. Pensaba haberla recogido en la estación de ferrocarriles después de la rueda de prensa prevista para las tres. Ni siquiera tuvo tiempo de llamarla para saber si su tren había salido en hora. El caso del decapitador lo había absorbido y para cuando abrió aquella caja ni siquiera se acordaba de que esa misma mañana su hija partiría de Montpelier para llegar a Boston.

Estuvo mirando entre lágrimas las estanterías. Había libros de química, matemáticas, algunas novelas y, entre ellas, había un álbum de fotografías. No sabía si su mente aguantaría la descarga de ver imágenes de su hija, pero necesitaba hacerlo. Necesitaba reemplazar el recuerdo de su cabeza en sus manos con el de las sonrisas y los abrazos que solía haber en sus fotos juntos.

El director había intentado siempre darle a Claudia una vida feliz y había ahorrado suficiente como para poder pagarle la matrícula de la universidad. Todos los veranos viajaban durante dos semanas a distintos estados del país. Habían establecido, durante años, un código propio para referirse a esas dos semanas de viaje: «*La bella vita*». Le habían dado ese nombre después de haber pasado un fin de semana, en el que Claudia tenía paperas, viendo películas italianas. Les fascinaba la felicidad que trasmitían los actores de las películas italianas. Les encantaba ver una y otra vez *La vida es bella* de Roberto Benigni. La veían repetidas veces a lo largo del año, se sabían los diálogos de memoria y les gustaba mucho el entusiasmo y la alegría con la que Roberto Benigni protegía a su hijo en aquel campo de concentración.

Observó el álbum durante algunos segundos, debatiéndose si abrirlo o no. «¿Me derrumbaré una vez más?», pensó.

Se preguntó a qué viaje corresponderían las fotos que se encontraría en ese álbum. El último de los viajes que habían hecho juntos fue a Nueva York. Aún recordaba la cara de ilusión que puso Claudia cuando vio de cerca la Estatua de la Libertad. A pesar de vivir a varias horas en coche, nunca habían tenido la oportunidad de visitar la ciudad hasta que ella tuvo quince años. Recordó cómo ella le decía que se sentía pequeña entre los rascacielos. Se acordaba también de las fotos que hicieron en la azotea del Empire State. Y con todo detalle vino a su cabeza la foto que le hizo a Claudia mientras se comía un enorme perrito caliente que chorreaba mostaza por todos lados en Central Park. No le haría falta abrir el álbum para recordar aquel momento, pero un impulso le hizo girar el álbum y leer su lomo: *«La bella vita I: Salt Lake»*.

Capítulo 32

26 de diciembre de 2013. Nueva York

Steven se sentía relajado. Conducía hacia Quebec sin ningún atisbo de preocupación. Su mirada apagada observaba atento las intermitentes líneas de la carretera. Sus manos, una vez finas y sensibles consecuencia del trabajo de oficina, se habían transformado en recias y fuertes con el paso de los años, y agarraban firmes el volante. Hacía ya mucho tiempo desde que abandonó el bufete, desde que renunció a una vida de éxito y dinero por una vida cargada de odio y desesperación. Steven sabía que no podía fallar ahora, tan cerca del final. Que se acercaba el momento por el que lo había dado todo. Que necesitaba cerrar los ojos y entregarse a su causa sin mirar a un lado.

No sabía muy bien cuántas víctimas habían sido ya. La policía acumulaba, año tras año, una lista interminable de mujeres desaparecidas. No se conseguía establecer ningún nexo de unión entre todas ellas. El rango de edad de las víctimas era demasiado amplio, sus facciones eran demasiado dispares, sus lugares de residencia estaban lo suficientemente alejados. La policía siempre pensó, con cada desaparición, que solo se trataba de un caso más, una chica que podría haber sido víctima de un secuestro, o una mujer que había decidido marcharse de casa. No había ningún rastro, ninguna huella, ningún indicio que las uniera. Algunas veces Steven las había asaltado en sus casas, en el momento justo en el que estaban solas; otras veces, mientras caminaban por la calle, o incluso en sus lugares de trabajo.

Steven no recordaba a ninguna de las víctimas de manera especial, excepto a la primera. Se llamaba Victoria Stillman. Recordaba perfectamente cómo fue todo. La cara de agonía, el peso del cuerpo, el tacto de su abrigo. Fue hace ya diez años, demasiados para él. Aún se acordaba de lo nervioso que se puso los momentos anteriores. Pensaba que no sería capaz de hacerlo, que acabaría rindiéndose y aceptando la realidad de sus próximos años. Estuvo más de cinco horas dentro del coche, mirándola trabajar en una vieja cafetería. Lloró durante cada una de esas cinco horas. Cuando al fin se armó de valor, se acercó y, entre lágrimas, entró en la cafetería. Decidió que ya era demasiado tarde para echarse atrás.

Las horas posteriores fueron su peor pesadilla. No sabía qué hacer, cómo comportarse. Estuvo a punto de soltarla de camino a una cabaña que entonces había alquilado bajo un pseudónimo en Vermont. No se veía a sí mismo como un asesino, pero tampoco se veía renunciando de aquella manera a Amanda. Para cuando llegó a Vermont, Victoria Stillman aún dormía víctima del cloroformo. La dejó en un pequeño habitáculo que había cavado en el bosque, y esperó allí sentado observándola atentamente, buscando algún indicio de cuándo iba a despertarse. Estuvo tres horas sentado sobre los restos de un árbol caído, llorando sin parar. No podía creer lo que acababa de hacer. Hubo varias veces en las que estuvo a punto de llamar a la policía. «Por Dios, qué estoy haciendo», se decía. Pero, según él, ya era demasiado tarde. No podría volver a su vida. Si la soltaba, si avisaba a la policía, sería acusado de secuestro y pasaría los siguientes doce años en prisión (nueve, si el juez entendía su entrega como atenuante). Él sabía bien su potencial condena. Ya la había visto aplicada a uno de los clientes del bufete, pero Steven ya consideraba su vida destrozada después de lo que ocurrió en Salt Lake años atrás.

En aquel momento, en su mente, solo había un escenario posible. Someter su alma y ceder a la inmundicia para recuperar lo que una vez conoció como felicidad.

Se levantó de aquel árbol caído, se montó en la camioneta y condujo hasta el pueblo más cercano. Una vez allí, buscó una cabina y marcó el teléfono que le habían anotado en una deteriorada nota amarillenta. No hubo respuesta. Nadie al otro lado le dijo qué hacer. Comenzó a ponerse nervioso y a desesperarse. Volvió a la cabaña, donde mantuvo con vida a Victoria Stillman, tirándole al habitáculo algunas bolsas con bocadillos y botellas de agua. Victoria luchaba incansable por convencerle de que la dejara marchar. «No diré nada», le decía, «te juro por mi vida que no diré nada». Nunca obtuvo respuesta de Steven, a excepción de un «Cállate de una vez» que pronunció el segundo día. Al tercer día, volvió al pueblo y llamó de nuevo al número. Tras varios tonos, una voz imperceptible y asexual respondió:

—Mañana a las diez de la noche en Hannah Clark Brook Road, un camino de tierra dirección norte que parte desde el 1869 de Mountain Road, en la ruta 242. Al final del camino de tierra hay una cabaña.

Colgó sin que Steven pudiera preguntar nada, sin poder gritarle a la otra persona que no sabía si sería capaz de llegar donde le pedían con Victoria.

Volvió a la cabaña y aparcó junto al cubículo. Entró y preparó un bocadillo. Vació el contenido de dos pastillas somníferas en la botella de agua, y la removió. Caminó hasta el cubículo, levantó la improvisada tapa de metal que había puesto al segundo día de estar allí y se lo lanzó a Victoria como había hecho los días anteriores. Escuchó sus súplicas durante unos minutos, hasta que se quedó dormida. Se ayudó de una escalera para sacarla, la introdujo en la parte de atrás de la camioneta y partió hacia la dirección que le indicó su interlocutor al teléfono. Apenas cuatro horas después, llegó al 1869 de Mountain Road, y pocos metros después, vio la bifurcación dirección norte, que finalizaría en una cabaña.

Efectivamente al final del camino estaba la cabaña a la que hacía referencia la voz. Detuvo el coche a escasos cien metros y golpeó el volante enfadado consigo mismo, debatiéndose sobre la muerte o la vida, sobre si entregar a su víctima o desaparecer de allí. Se dio cuenta de que ya no podía hacer nada. De que hubo un punto de no retorno al entrar en aquella cafetería. Un punto en el que, tras cruzar el umbral de la puerta, su alma cambió para siempre.

Capítulo 33

14 de junio de 1996. Salt Lake

Ya cerca de casa, a Amanda aún le temblaba algo la mano, y miraba de vez en cuando a su padre desde el asiento del copiloto. Habían estado todo el camino en silencio, pensando en el atropello de aquel hombre y en qué desgracia podría haber ocurrido si el coche hubiese ido a más velocidad. Ninguno de los dos sabía qué decir. Mantenían un silencio consentido, solo interrumpido ocasionalmente por un resoplido de Steven, que estaba más atento que nunca a la carretera.

Cuando llegaron a la casa, y vieron el blanco impoluto de su fachada de madera, respiraron más tranquilos. Padre e hija la consideraron como una especie de fortaleza, donde no podría ocurrir nada malo. Steven dejó el coche en la acera y se bajó en silencio junto a Amanda.

—Ni una palabra de lo que ha ocurrido a tu madre, ¿eh? —dijo Steven a Amanda mientras andaban hacia la entrada.

—¿Por qué?

—Tu madre se preocuparía.

—Pero no nos ha pasado nada. Ni tampoco a ese señor. Creo que al contrario, le alegrará saber que nos hemos quedado junto a él, que le hemos ayudado y que finalmente todos estábamos bien.

—Ya lo sé, pero conociendo a tu madre, querrá buscar a ese tipo, disculparse de lo ocurrido formalmente, invitarlo a comer junto a su esposa y ofrecerles ayuda con cualquier problema que tengan.

La predicción que había dado Steven sobre lo que haría Kate en caso de enterarse del percance no se alejaba demasiado de lo que realmente hubiese ocurrido. Ella intentaba mantener una actitud ética y honesta y mantenerse fiel a los ideales de una familia correcta y con valores morales sólidos. Esta fue la imagen que se ocupó de cultivar cuando se mudaron a una zona de mayor poder adquisitivo pocos años atrás, y caló de tal modo en ella que es difícil saber cuándo dejó de ser la Kate desenfadada, la que fuera una vez novia de Steven.

Este se detuvo antes de subir los dos escalones del porche y continuó:

—Prométeme que no dirás nada.

Amanda miró a su padre resignada, levantó los hombros y respondió:

—Te prometo que no diré nada... por un módico precio.

—Pero ¡bueno!, ¿chantajes a tu padre?

Amanda arrancó una carcajada y levantó el dedo meñique de su mano derecha.

—Te prometo que no diré nada, papá. No te preocupes —dijo sonriente.

—Así me gusta.

Amanda agarró el brazo de su padre y caminaron juntos hacia la casa.

—Anda que no eres lista. ¿Dónde has aprendido a chantajear? —dijo Steven antes de abrir la puerta.

—Yo sola, papá. Aunque contigo no funciona mucho —bromeó.

—Ya te enseñaré algunos trucos —dijo guiñando un ojo.

Al entrar en la casa, un terremoto de diminutos pasos se aproximó hacia ellos.

—¡Amanda!, ¡ya estás aquí! —gritó Carla.

—Sí, ya he llegado, pequeñaja.

—Habéis tardado mucho. ¿Cuántos días os habéis ido? —dijo Carla mientras contaba con los dedos con cara extrañada.

—¿Días? Si apenas hemos estado fuera un par de horas.

—Ah, ya decía yo. ¿Y eso en minutos cuánto es?

—Pues unos ciento veinte —respondió Amanda con tono alegre.

—¡Ala!, ¡qué montón! ¿Ves cómo habéis estado fuera mucho tiempo?

Amanda no pudo hacer otra cosa que reír.

—Yo ya no sabía qué hacer —continuó Carla—. He estado tocando los relojes de la casa, por si así volvíais antes.

Steven escuchaba la conversación de las niñas y no pudo contener la risa.

—Sí, papá, tú ríe, pero a mamá no le ha hecho mucha gracia.

—Pero ha funcionado, ¿no? —dijo Steven.

—¿Ha funcionado? —dijo Carla abriendo la boca y esbozando una sonrisa.

—¿Ya estamos aquí, verdad, Carla?

—¡Ha funcionado! —gritó Amanda mientras reía.

Steven tocó el pelo a Carla y le preguntó:

—¿Dónde está mamá?

—Arriba, en el cuarto de Amanda. Me ha dicho que vigile por si llegabais.

—¡¿Qué?! —dijo Amanda con cara de sorpresa.

Corrió escaleras arriba y entró de golpe en su habitación. Allí estaba Kate, sentada en el escritorio de

Amanda con cara de agobio, resoplando cada medio segundo, con decenas de pequeñas bolitas esparcidas sobre la mesa, alfiler e hilo en mano, intentando reconstruir la pulsera. Se había hecho una cola de caballo en el pelo, se había remangado la camiseta blanca que llevaba y tenía una mirada que se dividía entre la concentración y la preocupación. A Amanda la escena le pareció inigualable. Después del bochorno que le había hecho sentir con los vecinos, allí estaba su madre, sacrificando su vista, y sobre todo su paciencia, por una de sus pulseras. No fue el hecho de verla trabajando tan concentrada en la reconstrucción de la pulsera en sí lo que enterneció a Amanda, sino la manera en que parecía haberse entregado a la tarea, tratando de recuperar algo que ella consideraba que era importante para Amanda.

—Mamá, no tenías por qué hacerlo —dijo Amanda acercándose a su madre.

—Te dije que lo haría, ¿no?

—Ya, pero no hacía falta.

—Según tengo entendido, esta pulsera te la regaló tu mejor amiga, ¿verdad?

—Sí, me la regaló Diane, pero no tiene importancia. Solo es una pulsera —dijo sonriente, mientras ponía un brazo por encima de su madre.

—¿Y este cambio de actitud?

—Supongo que me voy dando cuenta de lo que es importante.

—¿Y qué es importante para ti?

—Que estéis todos bien y, por supuesto, que estemos todos juntos.

—¿Ha pasado algo? Porque si ha pasado algo, quiero saberlo —dijo Kate en tono serio.

—¿Qué va a pasar? —dijo Amanda mientras lanzaba una mirada alrededor buscando algo con lo que cambiar de tema—. ¿Acaso no puede una hija darle un abrazo enorme a su madre?

Kate se levantó de la silla y abrazó fuerte a Amanda. Ella sabía que ese cambio tan radical de actitud no era normal, pero intentó no darle mayor importancia. Esa misma mañana, tras su conversación con Amanda al llegar a casa, había decidido que le daría su espacio. Que no la presionaría con el asunto de pasárselo bien.

—¿Te ayudo con la pulsera?

—Sí, por favor —dijo Kate aliviada—. Llevo desde que os habéis ido tratando de montarla y es imposible.

—¡Carla! —gritó Amanda—. ¿Vienes a echarnos una mano?

Se escuchó un pequeño terremoto de minipasos aproximándose hacia la puerta. Cuando parecía que el sonido iba a entrar en la habitación, se detuvo. Amanda y Kate se miraron extrañadas y rieron.

—¿Hay alguien ahí? —preguntó Amanda.

Carla apareció por la puerta, andando tranquilamente como si la cosa no fuese con ella. No desvió la mirada de su camino en línea recta hacia la cama, solo lanzó un pequeño vistazo de reojo para comprobar que efectivamente su madre y Amanda la veían entrar. Se acercó al borde de la cama, pegó un brinco y se sentó sobre ella.

—Ah, estáis aquí —dijo Carla simulando una actitud de sorpresa.

Kate y Amanda, que seguían junto al escritorio, se miraron de reojo y se sonrieron mutuamente. A Carla le encantaba hacerse la interesante y disfrutaban cuando mostraba esa actitud tan altiva.

—Vaya, Carla, qué casualidad que estás aquí —dijo Amanda en tono alegre—. Justamente necesitamos tu ayuda para hacer una misión imposible.

—¿Una misión? —preguntó con cara ilusionada—. Quiero decir..., no sé si tengo mucho tiempo para esa misión —se corrigió.

—Vaya, es una lástima que no tengas tiempo. Es una misión muy importante —dijo Kate.

—¿Qué misión? A lo mejor puedo hacer un hueco.

—Pues verás, es que hay una pulsera que necesita de unas pequeñas manos para poder repararse, y no conocemos a nadie más por aquí que tenga las manos tan pequeñas como tú —continuó Amanda—. Pero vamos, que si no tienes tiempo, podemos buscar a alguien con las manos más pequeñas que las tuyas.

—¡Yo me encargo! —gritó Carla saltando de la cama y yendo rápidamente a la mesa a coger las bolas.

Amanda y su madre comenzaron a reír a carcajadas.

—Eso, eso, reíd, pero no sé qué haríais sin mí, ¿eh?

—Eres la mejor, pequeñaja —dijo Amanda abrazándola.

Capítulo 34

26 de diciembre de 2013. Boston

La noche ya se había echado encima y Stella no se atrevía a interrumpir a Jacob. Pensaba que tal vez no tendría otra oportunidad para hablar con él, que tal vez, al día siguiente, decidiera no hablar y no seguir contando todo. Decidió quedarse allí el tiempo que hiciese falta hasta entender lo que había ocurrido y, sobre todo, por qué.

Continuaba absorta, oyendo sus vibrantes palabras. La historia de esa infancia rodeada de problemas la conmocionó, pero no quería dejar de escucharla. De algún modo, Jacob se expresaba con una habilidad que la dejaba atónita. Era capaz de describir al mínimo detalle todo lo que había vivido, lo que no dejaba de preocuparla: ¿acaso era un inteligente psicótico? ¿Un perturbado sobresaliente? ¿O tal vez un lúcido degenerado? Lo que sí había sacado en claro era que cada palabra de Jacob estaba muy medida, que las recitaba con una absoluta confianza, como si estuviera leyendo un libro, y que era ella quien lo sujetaba entre sus manos y pasaba sus páginas. Lo que más le perturbaba no era el hecho de querer seguir leyendo ese libro, sino saber que estaba a merced de la historia de Jacob, y que, sin estar segura de si lo que le contaba era verdad o mentira, quería, a todas luces, seguir oyendo aquella voz.

—Dime, Jacob, ¿por qué estás tan seguro de la importancia de tu historia en Salt Lake hace tantos años?

—Porque ahí se originó todo. Justo el verano que llegué allí se desencadenaron una serie de acontecimientos que dieron lugar, años más tarde, a que estemos tú y yo aquí esta noche, pero aún no he llegado a eso, Stella.

—Continúa, por favor.

—Verás, llegué a Salt Lake a finales de mayo de 1996. Hace unos diecisiete años. No sabía muy bien qué vida me esperaba con mi tío, pero lo que sí tenía claro es que quería que fuese una vida totalmente distinta a la que había tenido en Charlottesville. Quería disfrutar, quería reír, pero sobre todo, quería vivir. Alejarme de los recuerdos de aquella infancia. Mi tío era un hombre muy jovial, aunque no tenía mucho éxito con las mujeres. En parte, seguramente este efecto era causado por el enorme bigote gris que tenía y que estoy seguro que las mujeres detestaban. No creo que su falta de *sex appeal* fuera cien por cien efecto del bigote, pero quizá en un setenta u ochenta por ciento. El otro veinte por ciento era resultado de la graciosa barriga que se le marcaba cuando llevaba camisa. Me hacía gracia porque estaba orgulloso de ella, y también se reía de cómo la había mantenido exactamente igual de grande desde los treinta años hasta los cincuenta y tantos que debía tener por aquel entonces. No recuerdo las palabras exactas de la conversación que mantuvimos la noche que llegué a Salt Lake, pero en esencia, fue algo así:

»—Jacob, es curioso que las únicas personas que de verdad aman a tu madre acaben a miles de kilómetros de ella.

»—Creo que necesitaba algo de distancia para ver en perspectiva lo que estaba ocurriendo —le dije.

»—La perspectiva te la dan los años. Ocurre más o menos como ocurre con los vinos.

»—¿A qué te refieres?

»—A que si quieres entender el problema, o al menos, ver su magnitud real, y hacia dónde te llevarán sus consecuencias, solo lo podrás hacer con el paso de los años. Con el paso del tiempo entenderás que, seguramente, ni la decisión de quedarse allí de tu madre fue tan fácil de tomar, y que, tal vez, ni la decisión de su hipotética salida hubiese acabado salvándola de ese energúmeno.

»Las palabras de mi tío sonaron para mí como algo sólido a lo que agarrarme. Mi inocencia en aquellos años ayudó a que me aferrase a esa idea, a que hice lo mejor, y que mi madre hubiese sido prisionera de él en cualquier caso. Pensé que cualquier otra cosa que yo hubiese hecho por sacarla de allí tal vez la habría condenado más a ella, y más a mí. De algún modo, yo me sentía culpable de lo que ocurría entre ellos dos. Las fotos del salón que los mostraba jóvenes y felices contrastaban con la actitud con la que se trataban. Creo que en parte mi padre me echaba la culpa a mí de su desgracia personal. Conmigo se sentía esclavo, con ella se sentía joven, o al menos fue esa la interpretación que le di a una llamada que tuve con mi madre a los pocos días de llegar a Salt Lake. "Tu padre está cambiando", me decía. "No creo yo que eso pueda cambiar", le contesté, "han sido demasiados años". "Solo ha sido así desde que naciste", me dijo. No pude responder a eso, ¿qué podía responder? Decir algo suponía aceptar que mi madre también me veía culpable de la situación. Yo no hice nada, salvo existir, salvo quererla. Me callé, y ella entendió qué significaba mi silencio. Tras aquellas palabras ambos colgamos, sabiendo que tardaríamos bastante tiempo en volver a hablar. Aquellas palabras me habían dolido demasiado como para querer aparentar que no me importaba. Para mí fueron una bofetada de tristeza, un puñetazo de soledad que me partió el alma y me lanzó a la realidad que yo no había sido capaz de ver durante tantos años. Yo sobraba en aquella casa y, quizá, mi decisión de irme la debería haber tomado antes.

»O al menos eso pensaba tras aquella llamada. Unas semanas después, mientras ayudaba a mi tío a recolocar cajas en la bodega que tenía bajo su tienda, escuchamos a alguien entrar. Mi tío, que en esos momentos estaba reubicando las cajas de vinos españoles, me pidió que subiese yo a atender a los clientes. En cuanto asomé la cabeza por encima del mostrador, supe por qué estaban allí. Dos agentes de la policía deambulaban por la tienda echando un vistazo a las vitrinas de ginebras. Tenían una expresión seria y no se percataron de mi presencia hasta varios segundos después. Eran dos extremos del cuerpo de policía: uno muy rubio; el otro muy moreno. El rubio era muy alto, el moreno muy bajo. El rubio estaba pulcramente vestido (uniforme planchado y limpio, placa en su sitio, peinado impoluto); el moreno pulcramente desarreglado (botón superior de la camisa desabrochado, zapatos sucios, barba de tres días).

»—Hola, chico —me dijo el moreno.

»—Hola, chicos —respondí.

»—¿Eres Jacob? —interrumpió el rubio.

»—Sí —dije.

»Como ya te he comentado, Stella, sabía cómo proseguiría aquella conversación, aunque una parte de mí deseaba cerciorarse de que estaba equivocado.

»—Tenemos malas noticias —dijo el moreno mientras se rascaba la barba. El rubio había decidido permanecer ajeno a la conversación, mirándome fríamente sin pestañear y sin mover ni un solo músculo del cuerpo.

»—¿Qué ocurre? —pregunté.

»—Tu madre ha muerto —me soltó sin piedad.

»Después de aquellas palabras, lo que vino a continuación perdió toda la importancia para mí. Recuerdo que fueron cuatro o cinco minutos más de conversación, pero no sé exactamente cómo siguió salvo por las palabras que retumbaron en mi cabeza una y otra vez, palabras que decían que mi madre había muerto a manos de mi padre hacía dos días, y que él estaría desde ese momento toda su vida en prisión. No me importó nada más. El resto de la conversación la observé del mismo modo que lo hacía aquel abstraído policía rubio. Por un momento pensé que quizá el policía moreno había venido solo y el rubio era mi álter ego, que solo veía yo y que reflejaba cómo me sentía por todo aquello. En parte ajeno a la situación, en parte dentro de ella.

»Los días siguientes fueron una especie de limbo para mí. Pensaba en lo ocurrido y en que podría haberla ayudado si hubiera estado allí. Mi estado de ánimo se convirtió en una montaña rusa. Por momentos, pasaba de sentirme responsable por la muerte de mi madre a sentirme aliviado de que todo hubiese acabado o a odiarme por salir de aquella casa.

»Mi tío lo pasó peor que yo. Se culpaba cada día por no haber vuelto a ayudar a su hermana después de aquella noche varios años atrás. Esto nunca me lo dijo, pero yo lo intuía, sobre todo con la actitud que mostraba conmigo. En esa época acababa de conocer a una mujer y, ahora que contaba con mi ayuda para mantener la tienda abierta, decidió viajar con ella a Francia a visitar unos viñedos del sur y a evadirse de la ausencia de su hermana.

»Días después de que él partiera hacia Francia con su novia, todo cambió. Yo me encontraba más perdido que nunca, solo en aquella tienda, cuando algo modificó para siempre mi destino. El mismo lugar que había sido testigo del momento en el que me comunicaron que la única mujer que había formado parte de mi vida hasta entonces había muerto, sería también testigo del momento en el que conocí a la mujer de mi vida: Amanda.

Capítulo 35

26 de diciembre de 2013. Boston

Un torrente de sangre corrió por las venas del director cuando leyó incrédulo el título de aquel álbum. Su corazón latió a mil por hora, y cientos de recuerdos sobre sus años en Salt Lake se le agolparon en la cabeza, uno detrás de otro, sin entender por qué tenía Claudia aquel álbum. Según recordaba el director, no había estado más de dos años viviendo allí después de que naciera su hija.

Recordaba aquellos años en Salt Lake como los peores de su vida. Había llegado a la ciudad con más de veinte años, después de sacarse la carrera, y se sentía con talento suficiente como para hacer algo grande en el mundo de la psicología. Lo habían contratado en un centro privado que había abierto meses antes. El ahora director consideraba su estancia como un escalón necesario en la experiencia que debía conseguir si quería ser un psicólogo de éxito. Pasaron varios meses desde que se mudó al pueblo hasta que conoció a Laura, una chica con el cabello castaño claro, con un año menos que él y una mirada verde que le perdía. Para su sorpresa, en poco tiempo se convirtió en la señora Jenkins. Su noviazgo estuvo cargado de pasión y energía. Todo ese periodo fue una espiral de desenfreno que perturbó al director, y que entonces fue incapaz de parar.

Se conocieron fortuitamente al chocarse en una esquina: el pan que él llevaba en su brazo salió volando; los libros que ella cargaba cayeron por el suelo. Se agacharon ambos y el director se sorprendió al leer entre uno de los títulos: *La interpretación de los sueños* de Sigmund Freud. La coincidencia de que tuviese uno de los libros favoritos del director, escrito por el que él consideraba el padre del psicoanálisis, lo dejó sin palabras. Entre tartamudeos y nerviosismo, se atrevió a invitarla a salir. Aquella misma noche hablaron sin parar durante horas cenando en una hamburguesería del centro de Salt Lake. El director se quedó absorto mientras la escuchaba hablar sin parar, observando cómo lo miraban esos ojos verdes. Era como una mezcla entre ilusión y deseo, entre hambre y lujuria. Laura era un torrente de energía, un torbellino de sentimientos que se expresaba gesticulando enérgicamente cada idea. El director quedó prendado de ella, de su interés por la psicología. Compartieron opiniones sobre Freud, Skinner y Carl Rogers, sobre los sueños, la ilusión, el potencial del ser humano y su capacidad de asimilación de traumas. Hablaron de hipnosis y de la amnesia, del aprendizaje y del condicionamiento humano. Laura se reía a carcajadas ante las teorías sobre la memoria y su capacidad de distorsionarse. Le fascinaban los mecanismos de la mente para borrar los recuerdos dolorosos y cómo era capaz de crear recuerdos nuevos como si hubiesen sido reales. Después, la conversación cambió hacia ellos mismos, sus ilusiones, sus sueños, sus deseos. Hicieron el amor aquella noche, y todas las noches de las siguientes tres semanas. Poco a poco, comenzaron a pasar cada vez más tiempo juntos. El director salía a hurtadillas del centro donde trabajaba para verla, corría desde el centro hasta la vieja casa donde vivía Laura y hacían el amor en todas partes: en el dormitorio, en el salón, en la cocina.

Al poco tiempo, siete meses, el director se vio a sí mismo al atardecer, sobre una pequeña barca que recorría el lago del pueblo, pidiéndole a Laura que se casara con él, y susurrándole que era lo mejor que le había pasado en la vida. Laura, con su entusiasmo y energía ecléctica habitual, saltó a su cuello gritando sí, rodeándolo con sus delgados brazos. La escena terminó con ellos dos en el agua, tras tambalearse la barca por el salto de Laura, y con el anillo en el fondo del lago.

La boda se celebró con la misma rapidez con la que habían vivido su noviazgo. Un mes después de la petición de matrimonio pasada por agua, se estaban casando en una capilla de Salt Lake, donde habían asistido los padres del director (quienes desaprobaban tal locura improvisada), dos de sus primos (a quienes les encantaba Laura) y varios vecinos de Salt Lake que habían ido a husmear. Por parte de Laura no fue nadie, pero al director no le sorprendió. Vio normal que Laura, quien le había contado que la relación con su familia no era la mejor, no invitase a nadie de su parte. Al principio la intentó convencer de que se pusiera en contacto con sus padres y retomara la relación, pero ante la negativa de Laura, no pudo hacer otra cosa que aceptarlo. Al fin y al cabo, él se casaba con ella, con su energía, con su pseudolocura, y no con su familia, que por algún motivo que él no llegaba a entender se había alejado de ella.

Pocos meses después de la boda, Laura se quedó embarazada. Abandonó su obsesión por la psicología y se entregó al nacimiento de su futuro hijo. En cierto modo, se encontraba ilusionada, aunque ya no mostraba los arrebatos de entusiasmo de los meses anteriores. El director continuaba con su trabajo en el centro psiquiátrico de Salt Lake, donde ya comenzaba a destacar por su capacidad de empatizar con los internos, y así cada vez fue llamando más la atención de otros centros de mayor relevancia. Recibía periódicamente la llamada de distintos centros privados, que lo tentaban a probar suerte en otras ciudades del país, pero él aún no se sentía lo suficiente preparado, y prefería esperar al nacimiento de su hijo para tomar una decisión.

El director ya se había percatado de que, desde el inicio del embarazo, Laura no tenía la misma alegría. Intentó animarla agasajándola con regalos y decorando el interior de la vieja casa de Laura donde se habían mudado los dos, pero no surtía el efecto que él esperaba. Al cuarto mes de embarazo, la situación empeoró. No fue algo que ocurriese de la noche a la mañana, pero después de una consulta con el ginecólogo, la actitud de Laura entró en un bucle del que no pudo salir. En la cabeza del director, que aún contemplaba el álbum, retumbaban las palabras de aquella conversación una y otra vez:

—¿Lo quieren saber? —preguntó el ginecólogo.

—No —respondió Laura.

—¿Por qué no? —intervino el director.

—Porque no quiero —respondió Laura, rompiendo a llorar.

—Pues yo sí quiero.

—Aclárense y ahora me avisan —sugirió el ginecólogo saliendo de la consulta y cerrando la puerta.

—Por favor, Jesse, no quiero saber qué tengo dentro de mí. No quiero verlo. No quiero sufrir —dijo

Laura entre lágrimas al director. Nunca usaba su nombre de pila para referirse a él. Lo llamaba con cientos de apodos cariñosos y el nombre del director apenas lo pronunciaba, salvo cuando hablaba en serio.

—Laura, es nuestro futuro hijo. Nuestro primer hijo juntos. No quiero sorpresas. Quiero tenerlo todo listo para que cuando nazca, la única preocupación que tengamos sea estar con él, no comprar cosas de un color u otro.

Tal vez fuese su entusiasmo en aquel momento el motivo por el que no vio que su mujer le pedía a gritos que la sacara de aquel cuerpo. Que ella no se veía capaz de dar a luz al hijo de ambos. Había algo que la aterrorizaba, que hacía que mirase a su vientre con una mezcla de preocupación y nerviosismo, pero el director no se percató de tales gestos.

Al entrar de nuevo en la consulta, el ginecólogo dijo:

—Bueno, ¿se han decidido?

—Sí, queremos saberlo —contestó él antes de que Laura pudiese decir nada.

—¿Seguro? —preguntó de nuevo.

—Sí, por supuesto —dijo, elevando su voz sobre la de Laura que pronunció un leve «no» imperceptible entre las lágrimas.

—Pues bien, esperan ustedes a una preciosa y saludable niña.

El director recordó aquella situación con algo de tristeza. Continuaba mirando el lomo del álbum, preguntándose cómo era posible que Claudia, que apenas sabía nada sobre los escasos dos años que pasó de niña en Salt Lake, tuviera un álbum titulado de aquella manera. Tal vez se trataba de una casualidad. Seguramente Claudia había indagado en el pasado de su padre, y había descubierto que empezó como psicólogo en aquel pueblo. Pero si era así, ¿por qué tenía un álbum? Apenas había fotos de aquellos años, y menos aún con Claudia. Lo que sucedió cuando ella nació fue demasiado traumático para él como para estar pensando en hacer fotografías. La curiosidad le pudo y, con una mezcla de miedo e interés, abrió la cubierta.

Reconoció al instante la primera imagen que aparecía. Se trataba de una foto que mostraba a Laura en la cama del hospital, con Claudia, recién nacida, en brazos. Recordaba aquella imagen perfectamente porque la había tomado él mismo el día después del parto. Laura la miraba con ternura. Su cara expresaba un estado muy distinto al que mantuvo los últimos meses, pero al director le encantaba esa imagen calmada y de amor que mantenía en su recuerdo. Hacía varios años que había perdido de vista la foto, y encontrarla allí lo alivió de algún modo.

En la foto se veía también un jarrón con un colorido ramo de flores. El director recordó la historia de aquel ramo. Después de tantos años se acordaba con cierto agrado de aquellas hortensias, y de lo que ocurrió antes de dárselo a Laura: un coche azul lo atropelló cuando iba camino del hospital, desarmando el ramo que llevaba y aturdiéndolo durante algunos momentos. El hombre que lo atropelló aquel día, que viajaba con su hija, se sentía tan culpable de lo ocurrido que le dio dinero para comprar otro ramo, junto con una botella de vino carísimo. Era el día en que nació Claudia y se prometió a sí mismo guardar aquella botella de vino hasta que su hija cumpliese veintiún años. Todavía aquella botella presidía la vinoteca del director. Era su vino más preciado, una pieza de historia que, para él, representaba demasiadas cosas: el inicio de una nueva vida, la futura madurez de Claudia, el vago recuerdo de aquel atropello, la pérdida de Laura.

Tardó varios minutos en pasar la página de aquella primera foto. No intuía que hubiese muchas más fotos de aquellos años en Salt Lake. Al tercer día del nacimiento de Claudia, Laura se esfumó, dejando tras de sí un vacío que el director nunca pudo llenar. Desapareció de la casa justo el día en el que le dieron el alta en el hospital. El director sabía que si había más fotos de ellos en Salt Lake, deberían ser de los tres días que pasó Laura hospitalizada tras el parto. La segunda foto le mostraba dándole un beso en la mejilla a su esposa, que se encontraba en la cama del hospital sosteniendo a Claudia en su regazo. La foto estaba mal encuadrada, ya que fue tomada por el propio director, del que se veía parte del brazo que sostenía la cámara.

Algo dentro de él le decía que no tenía sentido que Claudia guardase un álbum tan grande como aquel para apenas albergar tres o cuatro fotos que podría haber de esa época. Pasó una página más y, durante unos instantes, la miró entremezclando sus lágrimas con miedo. No podía ser. La tercera foto lo mostraba a él en la calle en un día soleado, sosteniendo a una Claudia de apenas unas semanas, mientras pegaba con la mano izquierda un cartel de «Se busca» en una farola.

El pulso del director se aceleró. Había algo que no encajaba, pero en un primer momento no llegó a entender la magnitud y la trascendencia de aquella foto. Desde la distancia que estaba tomada no se apreciaba quién era la persona que aparecía en el cartel, pero el director sabía que era Laura. Tras su desaparición, había estado participando activamente en su búsqueda, día y noche, durante más de seis meses.

Pasó la página y lo que vio le perturbó aún más: la imagen estaba tomada de noche, y mostraba parte de la fachada de atrás de la casa de madera donde vivía el director. La foto encuadraba una ventana en el centro con la luz encendida. A través de la ventana, no muy lejos de ella, se veía al director agachado junto a un sillón marrón en el que estaba sentada una Claudia que debía tener un año o año y medio.

El director comprendió lo que significaba aquella foto: alguien lo observaba y estudiaba por aquel entonces. Su mente era un auténtico caos y dudó de si la pérdida de su hija lo había vuelto loco. Volvió a mirar aquella foto, la palpó y la extrajo del álbum para verla con más detalle. No había duda de que era él, y que lo que veía era cierto. «¿Quién me la hizo? ¿Quién me vigilaba? ¿Por qué?», se preguntaba.

Dio la vuelta a la foto que sostenía en su mano, en busca de alguna señal, algo a lo que aferrarse, algo que le dijese que las fotos no eran reales, y entonces lo vio: un perfecto asterisco pintado en negro perfectamente centrado en la parte de atrás de la fotografía.

Capítulo 36

23 de diciembre de 2013. 23.25 horas. Boston

Salto el muro de la mansión, no sin antes lanzar hacia el interior todo lo que he traído. No me preocupo por ahora del ruido. La casa está demasiado lejos del muro como para que puedan oír mi llegada.

Camino agachado y rápido hacia una de las paredes laterales de la casa. Son más de doscientos metros corriendo en la oscuridad del gran jardín que la rodea. Hay luces en varias ventanas y, cuando me pego a la pared, tengo el corazón a mil por hora. No es nerviosismo ni indecisión. Estoy seguro de lo que voy a hacer. Es entusiasmo. Al fin les veré las caras a estos degenerados. Espero unos minutos junto a la fachada, observando el entorno y familiarizándome con el edificio. El jardín no está iluminado, pero la luz que sale de las ventanas superiores permite ver tramos sueltos del exterior. Me asomo por la esquina del edificio y observo que hay seis coches aparcados frente a la puerta: un Dodge rojo, un Chrysler azul, un Buick negro, un Porsche gris, un Audi negro, una Lincoln negra. Parece que ya están todos dentro. ¿Cómo serán los demás? Solo tengo fotografías de dos de ellos: muy distintos el uno del otro y, a la vez, muy similares. Si tuviera que buscarlos fuera de aquí, lejos de esta noche, sería imposible. Pasarían por personas normales que se perderían en cuanto se mezclaran con el bullicio de una ciudad. Los dos eran morenos con el pelo negro, los dos tenían una cara normal. Si te fijabas en sus cejas de cerca, eran muy distintas, pero si las mirabas de lejos, daba la impresión de que eran idénticas. Lo mismo ocurría con sus ojos, nariz, barbilla, orejas. Si los ponías uno al lado del otro, eran una especie de efecto óptico a rebufo de la sonrisa de *La Gioconda*; ¿sonreía o no?, ¿se parecían o no?

Observo la fachada del edificio. Junto a mí hay cuatro ventanales que dan al interior de la planta baja. En la planta superior hay otros cuatro ventanales distribuidos en los más de cuarenta metros que tiene la pared.

Camino a hurtadillas por el lateral del edificio hasta una de las ventanas iluminadas y me asomo al interior. No veo a nadie. La ventana da a una especie de estudio con una enorme librería de madera. Hay un escritorio, con una lámpara encendida, pero no hay nadie en el asiento. Me asomo algo más, pero no consigo ver la puerta al otro lado de la habitación.

Sigo caminando y bordeo la esquina que da a la parte de atrás de la casa. Tiene dos enormes columnas que sujetan un balcón en la parte superior. En esta parte veo dos ventanales más en la planta baja y una puerta enorme entre ellos. Los dos ventanales están encendidos. Me acerco con sigilo a uno y me asomo ligeramente.

Allí está.

Es uno de los de las fotos, o eso creo. Está de perfil hablando con alguien a quien no consigo ver. Lleva un jersey marrón, del que sobresale el cuello de una camisa celeste, y unos vaqueros. Su pelo negro, exactamente igual que el de la foto, me hace intuir que es uno de ellos dos. El hijo de puta sonríe tranquilamente mientras continúa charlando. El corazón se me va a salir del pecho. Estoy demasiado excitado. Esta vez no podrán escapar.

Vuelvo atrás y dejo de mirar. No quiero que me vean. No todavía. Vuelvo sobre mis pasos y regreso al lateral del edificio, junto al ventanal del estudio. Me quedo mirando unos instantes por si aparece alguien por allí, pero no lo hace. Paso por delante del ventanal y me asomo de nuevo por la esquina que da a la fachada frontal. Siguen los coches allí. Me asomo algo más para ver si hay alguien en la puerta. Nadie. La entrada está iluminada con una lámpara a cada lado, y junto a cada lámpara hay un arbusto con las hojas secas. Si me acerco a la puerta principal, estaré expuesto, ya que me iluminarían las lámparas, y estaría a la vista de cualquiera que estuviese mirando. Creo que trabajaré mejor entre las sombras. Me alejo algo de la casa, y me aproximo corriendo de sombra en sombra hasta uno de los coches. Saco el cuchillo y lo clavo fuertemente en la rueda del Porsche. «De aquí no sale nadie», me digo. Repito el proceso con la otra rueda del lado en el que me encuentro. Los coches están aparcados en batería y me encuentro junto al primero de ellos. Vuelvo sobre mis pasos, rodeo el Porsche por la parte de atrás y entro entre el Buick y el Chrysler. Entre los dos coches nadie puede verme y puedo rajar tranquilo las dos ruedas de uno de los lados de ambos coches. «Ya van tres». Repito el proceso. Salgo de entre los coches rodeando el Chrysler por la parte de atrás y, cuando estoy a mitad de camino, de repente, se enciende una luz que me ilumina desde mi espalda.

Capítulo 37

15 de junio de 1996. Salt Lake

Ya habían pasado dos días desde que Amanda llegó a Salt Lake junto a sus padres y su hermana. Eran las once de la mañana y Steven había salido temprano para llevar el coche al *rent-a-car* por si había algún problema con el leve bollo que le había hecho con el atropello. Carla y Kate se encontraban en el jardín de atrás investigando los trastos viejos que había en el cobertizo. Amanda seguía durmiendo. La tensión que vivió el día anterior, a causa del incidente, la mantuvo bastantes horas en vela y no concilió el sueño hasta las tres de la madrugada. El timbre de la puerta sonó, despertándola y arrancándola de un sueño algo extraño que estaba teniendo: se veía a sí misma recogiendo la nota que tenía su nombre y escribiendo de su puño y letra el extraño asterisco en la parte de atrás. Vivía ese sueño una y otra vez, en un bucle sin fin. El timbre sonó de nuevo.

—¿Alguien abre? —gritó Amanda con la voz somnolienta en busca de su madre o su hermana.

El timbre sonó una tercera vez. Amanda se reincorporó y se puso unas zapatillas que simulaban la cara de un perro. Se levantó en busca de su bata de franela amarilla. Se la puso y salió de la habitación. Bajó las escaleras arrastrando los pies con los ojos casi cerrados. Si alguien la hubiese estado mirando mientras bajaba, habría apostado todo a que se caería. Milagrosamente llegó sana y salva. Sus ojos estaban algo achinados del sueño y su pelo castaño estaba enredado. Al llegar al recibidor, se vio de reojo en el espejo que había junto a la puerta. No se hizo mucho caso, así que no se fijó en su aspecto. Tenía demasiado sueño para pensar.

El timbre sonó una cuarta vez.

—¡Que voy! —gritó Amanda mientras abría la puerta.

Al abrir, vio a Jacob en el porche.

Su corazón latió como si no hubiese un mañana. La adrenalina le fluyó por los brazos y piernas al verlo allí. Vestía una camiseta blanca y unos vaqueros. Tenía una mano en el bolsillo y se encontraba a apenas un metro de ella. La miraba con cara de ilusión. Amanda, al ver sus ojos azules tan cerca, se quedó sin palabras.

Estuvieron callados un par de segundos. Y, cuando Jacob fue a hablar, Amanda se acordó de cómo estaba vestida y cerró la puerta de un portazo.

—No puede verme así —susurró apoyada de espaldas en la puerta mientras daba saltitos de nerviosismo—. Tal vez esto también sea un sueño —se dijo—. Solo lo he visto una vez y no tiene por qué venir aquí. Es más, ni siquiera sabe dónde vivo. Sí, eso es. Es un sueño. Sigues dormida, Amanda —se autoconvenció mientras intentaba calmarse. Algo en ella de verdad creía que era un sueño.

Pensó por un instante que su sueño sobre la nota no era más que un sueño dentro de otro.

—Estás soñando, amiga —se dijo una vez más.

Abrió la puerta de nuevo, con la real esperanza de no verlo en el porche.

Allí seguía Jacob, mirando a Amanda con cara de no entender nada.

Amanda pegó otro portazo, esta vez acompañado de un «¡Ah!».

—¿Estás bien? —preguntó Jacob al otro lado de la puerta.

—Eh..., sí —dijo Amanda sin abrir con la voz entrecortada.

—¿En serio? Pareces algo asustada.

—Mierda, mierda, mierda —se susurraba Amanda una y otra vez a sí misma.

—¿Estás ahí? —preguntó Jacob.

—Eh..., sí. Voy, un segundo —gritó desde el otro lado de la puerta.

Amanda se puso frente al espejo, se arregló el pelo a toda prisa, se quitó las zapatillas de perro y tiró la bata amarilla de franela hacia la escalera, quedándose con el pijama gris que llevaba debajo. Respiró hondo, se aclaró la voz con una leve tos y abrió.

Jacob la miraba sonriente, de un modo que nunca nadie la había mirado. En sus ojos había ilusión, pero seguía algo extrañado por la actitud de Amanda. Justo antes de hablar, sonrió más, enseñando ligeramente sus dientes blancos.

—Hola —dijo Jacob de nuevo.

—Eh..., hola —dijo Amanda tranquilamente. Estaba muy nerviosa, e intentaba disipar su nerviosismo agarrando fuertemente el borde de la puerta—. Creo que mi padre no está —añadió.

—Ah, no. No venía por nada de vinos.

—¿No?

—Verás... —dijo Jacob rascándose la cabeza y desviando la mirada hacia los pies de Amanda—, me preguntaba si tienes pensado ir a la feria.

—¿Feria?

—Ya sabes, esas cosas con atracciones, música, luces y algodón de azúcar —respondió Jacob levantando la mirada levemente.

—No lo había pensado todavía.

—¿Te apetece ir conmigo? Llevo poco tiempo en el pueblo y no conozco a nadie con quien ir.

—¿Me invitas porque no conoces a nadie?

—No, no. No quería decir eso.

—Tal vez esa frase no sea la mejor para invitar a alguien a salir —respondió Amanda sonriendo.

—Puedes tener algo de razón.

—¿Algo? —dijo Amanda riendo más.

—Verás... —Jacob levantó la vista y la miró fijamente a los ojos. Se quedó callado un segundo y continuó—. Desde que te vi ayer, no he hecho otra cosa que pensar en ti, en cómo sería conocerte, cómo sería tu voz pronunciando mi nombre, cómo sería tu risa al escuchar mis bromas. He estado toda la noche pensando en qué decir cuando estuviera aquí. He buscado la manera de no parecer un loco. Venir a las nueve me parecía demasiado temprano, me verías como un psicópata, o algo por el estilo, y ni en broma querrías venir conmigo. Si me presentaba a las diez seguramente estaríais desayunando y, por tanto, hablar con la boca llena te haría sentir incómoda e igualmente no accederías. A las once, ya estarías arreglada, cómoda, te habría dado tiempo a relajarte tras el desayuno y estarías más receptiva. Venir más tarde mi mente no lo hubiese aguantado. Quería verte lo antes posible. Todo me parecía perfecto. Pero me he puesto nervioso en cuanto te he visto. No sabía qué decir. Pensaba que me dirías que no en cualquier caso y entonces me he puesto más nervioso aún.

—Sí —interrumpió Amanda.

—¿Qué?

—Que me encantaría ir contigo a la feria.

—¿Sí?

—Sí.

Jacob rio. Amanda rio más. Lo miraba con ternura. Le pareció que su voz era preciosa, que era guapo, pero sobre todo le pareció buena persona. Aquel arrebato de argumentos la dejó casi sin palabras. Su corazón se aceleró.

—¿Te recojo a las cinco?

—Perfecto.

Él sonrió. Su nerviosismo había desaparecido, y en su interior sabía que Amanda era la chica con la que quería estar.

—Te veo a las cinco entonces —dijo más relajado.

—Hasta luego, Jacob —respondió mientras entrecerraba la puerta sonriendo.

—Esto..., aún no sé tu nombre.

—Luego te lo digo.

—¿Una letra al menos?

—Adivínalo —contestó Amanda con una sonrisa pícara.

—Lo haré.

Al cerrar, Amanda se apoyó en la puerta y pegó un grito sordo. Jacob se alejó de la casa, pero miró varias veces atrás por si la veía de nuevo.

Capítulo 38

26 de diciembre de 2013. Boston

Stella continuaba absorta mirando a Jacob hablar. No había visto nunca a nadie que fuese capaz de presentar su historia de una manera tan cruda, tan vil, pero a la vez con tanto amor como parecía que lo hacía. La infancia de Jacob la perturbaba. Pero lo hacía aún más la posibilidad de que aquel hombre sereno de mirada azul y voz penetrante que tenía ante ella hubiese sido el responsable de la decapitación de Jennifer Trause y de la hija del director.

—Entonces conociste a una chica en tu adolescencia. Cuéntame más sobre eso —dijo Stella.

—No era solo una chica. Era mi futuro. Cuando la vi entrar a la tienda, con su pelo castaño liso, me quedé sin palabras. Era preciosa. La observé hablar con su padre. Me encantaba cómo lo hacía, y también cómo miraba una de las botellas que había en la vitrina a la que tanta atención prestaba su padre. Me encantaba cómo sonreía. Cuando salieron de la tienda, me quedé destrozado. No había sido capaz de dirigirle la palabra. Pero ¿qué podía hacer? ¿Decirle algo delante de su padre? En cuanto se montaron en el coche, salí del mostrador y me asomé por la puerta. Vi el coche alejarse y, con él, mi vida.

»Recuerdo esa tarde y esa noche larguísima. Estuve pensando en cómo encontrarla. En cómo acercarme a ella. En cómo conocerla. Ni siquiera sabía su nombre en ese momento, pero no me importaba. ¿Qué es un nombre? Yo estaba enamorado de ella. Sabía que se llamase como se llamase, acabaría llamándola "mi mujer". Es curioso este pensamiento que tuve, sobre todo al considerar lo que me dijo cuando finalmente la conocí.

»Estuve toda la tarde deambulando por el pueblo. Mi tío no estaba, y no podía enterarse de que no había abierto la tienda. En cualquier caso, si se lo hubiese contado lo hubiese entendido. Mi tío era un idealista, un soñador y consideraba la felicidad propia, y sobre todo el amor, algo vital. Me alegraba su manera de ver la vida y su apego al amor, aun cuando era una persona que había sufrido tantos rechazos.

»Pregunté en la estación, en otras tiendas, si sabían dónde se alojaba aquella familia de la que tan solo sabía que estaba formada por un padre de pelo castaño y una hija de mi edad con el pelo del mismo color.

»No es de extrañar que no tuviera mucho éxito en mi búsqueda, y, claro, me desanimé. Me lamenté en aquel momento de no haber tenido el valor de decir algo más de lo que dije. De obtener más información de la que obtuve. Pensaba que no la vería más, pero entonces vi el *rent-a-car*. Un descampado con más de treinta coches Ford azules, como el que llevaban ellos. Hablé con el encargado de los alquileres, y me dijo que sabía quiénes eran y, tal vez por mi entusiasmo, accedió a decirme dónde vivían.

»La noche se me hizo eterna. Intenté dormir, pero no había manera. Meditaba las palabras que diría cuando estuviese delante de ella, sus posibles respuestas, mis posibles respuestas a sus respuestas. Me internaba en una conversación hipotética, en la que yo siempre acababa escaldado. Mi ánimo decayó. Pensaba que no sería capaz de ir. Todas mis conversaciones ficticias acababan con un guantazo en la cara, un "que alguien llame a la policía" o conmigo corriendo despavorido.

»Eran las seis de la mañana, no había dormido y estaba convencido de que no sería capaz de acercarme a su casa. Pero me acordé de mi madre.

»Me acordé de su mala elección, de cómo había hundido su vida por acabar en compañía de la persona equivocada, y me dije que no, que a esa chica de la que me había enamorado no le ocurriría lo mismo. Que la protegería para siempre. Que la quería a mi lado para que nunca nadie le hiciese daño. Que la haría feliz.

»Me levanté de la cama, me duché y me afeité. Estuve una hora, o dos, delante del espejo, practicando las primeras palabras, decidido a conseguirla, decidido a salvarla. Estaba cansado, pero el sueño no me afectaba. El corazón me latía a mil por hora. Me veía con ella para el resto de mi vida. Planeé la hora a la que llegaría allí, caminé hacia la casa y, sin dudar, llamé a la puerta.

»No sé cuánto tiempo duró aquella conversación adolescente, pero la he recordado cada día durante diecisiete años. La sonrisa de Amanda, su mirada somnolienta y su grito de sorpresa. Ella accedió a venir conmigo a la feria y yo accedí a adivinar su nombre.

»Me fui de allí con un cosquilleo increíble en el estómago que aún siento cuando pienso en ella. Llegué a casa, y lo primero que hice fue escribir una lista de nombres de chicas. En toda la mañana, conseguí escribir más de cuatrocientos nombres. Para mí no había duda de que su nombre tendría que estar allí. No tenía ninguna pista. Nada a lo que agarrarme. No sabía las consecuencias de no acertar, pero la sola posibilidad de que me dijese que si no acertaba su nombre no saldría conmigo, me hizo estrujarme el cerebro en busca de todas las posibilidades.

»Pasé la mañana haciendo cavilaciones sobre cómo se llamaría. Intenté eliminar algún nombre de la lista, simplemente porque no encajaba con su aspecto. No pude eliminar ninguno. Se podía llamar de cualquier manera. Yo me llamaba Jacob y no tenía que ver con mi aspecto. Mis padres no sabían cómo sería cuando fuese mayor, así que el criterio del aspecto físico para eliminar posibilidades me pareció insuficiente. Entonces intenté hacer alguna eliminación en función de nombres más o menos comunes. Esto no era más que otra soberana gilipollez. Había nombres comunes en unas zonas del país, y nombres comunes en otras, y ni siquiera sabía de dónde era. No tenía ninguna pista sobre la que agarrarme, así que, o bien me convertía en el mejor mentalista de todos los tiempos en apenas unas horas, o descartaba para siempre la posibilidad de salir con ella. Me di cuenta de una cosa y actué en consecuencia, como vi imposible que yo adivinase su nombre, se me ocurrió una idea: dejaría que ella lo hiciese.

Capítulo 39

26 de diciembre de 2013. Boston

El director siguió pasando las hojas del álbum. En todas ellas se le veía a él junto a Claudia cuando era bebé. Alguien los observaba, pero no llegaba a intuir quién podría ser. Eran más de veinte fotografías. Las sacó todas del álbum y las esparció sobre la cama de su hija. Una a una fue dándoles la vuelta y en todas ellas estaba aquel asterisco. Se levantó, sacó de su bolsillo la nota y la releyó: «Claudia Jenkins, diciembre de 2013».

Le dio la vuelta y lo vio también. El mismo asterisco que estaba en la parte de atrás de las fotografías se encontraba también tras la nota, perfectamente alineado en el centro. A pesar de estar pintados a mano, todos los asteriscos eran iguales.

—No puede ser —dijo susurrando con la respiración agitada—. ¿Cómo han llegado estas fotos a manos de Claudia? ¿Quién se las dio?

Agarró una de las fotografías. En ella se veía al director en la acera caminando junto a Claudia, que tendría aproximadamente dos años, mientras la cogía de una mano y esta daba pasos torpes. La foto estaba tomada desde la acera de enfrente. Caminaban frente a una tintorería, que mostraba un enorme cartel amarillo con el título «Lavados en seco. 30 por ciento de descuento».

El director se fijó en aquella foto. Recordaba esa tintorería. Había llevado varias chaquetas allí y la tendera lo había atendido cada vez que iba de una manera muy educada. Era una señora de cincuenta años, con el pelo rubio rizado y corto, que siempre le sacaba una sonrisa. Se imaginó el lugar desde donde debía estar tomada la fotografía. Al otro lado de la acera donde se encontraba la tintorería había una cafetería junto a un solar vacío.

Se fijó en la foto, en cómo Claudia tenía la pierna levantada para continuar con su procesión de diminutos pasos, en cómo la miraba él y en la cara de ilusión que tenía. Quien había hecho esa fotografía había captado un momento de felicidad en el que él contemplaba a su hija caminar. Se dio cuenta de que ahora lo daría todo por volver a ese instante.

El director se levantó decidido de la cama. Agarró todas las fotografías y salió de la habitación. Fue al salón y cogió la botella de vino que le habían dado diecisiete años atrás tras su atropello y la estampó contra la pared. No se imaginaba conservando aquella botella un segundo más. No importaba. Era lo de menos. No podía pensar en aquel futuro que había deseado para su hija, ese en el que él la abriría con ella cuando cumpliese veintiún años. Ahora que ya no estaba, lo único que quería era borrarlo todo.

Tiró las fotografías a la misma pared contra la que había estampado la botella de vino. Al caer al suelo, algunas de ellas se empaparon del color rojizo del vino y otras flotaron en un pequeño charco que se había formado.

El director, nervioso y aturdido por lo que acababa de hacer, se agachó y recogió las fotografías de esos años que se habían perdido, pero que suponían un indicio a lo que agarrarse. Observó una de las fotografías que estaba manchada de vino, y lo vio.

En la misma foto que había estado observando segundos antes de él y Claudia caminando junto a la tintorería, algo que había pasado desapercibido para él, ahora se mostraba evidente. El vino había distorsionado los colores de aquella imagen, pero había aumentado la nitidez de una zona antes oscurecida. En el reflejo del escaparate de la tintorería se dibujaba ahora una silueta que el director reconoció al instante. Se veía reflejada a la persona que estaba tomando la fotografía. La cara estaba tapada por la cámara, pero el pelo, la posición de los brazos y su ropa se distinguían sin ninguna duda para el director.

—¿Laura?

No podía creer lo que veía. No paraba de formularse cientos de preguntas para las que no encontraba respuesta. Durante muchos años, nunca había aceptado la desaparición de Laura. Cuando después de seis meses de búsqueda, la policía desistió, él se negó a aceptar que se hubiera esfumado sin dejar rastro. No podía ser. Algo tenía que haberle pasado, alguien la había retenido o la había apartado de él. Ahora esa foto confirmaba lo contrario. Laura estaba perfectamente. No le había ocurrido nada. Había decidido alejarse de él, y de Claudia, por voluntad propia. Esa realidad se le tornó dura, inaceptable, demoledora.

—¿Por qué te fuiste, Laura? —dijo el director.

De algún modo, Laura había permanecido cerca de ellos y, en parte, este hecho lo perturbó. Laura se había mantenido vigilante mientras se desarrollaba su búsqueda y, al mismo tiempo, atenta al crecimiento de su hija. El director no entendía por qué, pero pensar que mientras él se derrumbaba Laura lo veía hundirse sin hacer nada por evitarlo le rompió el corazón. Durante todos estos años el director nunca había culpado a Laura de no estar con él en los momentos en los que su hija necesitaba una madre. Al contrario, amaba a Laura en su ausencia, en su recuerdo, en el recuerdo de ellos haciendo el amor, en el de ella mirando a Claudia recién nacida.

De algún modo, Laura había querido seguir en sus vidas a pesar de haber evitado el contacto con ellos. El director se preguntó por qué Laura enviaría aquellas fotos a su hija, aunque comprendió que si seguía viva, era su manera de decirle de un modo sutil que aún velaba por ellos.

El director recogió las fotografías manchadas de vino, las metió en una bolsa de papel, salió de su casa y, decidido, se montó en su coche dirección al centro psiquiátrico.

Capítulo 40

27 de diciembre de 2013. Quebec, Canadá

En alguna parte del Parque Nacional La Mauricie, Susan Atkins fue arrojada dentro de una fosa que había cavada junto a la cabaña. La caída la despertó, haciéndola recuperar el estado de tensión que tenía antes de ser capturada. No sabía dónde estaba ni por qué estaba allí. Solo veía tierra marrón oscura a su alrededor. Se incorporó aturdida y, al apoyar el pie derecho, se tambaleó hacia una de las paredes de tierra. Miró arriba y solo vio el cielo estrellado. No sabía la hora que era, no sabía en qué día estaba. El suelo se movía bajo sus pies, tenía la sensación de estar montada en una atracción de feria, sin luces, sin música, sin risas. Vomitó.

Oyó pasos sobre la tierra húmeda acercándose hacia donde ella se encontraba. Volvió a mirar hacia las estrellas, y apenas distinguió la cara en la oscuridad. Al verlo, gritó.

—Por favor, ayúdeme. Sáqueme de aquí, se lo suplico.

Steven la miraba con cara de indiferencia, sin pestañear. Sobre él, cielo estrellado; bajo él, su infierno.

—No le he visto la cara, se lo prometo. Por favor, suélteme. No diré nada.

—Lo siento, Susan. Tienes que morir.

Aquellas palabras penetraron en ella, haciéndola derrumbarse en el suelo. No entendía nada, pero aquella voz ronca sonó demasiado segura de sí misma como para considerar que no decía la verdad. Arrodillada en el suelo, comenzó a llorar desconsolada. El hecho de que aquel hombre la hubiese llamado por su nombre la hundió más. No entendió qué motivos le llevarían a actuar así. Steven la observó derrumbarse, rendirse a su destino.

—Tienes que morir, ¿entiendes?

Entre lágrimas, Susan miró arriba, y vio nítidamente la cara de Steven. No lo conocía, jamás lo había visto. Para ella no era más que un hombre mayor corriente, de unos cincuenta y tantos, con barba descuidada y mirada inerte. No recordaba el asalto a su casa, así que la única imagen que tenía de él era esa cara indiferente, tranquila, sin vida.

—No tiene por qué hacerlo. Yo no diré nada —dijo entre lágrimas.

—Es demasiado tarde para dar marcha atrás. Estoy demasiado cerca del final.

—Siempre puede dar marcha atrás. No lo haga, por favor.

—No lo entiendes, Susan.

—No, por favor.

Steven desapareció de su vista. El sonido de sus pasos sobre la tierra se alejó, y sonó una puerta de un coche abrirse y cerrarse. Oyó el sonido del motor que arrancaba y a la gravilla vibrar bajo el peso de los neumáticos en movimiento dirección norte. Susan sintió que aún tenía una oportunidad. Intentó trepar por la fosa. No consiguió dar más de dos pasos hacia arriba antes de que la tierra cediese. Lo intentó muchas veces más, con el mismo resultado. Una de las veces ya estaba cerca del borde, cuando agarró una roca suelta que estaba incrustada en la tierra, que se descolgó y la hizo caer de espaldas en el fondo. Lloró. Estaba exhausta, no podía más. Mirando el cielo estrellado, aceptó su destino. Comprendió que iba a morir, que no podría salir de allí. Decidió dormirse, dejarse llevar hacia lo que tendría que ocurrir. Comenzó a sentir frío, se pegó a una de las paredes, se encogió y se dispuso a dormir.

Steven condujo su camioneta hasta la estación de servicio. Aún quedaba una hora para el amanecer, estaba cansado del viaje de ida y vuelta a Nueva York y de la tensión del secuestro, pero aún le quedaban fuerzas para hacer la llamada.

Cuando llegó la gasolinera estaba cerrada. El dependiente se encontraba en el interior de la tienda, que tenía las rejas bajadas, cobrando a un hombre a través de una ventanilla. Steven se acercó a la cabina telefónica, descolgó el auricular, introdujo unas monedas y marcó. Después de unos instantes, una voz respondió.

—¿La tienes?

—Sí —dijo Steven.

—¿Cómo es?

—Pelo castaño. Ojos marrones.

—¿Cómo se llama?

—Susan Atkins, lo he comprobado.

—Perfecto. ¿Y qué edad tiene?

—Unos veintiuno o veintidós.

—Eso es, eso es.

—¿Dónde la llevo?

—Hay cambio de planes.

—¿Qué cambio de planes?

—Debes encargarte tú.

—¿Otra vez?

—¿Cómo que otra vez?

—Ya lo hice hace dos días, con Claudia Jenkins. ¿Otra vez tengo que ser yo?

—¿Claudia Jenkins?

—La chica de la estación de Vermont. Iba a coger el tren a Boston.

La persona al otro lado de la línea colgó el teléfono. Steven gritó al auricular. La conversación no podía quedar ahí. Necesitaba saber por qué esa interrogación ante el nombre de Claudia Jenkins. Steven marcó de nuevo. Con cada tono recordó escenas de la muerte de Claudia: primer tono, cómo gritaba desde la fosa; segundo tono, cómo lloraba después de varias horas en ella; tercero, cómo la durmió con una botella de agua cargada de somníferos; cuarto, cómo agarró el hacha aquella mañana, cómo no dudó ni un segundo; quinto tono, nadie al otro lado, solo el sonido intermitente de la línea comunicando...

Marcó de nuevo. Su pulso se aceleró con cada tono, con cada nuevo signo de una no respuesta.

—Maldita sea —gritó golpeando el auricular contra la cabina.

El dependiente lo vio golpear la cabina y gritó desde el interior:

—¿Está loco? Si rompe la cabina la paga.

Steven miró al muchacho con una mezcla de enfado y consternación. El chico se arrepintió de lo que acababa de decir.

Durante el camino de vuelta a la cabaña en medio del bosque, Steven pensó en aquella voz, en aquella pregunta sobre Claudia Jenkins. «¿Qué quería decir?, ¿por qué tendría que hacerlo yo de nuevo?».

Llegó a la cabaña y aparcó junto a la fosa. Susan estaba dormida. Acababa de amanecer y Steven la observó sin saber qué hacer. La voz le había dicho que debía encargarse él, pero también había puesto en duda que lo hubiese tenido que hacer dos días antes. Algo en Susan le recordó a Amanda. Su color de piel era muy similar, su pelo del mismo tono. Estaba sucia, con manchas de tierra en la camisa azul que llevaba, en la cara y en las manos. Steven se quedó mirándola dormir unos minutos. Por momentos, le pareció ver a Amanda allí tumbada en la fosa.

Entró en la cabaña y salió momentos después con una manta. La tiró encima de Susan, quien se despertó aturdida. Agarró la manta, se tapó y notó algo distinto en la mirada de su secuestrador. Su mirada inerte había desaparecido. Había sido reemplazada por una mirada de preocupación. No sabía si era bueno o malo. Pero Susan había sobrevivido algunas horas, y aquel gesto con la manta la ayudó a comprender que quizá sobreviviría algunas más.

Capítulo 41

23 de diciembre de 2013. 23.31 horas. Boston

Al tiempo que me ilumina la luz, salto al hueco entre los coches. ¿Me han visto? Se trata de un coche con el que no había contado. Estoy tan concentrado que no me he percatado del ruido de la verja abriéndose. No tengo modo alguno de saber si me han visto o no, salvo esperar. Estoy agazapado entre los dos vehículos junto a la rueda del Chrysler, mientras escucho apagarse el ruido del motor. No me atrevo a asomarme a mirar. En cualquier caso, hacerlo sería la peor opción: si me han visto, no tengo nada que hacer; si no lo han hecho, podrían verme justo ahora y echaría por la borda tantos años de búsqueda. La mejor opción es esperar en la oscuridad.

Escucho la puerta del coche abrirse y unos pies pisar la gravilla. Contengo mi respiración lo máximo que puedo con la intención de que no me oiga. Si no calculo mal, quien sea el que se ha bajado de ese coche viene solo y debe estar a unos cinco metros de mí tras la hilera de vehículos.

Los pasos se aproximan adonde yo estoy. No me puedo creer que ya me hayan descubierto. Qué estúpido. Con todo lo que he aguantado, con el final tan cerca, cometo el increíble error de exponerme en el peor momento. Agarro el cuchillo con todas mis fuerzas. No tengo ninguna duda de acabar con él. Tal vez el resto de los miembros no haya escuchado la llegada de este. Si lo elimino en silencio, puede que nadie se percate de su ausencia. Se ha parado justo a un metro de donde estoy. Lo veo de espaldas por encima del maletero del Chrysler: hombre, pelo castaño, barba, chaqueta verde. Parece un cazador. Se da la vuelta hacia la mansión y le veo la cara.

Me da un vuelco al corazón. ¡¿Steven?! No puede ser. Durante un microsegundo me da la sensación de que me va a ver, pero no lo hace. Su mirada, una mezcla entre tristeza y odio, está clavada en la mansión, y sus ojos solo parecen ver los muros de aquella casa de los horrores.

Se aleja hacia su coche de nuevo y escucho cómo abre el maletero. Se le oye resoplar y emitir un ligero aullido de esfuerzo. Me asomo y miro a través de las ventanillas del coche. ¿Por qué estás aquí esta noche, Steven?

No deberías haber venido. Tu misión es mucho más grande que esto. Tu misión comienza mañana.

Porta a una joven, que intuyo está dormida, sobre el hombro derecho y cierra el maletero. Se aleja dirección a la puerta principal, que estaba entreabierta. Empuja la puerta con la mano izquierda y se pierde en el interior, cerrando la puerta tras de sí, y dejando en silencio de nuevo el jardín.

No tengo tiempo que perder. Clavo el cuchillo sobre el resto de las ruedas de los coches y corro hacia la puerta principal. Las lámparas me iluminan, pero ahora estoy seguro de que no me verán, que estarán atentos a Steven y a su víctima, y no a lo que ocurra fuera. Empujo el enorme portón de madera por si está abierto y, para mi sorpresa, cede. Entro en la mansión. El recibidor está oscuro, el aire denso y la ligera luz que proviene de uno de los pasillos laterales iluminan suavemente una escalera en forma de curva que se encuentra frente a la puerta. Me quedo en la sombra, decidiendo hacia cuál de los dos pasillos acercarme, o si subir a la primera planta. Desde el pasillo de la izquierda, escucho una conversación entre dos hombres. Desde la derecha, suena de lejos el inconfundible canto roto de un tocadiscos envejecido, en el que está girando el «Lascia Ch'io Pianga» de Händel. Estos hijos de puta tienen buen gusto para la música.

En una decisión improvisada, decido aventurarme hacia la primera planta. La escalera está cubierta por una alfombra roja con adornos dorados en los laterales, y al subir, observo en la penumbra la lámpara de araña del tamaño de una persona que está colgando sobre el recibidor. Nunca había visto una así, pero supongo que no tengo tiempo para contemplarla mucho más. Sigo subiendo y cuando llego arriba, el pasillo se encuentra a oscuras, salvo por un haz de luz que sale de una puerta entreabierta del fondo.

Me acerco lo más sigiloso que puedo, caminando agachado a lo largo del pasillo. No se escucha absolutamente nada en la habitación. ¿Me estarán esperando? ¿Y si es así? ¿Y si no?

Miro a través de la abertura y no veo a nadie. Lo único que veo es un dormitorio que ha recibido la visita del desorden y ha sido asaltado por la desidia. La cama sin hacer, libros tirados por el suelo, una mesa volcada, papeles por todas partes. Empujo la puerta algo más para ojear mejor el interior, sin saber a ciencia cierta si hay alguien en la zona, que no alcanzo a ver, y con la esperanza de que no sea así. Asomo la cabeza algo más y al girar la cabeza hacia la derecha para poder vigilar qué es lo que me aguarda en esa zona, ocurre lo que intentaba evitar.

Un hombre arreglado me mira directamente a los ojos sin pestañear. Nos miramos durante un par de segundos sin decir nada. Él parece formar parte de un equilibrio perturbador, una combinación de contrastes desalentadora que me hace dudar de dónde estoy, si en el cielo o en el infierno, si viviendo o muriendo: tiene el pelo blanco y los ojos negros; la piel blanca y un jersey negro; una sonrisa blanca y un alma negra.

—Hola —me dice.

Por un segundo no sé qué hacer ni qué pensar.

—Tú debes de ser Steven —continúa—. Pasa, amigo, no tenemos el placer de conocernos.

Termino de empujar la puerta definitivamente, me reincorporo y me adentro en la habitación sin siquiera saber qué estoy haciendo. No sé si sacar el cuchillo y acabar con él ahora mismo o esperarme a ver cómo se desarrollan los acontecimientos.

—Hola —digo sin saber por qué.

—¿Cómo es? ¿Es ella?

—¿Quién?

—La chica. ¿Es Jennifer Trause?

—Eh, sí.

—Genial, genial. Así debe ser. No puede ser otra. Ya queda poco, tienes que estar impaciente.

—Sí, aunque no me quedaré.

—Ah, ¿no? Puedes hacerlo, estoy seguro de que no les importará.

—¿A quién?

—Al resto.

—No, prefiero irme, gracias. Ya he visto muchas.

—Siempre es una experiencia, ¿sabes? —dice el degenerado con cara de ilusión.

—Sí, me imagino.

—¿Dónde está?

—La he dejado abajo con el resto.

—Bien, bien. Entonces supongo que debería ir bajando ya.

—Sí.

—Si no te vas a quedar, vete cuánto antes. No creo que al resto le haga mucha gracia que te quedes deambulando si no vas a participar.

—Sí, eso haré.

Reculo y me dispongo a salir de la habitación antes de que alguien más nos escuche hablar y decida unirse a la conversación. He tenido la fortuna de que no conozca el aspecto físico de Steven y me haya confundido con él. Me asquea la manera en que me sonríe el Guernica andante, el hombre bicolor. Cuando estoy bajo el marco de la puerta, a punto de salir, me dice:

—Me habían comentado que eras mayor. No te hacía tan joven.

Me giré sobre mí mismo sin saber qué responder.

—Me conservo bien.

Se queda mirándome inexpresivo durante unos momentos. Si sabe la edad de Steven, se ha dado cuenta de que yo no puedo ser. Me ha descubierto, ha desmontado mi ficción, y me da la impresión de que está a punto de avisar a los demás. Si alzase la voz, no tardarían en desaparecer en la oscuridad de la noche y no los vería más. Se perderían, se esfumarían y podrían pasar otros diez años hasta que volvieran a cometer un error y yo descubriese dónde se encontraban. Estoy a punto de sacar el cuchillo del lateral de la mochila donde lo tengo. Lo palpo con la mano derecha cuando dice:

—Algunos tenemos esa suerte. Cumplimos años y nos conservamos inalterables.

—Sí —respondo aliviado.

—Hasta otra, amigo.

—Adiós.

Ahora que he salido de la habitación y camino por el oscuro pasillo de vuelta a la escalera, apenas recuerdo su cara. De algún modo, sus facciones se han deformado en mi mente, y ahora no veo otra cosa que un borrón donde debe haber una cara sobre un jersey negro y bajo un cabello blanco.

Sigo andando por el pasillo, sin saber muy bien qué ha ocurrido, pensando en la suerte que he tenido. Puedo volver a la habitación y asesinarlo allí mismo, pero me arriesgo a que los demás oigan algo y huyan acobardados. No podría consentir otra huida, otra búsqueda infructuosa. Este es el único método para acercarme a ella, para recuperarla, y tengo que llegar hasta el final, sea al precio que sea.

Capítulo 42

15 de junio de 1996. Salt Lake

Amanda corrió descalza escaleras arriba, entró en su habitación y abrió su armario. Había tres vaqueros, dos blusas (una beige y otra rosa), una sudadera gris, dos jerséis (uno blanco y otro azul), un top de flores y una falda de gasa blanca. En su mente, creó todas las combinaciones posibles con aquella ropa: a cualquier hombre le hubiesen parecido demasiadas posibilidades; a ella, ahora que tenía una cita con Jacob, le parecieron una centésima parte de las que deberían ser.

Se vistió con el primer pantalón vaquero que agarró y con una de las blusas, y salió al jardín de atrás en busca de su madre y su hermana. Mientras caminaba se entreveía una leve sonrisa en su cara, un toque de color nuevo, imperceptibles cambios para cualquiera, pero delatores para su madre. Kate estaba con Carla dentro del cobertizo blanco, que servía de almacén de cacharros y trastos para el cuidado del jardín, y pegaban algún que otro chillido gracioso cuando se movía, por el viento o por la inercia, alguno de los cachivaches que estaban colgados en las paredes. Para Carla era una aventura, para Kate era la mayor congregación de telarañas y mugre que había visto en su vida.

—Carla, no toques nada.

—¡Mira qué araña!

—Ay, Dios, nos vamos de aquí ya.

—¿Qué es eso?

—¿El qué?

—Eso que hay en la pared.

El aire en el cobertizo estaba cargado de motas de polvo flotando y, aunque había suficiente luz en el interior, la pared que se encontraba más alejada de las ventanas estaba lo suficientemente oscura como para no ver las herramientas que había colgadas en ella.

—¿Alguna herramienta?

—No, el dibujo.

—¿Qué dibujo?

—El que hay detrás.

En ese preciso momento, Amanda abrió la puerta desde fuera, dispuesta a entrar, haciendo a Kate y Carla gritar al unísono.

—Qué susto, Amanda —dijo Kate.

—Ya estás despierta —gritó Carla.

Amanda no respondió. Se quedó petrificada con la imagen que observaba. Detrás de su madre y Carla se encontraba un enorme asterisco que cubría toda la pared. No tenía una línea más larga que otra, no había ningún trazo más deforme que el resto. Estaba pintado con pintura negra, y los brochazos habían sido realizados con un delicado esmero.

—¿Qué ocurre? —preguntó Kate.

Amanda no dijo nada. Solo levantó la mano hacia ellas, señalando la pared. Kate se dio la vuelta y también lo vio. Sin saber por qué, aquello la azoraba. Un símbolo sin significado cubriendo una pared del cobertizo. A Amanda, convertida en un torrente de sentimientos por la visita de Jacob, aquello le sobrepasó. Su madre no lo sabía, pero ella tenía aquel mismo símbolo que ocupaba una de las paredes del cobertizo dibujado tras una envejecida nota con su nombre y la fecha. Su mente y su cuerpo eran un revoltijo de sensaciones y temblaba porque no llegaba a intuir el significado de aquello.

Kate se fijó algo más. A pesar de ser un símbolo demasiado común, no había visto algo así en su vida. El dibujo pasaba por encima de algunas de las herramientas, como si no importase que estuviesen allí en el momento en que lo pintaron. No había ningún goteo de pintura en el suelo, ningún signo de error humano en aquella perfección.

—Un asterisco en la pared. Esto sí que es nuevo —dijo Kate.

—Y yo luego no puedo pintar en las paredes —dijo Carla sonriente enseñando el hueco entre sus colmillos.

—¿Qué significará? —se preguntó Kate.

Amanda no sabía la respuesta a aquella pregunta, pero sabía a ciencia cierta que tenía que ver con ella. Estuvo a punto de contarle lo de la nota, se debatía entre un socorro y un yo me encargo, y aquel símbolo en la pared inclinó la balanza hacia la petición de ayuda, pero se contuvo.

—Ni idea —dijo Amanda.

Había prometido a su madre que haría su estancia más llevadera; se había prometido a sí misma, tras el episodio en el que la vio dejarse la vista por su insignificante pulsera, que no la preocuparía con niñerías.

—Es extraño, ¿no crees?

—Me da miedo —dijo Carla.

—Tiene nueve puntas —señaló Amanda—. Eso es lo que más me inquieta.

—¿Por qué? —preguntó Kate.

—Cuando escribes un asterisco, haces líneas que parten desde una punta hacia la otra —respondió Amanda.

—¿Qué quieres decir?

—Que con cada movimiento del bolígrafo, se hacen dos líneas, desde un lado hacia el otro, terminando en el otro extremo tras pasar por el centro, por lo que siempre tienen un número par de puntas. Este tiene nueve.

—No deja de ser curioso —reconoció Kate.

Carla contemplaba el símbolo con una especie de admiración e incredulidad, pero había percibido la mirada de extrañeza de Kate y Amanda hacia aquel dibujo y estaba algo asustada, aunque no entendía bien el porqué.

—¿Qué hacemos con él? —continuó Kate sonriente, intentando quitarle hierro al asunto.

—A mí me da mal rollo —dijo Amanda.

—¿Qué os parece si lo tapamos?

—¿Con qué?

—¿Esa manta vieja de ahí? —propuso Kate mientras se acercaba a un montón de trapos viejos que estaban junto a un estrecho pilar de madera. Cogió la manta descolorida cubierta de polvo y la alzó por encima de las herramientas de la pared donde se encontraba el símbolo. Colgó la manta en dos de los ganchos para herramientas, y así quedó completamente cubierto.

Salieron del cobertizo con una sensación de extrañeza que no acababan de comprender. Caminaban por el jardín dirección a la casa calladas, cuando Amanda se metió las manos en el bolsillo del pantalón y notó algo. Sin darse cuenta de lo que palpaba, sacó el contenido del bolsillo a la vista de su madre. Cuando se dio cuenta de lo que era, ya era demasiado tarde.

—¿Qué es eso? —dijo Kate.

—Nada, mamá —respondió Amanda sin tener tiempo de improvisar.

—Déjame ver —dijo agarrando la mano a su hija y quitándole de las manos la nota amarillenta.

Capítulo 43

27 de diciembre de 2013. Boston

A pesar de que la madrugada ya se había apoderado de la conversación, Jacob estaba más despierto de lo que se había mostrado en ningún momento durante las horas previas. Stella seguía escuchándolo, sin apenas intervenir, y tomando ligeras anotaciones en su libreta. Había estado pensando en la posibilidad de realizarle algunos test de Rorschach, interpretar sus primeros pensamientos y su capacidad asociativa de ideas, pero pensó que no. Que la historia de Jacob era más importante que su propio protocolo o el definido por el FBI para este tipo de casos. Empezaba a entrever su personalidad, un individuo lleno de odio y de amor a partes iguales, aunque aún no tenía clara su implicación directa en la muerte de Jennifer Trause y en la de Claudia Jenkins. Esta última le había afectado bastante, al haber sido testigo directa del derrumbamiento de su padre, el director del centro.

—¿Cómo pensabas hacer que ella adivinase su nombre? Eso no tiene sentido. Ella ya sabe su nombre —dijo Stella.

—Déjame contarte lo maravillosa que es la mente humana.

—¿Qué?

—El mismo día de la cita con ella, escribí todos los nombres que se me habían ocurrido en un folio en blanco, uno tras otro, con un espacio de apenas medio centímetro entre ellos. Intenté que todos tuvieran el mismo tamaño de letra, que ninguno destacase sobre el resto.

»Me duché como creo que nunca he vuelto a hacer. Mientras lo hacía, recuerdo que estuve en una especie de limbo mental en el que me imaginaba viviendo juntos para siempre. Estaba exaltado, eufórico, entusiasmado. Tenía la sensación de haber encontrado lo único que me daría la vida de nuevo tras la muerte de mi madre, lo único que me haría soñar y vivir la vida que siempre quise. Nada podía fallar. Medio bote de champú después, salí de allí convencido de que conseguiría que saliera conmigo, y que además podría besarla, algo que deseaba con toda mi alma.

Jacob se incorporó en la silla, acercándose a Stella por encima de la mesa. Estaba maniatado y no podía aproximarse más de lo que daba de sí la flexibilidad de sus muñecas, pero Stella no reaccionó. No se asustó, no se amedrentó. Algo en ella estaba cambiando en la manera de interpretar sus palabras. Su cara se tornó en una especie de mirada compasiva, comprensiva. Había comenzado a entender que Jacob solo era una persona cargada de amor, que por algún motivo había perdido el norte.

—Jacob, ¿quieres que descansemos y continuemos mañana?

—Ni hablar.

—Son las tres de la madrugada.

—Esto es mucho más importante que dormir.

—Amabas a Amanda, ¿verdad?

—Apenas la conocía, no había tenido tiempo suficiente para hablar con ella, pero sabía que era la mujer de mi vida.

—Cuéntame lo que ocurrió cuando os encontrasteis.

—¿Impaciente?

—Curiosa.

—Me alegro —dijo Jacob sonriente. Por primera vez desde que Stella lo había conocido, su sonrisa le pareció sincera. En esa sonrisa no enseñaba los dientes, era un leve gesto levantando uno de los laterales de los labios.

—Sigue, por favor —pidió la agente mientras agarraba su bolígrafo y bajaba la mirada rápidamente hacia el cuaderno.

—Llegué a la casa de Amanda a las cuatro y media. Habíamos quedado a las cinco, pero no aguantaba más. No quería que se sintiese mal por hacerme esperar, así que me quedé deambulando por la zona antes de llamar a su puerta. Me acerqué a la casa de enfrente de la de Amanda. Era una vieja casa de madera corroída. Me llamó la atención porque era todo lo opuesto a la casa donde ella vivía. En un mundo de oposiciones, en el que todo parecía tener su contrario, incluso aquella vieja casa de madera contemplaba todos los días a su antagonista en la acera de enfrente. El tejado de una, perfectamente cuidado; el de la otra, completamente corroído; las paredes de una, de un blanco perfecto; las de la otra, sin color, sin pintura, corrompidas por el tiempo. Me encontraba observando la vieja casa cuando salió un hombre, de unos treinta años, con prisa y cara de preocupación. Me quedé mirándolo y pasó por mi lado mientras aceleraba el paso dirección hacia el centro del pueblo. No sabía qué le había ocurrido, pero en ese momento no me importaba. Deseaba que pasase el tiempo para verme con Amanda. La visión de las dos mitades de aquella calle no tuvo la mayor trascendencia para mí hasta años después, cuando descubrí quién era el hombre que salió de aquella casa vieja.

—¿Quién era? —preguntó Stella.

En ese mismo instante, la puerta de la habitación en la que se encontraban se abrió bruscamente, golpeando la pared y haciendo a Stella gritar asustada.

Capítulo 44

27 de diciembre de 2013. Boston

El director entró de golpe en la habitación donde se encontraba Stella entrevistando a Jacob. El doctor no se esperaba que a aquellas horas la evaluación psicológica continuara. Pensaba que Jacob ya estaría en su celda de confinamiento y Stella en su casa, pero cuando pasó por el largo pasillo dirección a la celda y vio la luz de la habitación 3E encendida, pensó que debía ser un error. Antes de abrir, una parte de él deseaba que estuviese allí dentro con Stella todavía, y que la evaluación psicológica hubiera seguido su curso natural; pero otra parte de él quería que estuviese en su celda de confinamiento, solo y a oscuras, para poder verse cara a cara con él. Venía dispuesto a hacer hablar al «decapitador», como él seguía llamándolo en su mente; tenía demasiadas preguntas como para dejar que fuera él quien dirigiera los tiempos de su declaración a su antojo. Quería esclarecer si había alguna relación entre él, Laura y la muerte de su hija. Al entrar y ver a Stella en aquella habitación junto a él, se contuvo.

—¿Qué pasa aquí? —dijo el director.

—Vaya susto me ha dado —exclamó Stella.

—Buenas noches, doctor Jenkins —dijo Jacob—. No le esperaba aquí todavía.

El director miró a Stella, en un intento de entender qué es lo que ocurría, buscando alguna señal en su mirada que le ayudase a tranquilizarse. Ella gesticuló un «No se preocupe» con los labios sin emitir sonido alguno.

—Doctor Jenkins, creo que ya conoce a Jacob —dijo Stella intentando quitar tensión a la situación.

—¿Jacob? ¿Así te llamas?

—Doctor Jenkins, me alegra verle de nuevo. Eso significa que está abriendo los ojos.

—¿A qué te refieres con eso, Jacob? —preguntó Stella.

—Como te dije, Stella, todo esto es mucho más grande de lo que puedas imaginar. No se trata solo de una muerte aislada, o dos, como habéis tenido constancia. Se trata de mucho más.

—¿Quieres decir que has asesinado no solo a Jennifer Trause y a la hija del doctor Jenkins, sino a más víctimas?

—Yo no he sido, Stella —respondió tajante—. Parece que todavía no entiendes la realidad que se abre ante ti.

—¿Me estás diciendo que hay un asesino en la calle, con quien colaboras?

—No he dicho eso.

—¿Entonces?

—En resumidas cuentas, sí, hay un asesino fuera, que se dedica a decapitar mujeres. ¿Que si colaboro con él? No. Pero déjame llegar al final del asunto. Ocurre algo terrible, la inmundicia humana en su máximo esplendor. Pero aún no estás preparada para entender el origen de todo, ni el motivo por el que estoy aquí.

—¿Un asesino fuera? —dijo Stella.

Jacob no respondió y desvió la mirada hacia el director.

El director lo contemplaba azorado. Verlo allí hablar con aquella tranquilidad le destrozaba. Había llegado al centro psiquiátrico con mil preguntas que resolver con el prisionero, pero al verlo sentado tranquilamente con Stella, en un estado de calma y hablando con un malicioso tono lleno de serenidad, se había quedado sin saber por dónde empezar.

—Jacob, ¿qué significa esto? —preguntó el director mientras tiraba la nota amarillenta con el nombre de su hija sobre la mesa.

Jacob se acercó a la mesa y la observó. Dibujó una ligera sonrisa en su cara y levantó la vista hacia el director durante unos segundos.

—Creía que nunca llegaríamos a este momento —dijo Jacob.

—Por favor, dime qué significa esta nota —rogó el director a punto de romper a llorar.

—¿Recuerda cuáles fueron las primeras palabras que le dije?

—Que sentías la muerte de mi hija —respondió el director.

—Y lo hago, mucho más de lo que pensáis. Pero eso no fue exactamente lo que dije.

—Por Dios, cuáles fueron tus palabras.

—«Siento que su hija haya tenido que morir, doctor Jenkins».

El director dio un paso hacia atrás, aturdido.

—Sí, ¿y qué?

—Su hija no ha muerto porque yo quisiera, o porque alguien quisiera que muriese. Su hija ha muerto porque tenía que hacerlo —dijo Jacob fulminante.

—Mira, hijo de puta, si me estás diciendo que mi hija de diecisiete años ha muerto sin un motivo aparente, me encargaré de que te encierren toda tu vida.

—Todo lo contrario, doctor Jenkins. Su hija ha muerto por un motivo más grande de lo que usted pueda imaginar. Si me pregunta por el significado de la nota, es simple. Esas notas llevan apareciendo por todo el país demasiado tiempo, y siempre han estado asociadas a la muerte de la persona cuyo nombre está escrito en ellas. La fecha para mí es un enigma, algo que no logro entender, pero reflejan siempre el mes en el que esa persona tiene que morir.

—¿Qué estás diciendo? —preguntó el director.

—Que durante más de diecisiete años, mujeres de todo el país han muerto a manos de las personas que escriben esas notas.

—¿Diecisiete años? —preguntó Stella que se había levantado de la silla algo nerviosa—. Eso es desde 1996.

El director se calló.

—Doctor Jenkins —dijo Jacob—, creo que, poco a poco, está entendiendo que usted es una de las piezas clave de este puzle, ¿verdad?

El director lo miraba aturdido. Stella se acercó a Jacob, que seguía atado a la silla, y le tocó el brazo. Ese gesto le perturbó, y desvió la mirada hacia ella sin saber muy bien cómo comportarse. La tuvo a escasos veinte centímetros y podía percibir el olor de su pelo.

—Jacob, si de verdad hay más asesinos fuera, necesito que nos ayudes a detenerlos —dijo Stella.

—Eso haré, Stella.

—Dime, Jacob, ¿qué ocurrió en 1996?

—Salt Lake —respondió el director.

Capítulo 45

27 de diciembre de 2013. Desconocido

La sombra se movía más inquieta que nunca a un lado y otro del salón de un lúgubre piso derruido en el que las goteras, las negruras, la porquería y la mugre impregnaban las paredes. El hecho de haber colgado el teléfono unos instantes antes y haber escuchado el nombre de Claudia Jenkins la había desconcertado. Aquella sombra circulaba por la habitación en una especie de circuito ilógico que partía desde el sillón corroído por las ratas, hacia la mesilla sin cristal y el sofá gris. Con cada paso, apartaba alguno de los restos de basura que se amontonaban en el suelo, sin hacer caso a la porquería pegajosa que quedaba bajo sus pies. En una de esas vueltas, cambió de rumbo y se adentró en la habitación contigua sin encender la luz. En la oscuridad de la habitación, se agachó, agarró un libro grueso del suelo y lo dejó sobre algo que parecía ser una cama deshecha. Volvió al salón arrastrando los pies, metió la mano derecha en uno de los montones de basura que había en un rincón y, como si no le hubiese hecho falta mirar para encontrarlo, sacó un cuchillo. Volvió a la habitación y, a oscuras, abrió el libro por una página al azar. Se acercó a ver el contenido de aquella página, pero la falta de luz lo hizo imposible. Agarró el cuchillo con firmeza, contempló el destello de su hoja durante unos segundos y lo aproximó al libro. Con sumo cuidado, comenzó a cortar con el cuchillo una de sus páginas. Cuando hubo llegado a la mitad del corte, lo dejó a un lado y rajó el resto con las manos. Contempló la página arrancada durante unos minutos, sin apenas ver nada de lo que allí se mostraba. Agarró la página, la dobló en cuatro trozos y salió de nuevo al salón. Encendió una lamparita cubierta de mugre que había sobre un mueble de madera humedecida por las esquinas y dejó la hoja doblada encima. Se quedó mirándola unos segundos, sacó un lápiz de su bolsillo y se dispuso a escribir. Cuando terminó, la luz de la lámpara mostraba lo que había escrito sobre uno de los lados de la página: un perfecto asterisco de nueve puntas.

Capítulo 46

23 de diciembre de 2013. 23.45 horas. Boston

Pobre Steven. Es lo único en lo que pienso. Ya no carga a su víctima. La ha dejado en alguna parte de la casa y ahora contempla arrodillado un cuadro que ocupa una pared de una de las estancias de la planta inferior. Desde donde está no me ve; ni yo veo el cuadro que observa, pero por su llanto, por su expresión de dolor, tiene que significar demasiado para él. Cuando parece que ha acabado su plegaria, se levanta del suelo, se seca las mejillas con su mano derecha y se gira bruscamente hacia mí. Él está iluminado dentro de la habitación; yo estoy en la penumbra del pasillo. Por un segundo creo que me puede ver, parece que dirige su mirada hacia mis ojos, pero me doy cuenta de que no es así. Tiene la vista perdida, como si estuviera sumido en una especie de trance, en algún recuerdo, en algo que lo perturba. Cuando me doy cuenta, comienza a andar en mi dirección, y entonces me pego rápidamente a uno de los muebles del pasillo. Pasa por mi lado sin detenerse y sin percatarse de mi presencia. Su rastro deja un raro hedor a almizcle en el aire que se me clava en la mente: olor a tierra, a follaje, a hojas secas, a cloroformo. Lo contemplo alejarse en la oscuridad mientras camina inexpresivamente hacia el final del pasillo. No puedo parar de pensar en todo lo que ha tenido que sufrir Steven para llegar hasta aquí, en cómo ha sucumbido a las pretensiones de los Siete, agarrándose a una idea macabra, ilógica y de nefastas consecuencias, tanto para él como para el resto de vidas. ¿Cuántas muertes has provocado ya, Steven?

Me adentro en la habitación en la que estaba, con la esperanza de saber qué es lo que miraba, y por qué se ha azorado tanto ante ese cuadro. Ahora que lo veo, lo entiendo todo: colgado en la pared, en un pretencioso marco de nogal envejecido, se encuentra una réplica, o lo que parece ser una réplica, del *Átropos* de Goya. Un cuadro que representa a las Parcas, las tejedoras del destino de los hombres. Lo reconozco al instante. En mis años de búsqueda de los Siete, había descubierto que tenían una truculenta fijación por el destino de las personas y por las figuras de las Parcas. El cuadro muestra, en tonos negros y grisáceos, a un hombre arrodillado en el centro con las manos atadas a la espalda. Tras él se encuentran, con posiciones ritualistas, las tres Parcas: Átropos, situada a la derecha, que porta unas tijeras con las que corta el hilo de la vida; Cloto, a la izquierda, que lo teje, y que porta un recién nacido; y Láquesis, que mira a través de una lente la longitud de la hebra. Ahora entendía por qué Steven se había derrumbado ante aquella imagen. Transmitía la sensación tenebrosa de la impotencia frente al destino. En la oscuridad del cuadro se mostraba la incapacidad de ese hombre de decidir su vida, de decidir la longitud de su hilo, quedando a merced de las tres brujas. Sé que Steven se encuentra igual frente a los Siete, a merced de lo que ellos decidan, pero pronto acabará.

Me doy cuenta de que la habitación en la que estoy es el estudio que veía desde fuera en el que no había nadie. Sobre el escritorio de madera hay un libro grueso con tapa de cuero. Me acerco a él y veo el tomo: en la portada se encuentra, pintado con tinta negra, el asterisco de nueve puntas. El mismo que había tras la nota de Amanda. Lo abro y un torrente de adrenalina me recorre todo el cuerpo. Página tras página, una lista interminable, escrita a mano, de nombres y fechas. En la primera hoja cuento más de cien. Uno tras otro, compruebo que en esta lista de la muerte solo hay nombres de mujeres y que todas las fechas han pasado. La primera fecha comienza en marzo de 1996 y, tras pasar más de quince páginas escritas, encuentro la fecha de la última anotación: «Jennifer Trause, diciembre de 2013».

De un vistazo rápido, me doy cuenta de que hay años en los que apenas hay anotaciones: 2001, un nombre; 2010, cuatro nombres; pero otros años, si cada nombre representa lo que creo, son una auténtica masacre: 1999, unos doscientos; 2005, más de trescientos. Reconozco nombres escritos en otros idiomas: español (Marta Díaz, Laura López, María Gutiérrez), italiano (Bianca Gazzani, Francesca Ricci, Giulia Moretti), e incluso chino (春華, 利芬). Pensar que estos degenerados han podido asesinar a más de mil mujeres me hace vomitar. No puedo controlar la sensación de asco que siento hacia ellos. Hoy tienen que morir.

Me reincorporo y vuelvo a las primeras páginas del libro, con más miedo que ilusión, deseando estar equivocado. Tras leer los quince primeros nombres de la lista, siento como si cayese desde un rascacielos y se me hubiese subido el estómago al pecho. Allí está, entre otras dos anotaciones con la misma fecha, su nombre: «Amanda Maslow, junio de 1996».

Capítulo 47

15 de junio de 1996. Salt Lake

—¿Qué diablos es esto, Amanda?

—No es nada, mamá. Por favor, dámelo —dijo Amanda intentando agarrar la nota de la mano de su madre.

—Amanda, quédate quieta —gritó Kate.

Leyó en voz alta, como si no entendiera lo que estaba escrito, mientras seguía andando hacia la casa: «Amanda Maslow, junio de 1996».

—¿Es esta tu letra? No la recordaba así.

—Dámela, mamá.

—¿Por qué tanto alboroto? Es solo una nota. Ah, ya sé. ¿Es una carta de algún chico?

—No, no es eso, mamá. Dámela.

Kate le dio la vuelta a la nota, sin imaginar siquiera lo que iba a encontrarse: el mismo asterisco de nueve puntas que había visto momentos antes cubriendo la pared del cobertizo. Al verlo Kate se detuvo en seco y se quedó paralizada.

Amanda gritó tratando de explicar lo inexplicable.

—Mamá, por favor.

Sin saber por qué, Kate se giró sobre sí misma ignorando a Amanda, y volvió al cobertizo con la nota en la mano. Tiró de uno de los extremos de la manta que tapaban el símbolo y lo dejó a la vista. Miró absorta la pared, pensando que se trataba de un error, y volvió a mirar el asterisco de la nota. Eran iguales, idénticos en su perfección, en su incomprensible ausencia de error humano. Dejó caer el papel al suelo, anonadada ante aquella imagen turbulenta. La contempló unos segundos más, sin oír las explicaciones vacías de significado de Amanda.

Kate se volvió hacia Amanda, y dijo:

—No me puedo creer que seas capaz de hacer esta gamberrada.

—¿Qué? —dijo Amanda.

—Que no entiendo tu actitud, Amanda. Te había dado una oportunidad, y coges y lo pagas pintando una pared de una casa que no es tuya. Estoy decepcionada contigo.

Amanda no creía lo que oía. «Menos mal. Piensa que es mi letra, y que he sido yo quien ha pintado eso».

—Mañana por la mañana te vuelves a Nueva York —dijo Kate.

—¿Qué? —replicó Amanda—. Te juro que no he sido yo, mamá.

—Pues explícame quién. Tienes una nota con tu nombre, y con un signo que casualmente está también dibujado en la pared. Amanda, no creas que soy estúpida. Mañana mismo te vuelves con tu tía a Nueva York, y estas vacaciones se han acabado para ti. Me duele por tu padre, ¿sabes? Tenía muchas expectativas puestas este año en que pasásemos unas vacaciones en familia como hacía mucho tiempo que no teníamos, pero ya veo que te has vuelto una desagradecida.

—Mamá, te juro que no he sido. No me quiero ir a Nueva York. Quiero quedarme, te lo juro. No he sido yo.

—Pero ¿cómo tienes el morro de mentir a tu madre?

—Mamá, no te estoy mintiendo. Por favor, créeme —respondió Amanda entre lágrimas.

—No hay más que hablar. Vete a tu cuarto ahora mismo —ordenó Kate.

Carla observaba la discusión sin saber qué hacer. No le gustaba ver a su hermana mayor llorar, y la vio alejarse desconsolada corriendo dirección a la casa.

—Mamá —dijo Carla—. ¿De verdad no se puede quedar?

Kate se agachó hacia su hija, le acarició la mejilla y le dijo:

—Carla, cariño, tu hermana este año no quería venir aquí, y ha decidido que es mejor pintar un dibujo donde a ella le parece, en una pared de una casa que no es nuestra, a estar con nosotros. Es mejor que se vaya con la tía Iris y dentro de un par de semanas, quizá, haya pensado mejor las cosas.

—¿Quieres decir que no nos quiere?

—No es eso, cielo. Amanda siempre nos querrá, cariño, pero tienes que entender que está en una etapa en la que valora otras cosas más que nuestra compañía.

Carla se quedó apenada pensando en que su hermana, con quien siempre había reído y disfrutado, ahora no se comportaba como siempre. Aún con ese pensamiento, anduvo hacia la casa, subió las escaleras y entró en el cuarto de Amanda, donde lloraba tumbada en la cama.

—Amanda, yo te quiero. Te voy a echar de menos si te vas.

Entonces ella levantó la vista, pues no se había percatado de la presencia de su hermana hasta que oyó sus palabras. Le sorprendió cómo siempre estaba ahí, en cada uno de sus malos momentos. Se secó las lágrimas con el dorso de la mano, se incorporó y la abrazó.

—Te voy a echar de menos estos días, pequeñaja —dijo.

—No te vayas, Amanda.

—No me puedo quedar. Ya has oído a mamá.

—Ya, pero la convenceremos.

—No te preocupes. Quizá sea lo mejor. Irme de Salt Lake, y reencontrarnos en la ciudad, quizá así también le dé a mamá algo de vida, que por ahora no ha podido disfrutar de las vacaciones.

—Pero ¡te vas a perder la feria!

—¡La feria! —gritó Amanda.

—Sí, la feria —dijo Carla.

—¡Oh, no, me había olvidado de Jacob!

Capítulo 48

27 de diciembre de 2013. Quebec, Canadá

Steven rondaba de un lado a otro por los alrededores de la cabaña. Estaba agotado, pero no podía acostarse. La visión de haber cometido una atrocidad con alguien con quien no debía haberlo hecho le hizo estremecerse. En sus años como abogado, supo que se despojaría de prejuicios para poder ganarse la vida y proveer a su familia de una posición acomodada. Después de lo que ocurrió en Salt Lake, su misión protectora hacia su familia tomó una nueva dimensión para él. Durante muchos años participando en las actividades de los Siete, se sentía ajeno a lo que ocurría, abstraído de sus acciones. Al fin y al cabo, no era él el que terminaba el proceso. Se consideraba un mero intermediario que ofrecía lo que pedían para poder recuperar su vida. Ahora que cabía la posibilidad, tras la llamada, de haber asesinado a Claudia Jenkins en vano, se sentía perdido, no sabía a qué atenerse, y miraba tembloroso hacia la fosa en la que dormía Susan Atkins.

El sol ya se había levantado, iluminando los pinos grises cubiertos de escarcha que rodeaban la cabaña. Steven se sentó sobre un tronco de madera, cerró los ojos, juntó los puños y comenzó a rezar en voz baja una plegaria. Nunca había sido católico. Su vida en la ciudad lo había alejado de las creencias, algo que él achacaba a su falta de tiempo. A pesar de su trabajo en el que debía jugar con los límites de las interpretaciones de la legislación y sus constantes mentiras para ganar casos, se comportaba como un ciudadano ejemplar: trataba a todo el mundo bien, adoraba pasar tiempo con su familia y era un buen vecino. Ahora que vivía alejado de la realidad, que destrozaba vidas y repartía muerte, no había día en que no rezara. En sus oraciones, no pedía perdón por lo que hacía, no se sentía arrepentido en modo alguno, sino que pedía que su objetivo se cumpliese.

Se levantó de un salto del tronco y se dio cuenta de que Susan Atkins tiritaba. La temperatura había descendido drásticamente en la última noche hasta veinte grados bajo cero, y pensó que podría morir de hipotermia, a pesar de la manta que ya le había dado. Algo había cambiado en él, en su manera de mirarla. Sentía una mezcla de pavor y cariño hacia ella, como si aquella llamada le hubiera hecho recobrar el sentido de la responsabilidad: por una parte, porque se sentía culpable directo de la muerte de la chica; por otra, por no saber aún a ciencia cierta qué diablos estaba haciendo. Se acercó a uno de los laterales de la cabaña, agarró una escalera de aluminio y la puso en el borde de la fosa. Susan Atkins miró hacia arriba sin entender qué ocurría. Steven se asomó y dijo:

—Susan, voy a sacarte de ahí. Pero antes tienes que prometerme una cosa.

Susan no daba crédito a lo que oía. Su captor, por quien horas antes se sentía asesinada, le daba la vida.

—Lo que sea —fue lo único que se atrevió a responder.

—No vas a intentar hacer ninguna idiotez. —Susan se quedó callada, temblando de miedo, y asintió—. Si intentas huir, te mataré. Si tratas de hacerme algo, te mataré. No dudaré un segundo en hacerlo. ¿Entendido?

—Sí —susurró entre lágrimas.

Steven introdujo la escalera en la fosa, y alargó una mano mientras Susan trepaba por ella. La miraba a los ojos y cuando ella se agarró a su fuerte mano, un nudo se apoderó de su garganta. Hacía demasiado tiempo que había dejado de ser cordial, de ser bondadoso. En aquel momento vio de nuevo a Amanda en la mirada atemorizada de la chica. En esa visión de Amanda la veía pidiéndole que no se rindiera tan cerca del final, que había causado demasiado daño como para dar marcha atrás ahora. Con la mano de Susan cogida, se quedó paralizado mirándola. Esta no sabía qué hacer, qué significaba aquello. Steven apretó la mandíbula y dijo:

—Lo siento, Susan. No puedo.

—Por favor, por favor —imploró.

Steven abrió la mano y la dejó caer contra el fondo de la fosa. El golpe la dejó inconsciente. Steven fue a la camioneta, cogió el hacha y bajó por la escalera hasta el fondo de la fosa. Alzó el hacha con ambas manos y, cubierto de lágrimas, se arrodilló, dejándola caer tras su espalda. No pudo hacerlo una vez más.

—Perdóname, Amanda —dijo entre lamentos.

Agarró la manta, envolvió con ella a Susan, se la cargó al hombro, trepó la escalera con ella y entró en la cabaña. La tumbó en la cama con sumo cuidado, se sentó a su lado y esperó impaciente hasta que despertase mientras le agarraba una mano.

Pasaron más de cinco horas hasta que Susan se despertó aturdida. Steven solo se había movido de su lado para preparar un caldo caliente para cuando abriese los ojos. Al verlo, Susan pegó un salto y se puso de pie sobre la cama, en un intento de mostrarse envalentonada frente a su captor. Steven se emocionó al ver que Susan se encontraba bien y dijo:

—No tienes por qué preocuparte. No te pasará nada.

Susan bajó caminando de espaldas de la cama en dirección opuesta a la que se encontraba Steven. Lo miraba atenta, con sus ojos miel, mientras él hacía gestos de calma con las manos.

—Susan, no tienes nada que temer. No te haré daño.

—Eso dijiste antes —respondió Susan.

—Ahora es verdad.

—¿Y eso cómo lo sé?

—Estás viva, ¿no?

Susan se quedó inmóvil, observando la corpulencia de Steven, y comprendió que si quería matarla, lo haría igualmente.

—¿Dónde estoy? —preguntó Susan.

—En Quebec.

Capítulo 49

27 de diciembre de 2013. Boston

El director contemplaba a Jacob con una mirada decidida, mientras este seguía con una actitud calmada. Stella no llegaba a entender cómo el director sabía de la existencia de Salt Lake, sin haber estado presente hasta ahora en las entrevistas.

—¿Cómo sabe que la historia de Jacob se centra en Salt Lake? —preguntó Stella.

—No lo sé —respondió el director—. Es mi historia la que se inicia allí.

—No lo entiendo, doctor Jenkins—. ¿Vivió en Salt Lake?

—Comencé mi carrera como psicólogo allí y, tras varios años, me mudé a Washington.

—¿Y qué ocurrió en Salt Lake? ¿Por qué es tan importante como para ser el origen de todo esto?

—No sé qué ocurrió. Solo sé que mi mujer, Laura, desapareció a los dos días de dar a luz a Claudia. La busqué durante varios meses, pero nunca apareció. Ahora creo que Laura está de algún modo relacionada con la muerte de Claudia y de la otra chica, y con Jacob.

Stella no entendía nada. Pensaba que lo que le había estado contando Jacob tenía su origen y su fin en él mismo, pero ahora parecía que la situación era mucho más grande.

—¿Qué le hace pensar eso? —preguntó Stella.

—Esto —dijo el director a la vez que tiraba sobre la mesa la fotografía que mostraba a Laura reflejada en el cristal de la tintorería.

—Enhorabuena, doctor Jenkins —dijo Jacob—. Se está acercando.

Stella contempló la fotografía sin saber hacia dónde prestar la atención.

—¿Quién es este hombre? —preguntó Stella.

—Soy yo —dijo el director—. Hace diecisiete años. Pero fíjese en el cristal de la tintorería. En él se ve quién está tomando la fotografía.

—Una mujer —dijo Stella.

—Laura, mi esposa —añadió el director—. En el momento en el que fue tomada, hacía un año que ella había desaparecido.

—Lo vigilaba —dedujo Stella.

—Jacob, ¿sabías que Laura estaba viva? —preguntó el director.

—Sí.

—¿Y sigue viva?

—Sí, doctor Jenkins. Laura está viva. Pero no le gustaría saber en qué se ha convertido. Sé que a veces se ponía en contacto con su hija y le enviaba esas fotos para que ella comprendiese que estaba cerca.

—¿Dónde está? —gritó el director.

—¿Acaso importa? Su hija está muerta, doctor Jenkins, y usted no puede hacer nada por cambiar eso.

El director se abalanzó con las manos sobre el cuello de Jacob, empujándolo y volcando la silla en la que estaba maniatado. Stella saltó sobre el director que estaba a punto de asfixiar a Jacob, tratando de impedir que lo matara. La cara del director era un volcán en erupción. La sangre se había apoderado de ella, convirtiéndola en un cúmulo de ira y odio. Los gritos de Stella hicieron que dos celadores corrieran hacia la habitación en la que se encontraban e irrumpieran en ella con cara de miedo. Tras unos segundos de forcejeo con los celadores, y cuando Jacob estaba a punto de desvanecerse, el director lo soltó.

—¿Está loco? —gritó Stella.

Los dos celadores mantuvieron agarrado al director durante unos segundos, que resoplaba enérgicamente, cuando este dijo:

—Lo..., lo siento. No sé qué me ha pasado. Podéis soltarme, chicos.

Los celadores, desconfiados de que se hubiese calmado definitivamente, lo soltaron poco a poco.

—¿Te encuentras bien, Jacob? —se preocupó Stella acercándose a él e intentando levantarlo. Uno de los celadores la ayudó a sentarle de nuevo.

Jacob mantuvo la mirada fija sobre el director, y sonrió.

—¿Qué tiene que ver su mujer con esto, doctor Jenkins? —preguntó Stella aturdida.

—No lo sé, agente Hyden.

—¿Y por qué dice que está relacionada? Es una foto de hace diecisiete años. Eso no significa nada.

—La foto en sí no dice nada, salvo que Laura estaba viva. Lo que sí significa algo es lo que hay detrás.

Stella dio la vuelta a la foto, y vio el asterisco de nueve puntas escrito en el dorso.

—¿Un asterisco? ¿Qué quiere decir?

—No sé qué quiere decir, pero observe esto —dijo el director mientras sacaba la nota del bolsillo y se la entregaba a Stella.

—La nota con el nombre de Claudia que había dentro de la caja. No me lo recuerde.

—Mire detrás —le pidió el director con la voz entrecortada.

Stella se quedó petrificada al ver el mismo asterisco tras la nota. Los dos eran idénticos, nueve puntas, escritos en negro y a mano.

—No puede ser —dijo Stella—. ¿Dónde ha encontrado esta fotografía?

—La tenía Claudia. Creo que Laura se las envió. No sé si era una manera de seguir junto a ella de algún modo. Lo que sí tengo claro es que mi mujer tiene algo que ver con la muerte de Claudia, a pesar de ser su madre.

—Jacob —dijo Stella—, ¿fue en 1996 cuando te fuiste a vivir con tu tío a Salt Lake?

—Sí.

—¿Tuviste algo que ver en la desaparición de Laura? —preguntó Stella—. ¿Es eso lo que quieres contarme de aquellos años en Salt Lake?

—No —respondió serio.

—Entonces, ¿qué es?

—Eso quiero contarte, Stella. Pero solo a ti. El doctor Jenkins tiene que resolver algo más de su vida. Ha olvidado y no debería haberlo hecho.

El director se sintió expulsado de aquella conversación.

—¿Qué he olvidado, Jacob?

—¿No lo recuerda, director? En serio, ¿no lo recuerda? —gritó Jacob.

—No sé de qué me hablas.

—Solo le daré una pista, doctor Jenkins: 704 de Madison Avenue, Boston.

—¿Una dirección? ¿Qué hay ahí?

—Su verdad.

Capítulo 50

27 de diciembre de 2013. Boston

El director cogió la libreta de Stella, apuntó la dirección y salió corriendo de la habitación. No se preocupó de nada más. Algo en él le decía que allí podría encontrar a Laura y recuperar un fragmento de su vida rota en mil pedazos. No tenía nada a lo que agarrarse, y la sola posibilidad de encontrar, en la dirección que Jacob le había dado, algo que le ayudase a entender qué había ocurrido, no solo ya con Claudia sino con su vida entera, lo hizo montarse en el coche con más esperanzas que nunca. Apenas había hablado con Jacob, pero ya tenía la sensación de que no era un demente y que, en cambio, tenía una capacidad de control de la situación fuera de lo normal. La dirección que le había dado no estaba lejos del centro psiquiátrico y no tardó en llegar. Al ver el edificio, salió del coche con más decisión de lo que nunca antes lo había hecho: estaba exaltado y agotado; motivado y hundido; su mirada era un torrente de impulsos, pero su cuerpo desfallecía. La muerte de Claudia, la tensión de encontrar las fotografías y el enfrentamiento con Jacob lo sobrepasaba. Acababa de amanecer y, cuando puso un pie en el portal del edificio en el que esperaba encontrar alguna pista, sonó su teléfono móvil.

—¿Sí? —respondió.

Desde el otro lado no se oía nada.

—¿Hola? —gritó.

—No siga, doctor. Déjelo. Aún está a tiempo —dijo una voz al otro lado de la línea.

—¿Quién eres?

—Soy el doctor Jenkins.

—¿Qué quiere decir? Yo soy el doctor Jenkins.

La persona al otro lado colgó, haciendo que el sonido intermitente de la llamada finalizada lo dejara con la palabra en la boca. Al director le tembló la mano en la que sostenía el móvil, haciéndolo caer al suelo. No sabía quién lo llamaba ni qué significaba, pero no tenía tiempo para pensar en ello. Entró en el portal justo cuando salía una anciana con el pelo encanecido, pulsó el botón del ascensor y esperó. La luz roja del interruptor parpadeaba y, con cada parpadeo, el director oía los tonos de la llamada que acababa de colgar. Respiró hondo, conteniendo cada vez más la respiración, en un intento de relajarse. El ascensor estaba tardando una eternidad.

—Venga —gritó aporreando el botón del ascensor.

Sin poder esperar ni un segundo más, salió corriendo escaleras arriba, buscando con la mirada cada número de planta en el que se encontraba. En cada rellano solo había una única puerta de madera oscura. Al llegar a la quinta planta, se paró. Acababa de darse cuenta de que no sabía a qué piso iba.

—¿Qué demonios estoy haciendo? —dijo—. Ese hijo de puta no me ha dicho la planta.

Se sentó en la escalera, sin saber qué hacer. Estaba derrumbado. Jacob lo había alejado del centro psiquiátrico, con una pista incompleta, para deshacerse de él.

—¿Por qué me haces esto? ¿Por qué? —Sacó de su bolsillo la nota con el nombre de su hija y observó el asterisco de su dorso. Lo vio—. Nueve puntas. No tiene sentido —dijo—. Nueve puntas...

El director se levantó de la escalera de un salto y, guiado por una especie de intuición, continuó su ascenso, piso tras piso, hasta que se detuvo en uno de los rellanos y observó la puerta con cara de estupor. Encima de la puerta, había una placa oxidada con un «9». Rayado en la madera, y cubriendo toda la puerta, se encontraba el asterisco de nueve puntas que había en el reverso de la nota.

—No puede ser.

Se acercó a la puerta y tocó el asterisco. Estaba grabado en ella con tanta fuerza que había un surco de un centímetro de profundidad. La puerta estaba cerrada. El director apoyó el hombro, tomó impulso con su cuerpo y cargó contra ella, rompiendo la débil cerradura que la mantenía atrancada.

El interior estaba oscuro, cubierto por una negrura densa que no permitía ver más allá del marco de la puerta. El director sentía miedo, pero a la vez, quería descubrir qué era lo que había allí. Quería descubrir el sentido de la muerte de Claudia, y qué tenía que ver él en esta historia que se remontaba a sus años en Salt Lake.

Entró, y tras dos pasos, todo se tornó oscuro. Las ventanas estaban tapiadas, y solo permitían el acceso de varios haces de luz que iluminaban el polvo. Sacó el móvil, intentando alumbrar algo el espacio, pero al caerse cuando recibió la llamada, se había descolocado la batería y se había apagado. El director comenzó a temblar mientras trataba de encender el móvil. No veía nada. No alcanzaba a ver sus propias manos, y aquella situación le perturbaba. Dio unos pasos más a oscuras, tanteando una de las paredes. Palpó lo que pareció ser un interruptor y, al accionarlo, una luz cegadora iluminó la habitación.

Capítulo 51

27 de diciembre de 2013. Desconocido

No había nada en el mundo que uniera a aquella sombra que deambulaba de un lado al otro de la habitación con algún resquicio de humanidad. Vivía en un cuchitril a oscuras en un alto edificio de las afueras de Boston rodeada de basura, y se alimentaba de restos de comida. Cuando aquella sombra corrompida por el devenir de los años salió del piso, iluminada por la luz de la mañana, su cara se tornó visible: sus facciones se habían hundido, su cara había dado paso a una vejez asfixiante, su voz había perdido el tono. Bajó por las escaleras más rápido de lo que su aspecto hubiera sugerido y, cuando chocó con el doctor Jenkins en la puerta del edificio, no dijo nada. No se esperaba aquel encuentro fortuito con él, aunque en ese mismo instante, supo que no le serviría de nada. Quiso detenerlo en su ascenso, pero decidió ganar tiempo. Necesitaba alejarse de allí, correr en cualquier dirección lejos de aquel piso. El nombre de Claudia Jenkins resonaba en su cabeza, y se dirigió al primer quiosco que encontró. Miró la prensa desde la distancia y leyó los titulares: «Se aproxima la mayor ola de frío de los últimos cincuenta años», decía el *Herald Tribune*; «La celda de confinamiento del decapitador», titulaba el *New York Times* acompañando una foto borrosa de una sala acolchada tomada por uno de los celadores del centro; «Muere decapitada la hija del doctor Jenkins», destacaba el *Washington Post*, acompañado de una fotografía de una caja de cartón. La anciana se alejó del quiosco aturdida y buscó un banco donde sentarse. La luz la fatigaba y le provocaba mareos. Seguía cerca del edificio del que había salido y se sentó en uno de los bancos de un parque que le permitía mirar hacia la novena planta. Sacó de la bolsa que llevaba un grueso libro de páginas amarillas y portada marrón. Lo abrió al azar por una de las páginas, y miró compasiva una vieja fotografía descolorida. En ella se veía al doctor Jenkins acariciando la mejilla de Laura en el hospital. Ella llevaba a Claudia en brazos y la miraba como si no hubiese nada más en el mundo. Arrancó la fotografía del álbum, y se la acercó a su boca.

—Lo siento, Claudia, al final te han encontrado —susurró dejando caer una lágrima sobre la fotografía.

Guardó el libro en la bolsa y caminó enérgicamente en dirección al coche del director que se encontraba en la puerta del edificio, dejó la fotografía en el parabrisas y miró arriba contemplando el edificio.

—No puede tardar —dijo.

Tras unos segundos una explosión voló por los aires la ventana de la novena planta, haciendo que reventaran los cristales de todo el edificio y que saltaran las alarmas de varios coches del parking.

Capítulo 52

23 de diciembre de 2013. 23.51 horas. Boston

Cojo el libro lleno de nombres, la lista de la muerte, y lo introduzco en la mochila. Si no cumplo mi objetivo, al menos tendré una prueba a la que aferrarme. Con esta lista la policía al menos podrá encontrar un indicio para investigar las desapariciones de varias chicas en distintas partes del mundo. Se acerca la medianoche y tengo que correr. No puedo tardar ni un segundo más o será demasiado tarde. Rebusco entre los cajones del escritorio por si hay algo más que pueda serme útil. Nada. Echo un vistazo rápido a los libros que se amontonan en las estanterías. Todos clásicos: Márquez, Austen, Shakespeare, Lee, Orwell, Wilde...

—No pierdas más tiempo —me digo a mí mismo.

Salgo de la habitación a toda prisa y me dirijo a lo que tiene que ser la sala de estar. Las luces del pasillo están apagadas, y suena otra pieza de música clásica que no logro identificar. Voy a hurtadillas por el corredor intentando no hacer ruido, si me cruzo con alguien más, no voy a tener la suerte que tuve antes y no me confundirán de nuevo con Steven. Camino hacia la sala de donde proviene la música. La puerta está entreabierta y escucho el sonido de una conversación de fondo. Me asomo y trato de comprobar cuántos hay dentro. Veo que esta habitación tiene una doble altura y que podré verlo todo mejor desde la segunda planta. Vuelvo sobre mis pasos, subo las escaleras y esta vez, en lugar de seguir por el pasillo, me dirijo hacia la segunda planta del salón. Hay cuadros por todas partes, y ninguno de ellos parece ser una réplica. Al llegar, me apoyo sobre una de las paredes y me asomo por la esquina para ver qué me encuentro. El espectáculo más grotesco del mundo se muestra ante mí: en el centro de la estancia yace tumbada en el suelo de mármol la chica que traía Steven. Está inconsciente, desnuda, atada por cada extremidad a cuatro postes fijados en el suelo. Casi grito de la impresión. Rodeándola, hay cinco siluetas cubiertas por un atuendo verde que parecen susurrar algo. Emiten un ligero zumbido entre todos, como si estuvieran rezando, pero dudo que sea a Dios. Dios ha muerto y, con él, el ser humano. Sea lo que sea lo que estén haciendo, no tengo mucho más tiempo. A las doce de la noche acabarán con ella. Levantarán el hacha y no habrá nada que hacer. Ese es su ritual, rezar, matar, y a por la siguiente.

En uno de los lados del círculo identifico al tipo del pelo blanco que me encontré arriba. Tiene los ojos cerrados y es el que reza con más fervor. Cuando hablé con él incluso llegó a darme la impresión de que era buena persona, pero viéndolo ahora así me hace confirmar lo peor. Dos caras de una misma moneda, al fin y al cabo como todo el mundo, pero llevado a sus más extremas consecuencias. Uno de ellos no tiene las manos en alto y las palmas hacia arriba como los demás: en una, agarra sin fuerza el mango de un hacha que está apoyada en el suelo; con la otra, se clava a sí mismo una de sus uñas en su cara. Lo hace con tanta insistencia que gotea algo de sangre sobre el mármol blanco. Está descalzo y tiene los pies llenos de magulladuras. Él será el primero. No puedo consentir que haya alguien así en el mundo, alguien dispuesto a lo peor: sin escrúpulos, sin piedad, sin humanidad. Los otros tres no tienen nada de especial. Una mujer de mediana edad, pelo moreno y largo a la altura de los hombros; un hombre de unos cincuenta o sesenta años, algo gordo, con gafas y mofletes rojos; un joven de unos treinta años, moreno con el pelo corto, ofuscado en su rezo como si no hubiera un mañana. Hace bien, porque para ellos no lo habrá. Avanzo silencioso por el pasillo, con la esperanza de que no levanten la vista hacia mí, cuando comienzan a elevar el tono de sus cánticos. No dicen nada inteligible, excepto una frase que repiten cada quince o veinte segundos al unísono: *«Fatum est scriptum»*. Parece que lo único que mueve a estos degenerados es lo que dicen una y otra vez en latín: «El destino está escrito». Con cada paso, su cántico se eleva más y más, hasta el punto de chirriarme los tímpanos. Comienzo a descender a hurtadillas por la escalera que hay detrás de ellos. Si el del hacha abre los ojos me verá y todo habrá acabado. Tengo que actuar rápido.

Bajo a toda prisa lo más silencioso que puedo. Y en el momento en que tan solo estoy a unos dos o tres metros de uno de ellos, con el cuchillo en la mano, la chica que está tumbada en el centro se despierta y pega un grito ensordecedor.

Capítulo 53

15 de junio de 1996. Salt Lake

Para cuando Steven llegó a casa, Amanda ya había contemplado todas las opciones posibles para evitar marcharse a Nueva York. Deseaba ver a Jacob otra vez, y en su mente no había ninguna posibilidad de que aquello no ocurriese. Daba vueltas en su habitación, acariciaba las cortinas, miraba por la ventana, abría el armario, miraba su ropa, se sentaba en el escritorio, se levantaba y vuelta a empezar. Durante una de esas idas y venidas Steven entró en la habitación con el rostro serio y se sentó sobre la cama.

—Amanda, ya me ha dicho tu madre lo que has hecho —dijo su padre.

—Es que no he hecho nada, ese es el problema.

—Estarás conmigo en que no nos dejas otra alternativa que enviarte de vuelta a Nueva York.

—No es justo, papá.

—¿Por qué no lo es?

—Porque no he hecho nada. Pero eso a vosotros os da igual.

—No nos da igual. Me duele mucho que pienses así. Este año quería más que nunca que estuviésemos todos juntos.

—Vale, papá, pero yo no he pintado esa pared.

—Amanda, si no has sido tú, ¿quién? Explícamelo, porque no lo entiendo.

—Ya estaría así cuando llegamos. No lo entiendo yo tampoco, pero lo que sí sé es que yo no he sido.

—¿Y qué me dices del papel con tu nombre y el asterisco?

—Me lo encontré en el suelo al llegar a casa. Ya se lo he explicado a mamá, pero no me escucha tampoco. ¿Por qué no me creéis?

—Nos lo pones muy difícil, Amanda.

—Papá, por favor, créeme. Yo no lo entiendo tampoco, pero hay algo que tiene que ver con todo esto. Desde que hemos llegado, me he dado cuenta de que hay gente en el pueblo que me observa.

—¿Qué dices, hija?

—No te lo sé explicar, papá. Es una sensación. Me da la impresión de que hay gente mirándonos por la calle y creo que tiene que ver con el asterisco.

—Amanda, me estás empezando a preocupar.

—Es la verdad.

—Tu madre comentaba la posibilidad de llevarte a hablar con el psicólogo del pueblo. Quizá te venga bien.

Aquellas palabras retumbaron en Amanda, haciéndola abrir los ojos y alterarse.

—¿Ahora me llamáis loca?

—No es loca, cielo, pero tienes que admitir que todo esto es algo inverosímil, ¿no crees? Historias de gente observándote, asteriscos en la pared, notas antiguas... No hay nada malo en hablar con un profesional.

—No, papá, por favor —suplicó Amanda.

—No hay más que hablar, hija. Te pediré cita para esta tarde con el psicólogo del pueblo, tal vez te ayude hablar con él. Solo será una charla, no tienes por qué volver a visitarlo. Si hablar con él no te ayuda, te vas a Nueva York.

—No podré ver a Jacob, papá.

—¿Jacob?, ¿cómo que ver a Jacob?, ¿el chico de la tienda? —inquirió sorprendido.

—Había quedado con él para ir a la feria —respondió ruborizada.

—Pues nada, jovencita. Depende de ti el que vayas con Jacob a la feria o no.

Steven se levantó de la cama dando por zanjada la conversación. Amanda estuvo a punto de contestar, pero no dijo nada. Se quedó ensimismada, sin saber qué decir. En ese momento no sabía ni en qué pensaba: si en recuperar la confianza de sus padres o si en poder acudir a su cita con Jacob. Steven salió más preocupado todavía que antes de entrar a la habitación. Su hija había quedado con un chico, y antes de que ella argumentase algo más que aportase alguna información sobre sus citas con chicos que él prefería seguir ignorando, decidió irse de allí. En el momento que Amanda pronunciase que ya no era una niña, que ya había crecido y que hacía mucho tiempo que ella era suficientemente mayor como para tomar sus propias decisiones con respecto a su vida, dejaría de serlo para sus ojos de padre. Internamente deseaba que ese momento fatídico de reivindicación de madurez por parte de Amanda no llegase nunca, y mientras pudiese evitar esa situación, o al menos, aquellas palabras, él seguiría sintiendo que nada había cambiado, aunque solo fuese de un modo ficticio.

A los pocos segundos de salir, y mientras aún Amanda no había tenido tiempo ni de moverse del sitio, Steven volvió a entrar en la habitación. Esta vez, dirigiéndose decidido hacia ella, que no tuvo tiempo de reaccionar. Se acercó callado y le dio un beso en la frente que duró varios segundos. Sin decir ninguna palabra, Steven salió de nuevo de la habitación. Si hubiese sabido que ese iba a ser el último día que la vería, que la besaría y que tácitamente le diría que la quería ver feliz, probablemente aquel beso hubiese durado mucho más. Quizá, incluso si Kate, que en ese momento se encontraba en la cocina blandiendo con una maña sobrenatural un cuchillo con el que cortaba zanahorias para el guiso del mediodía, mientras Carla le preguntaba el porqué del color de las zanahorias, hubiese sabido lo que iba ocurrir aquella misma tarde, habría participado en la perpetuación de aquel beso en la frente de Amanda.

Capítulo 54

27 de diciembre de 2013. Quebec, Canadá

—¿Por qué me haces esto? —dijo Susan Atkins con un destornillador que había encontrado en el suelo, mientras lo alzaba y agitaba enérgicamente hacia Steven.

—Ya te he dicho que puedes tranquilizarte, Susan —respondió calmado—. No tienes nada que temer —añadió.

El ruido del viento se colaba por las rendijas de la madera de la cabaña, provocando un silbido continuo con un timbre más alto o más bajo en función de en qué dirección soplase el viento. Steven ya estaba acostumbrado al sonido del viento procedente del norte, que chirriaba entre los huecos de las ventanas y maderas de la fachada y emulaba el ruido que emitía un ganso blanco. Susan no tenía ni idea de lo que era aquel ruido que provenía, según ella, del exterior de la cabaña, donde debía haber una amplia concentración de aves. Permaneció callada durante un momento, destornillador en mano, pensando en sus posibilidades de salir viva de allí. La mirada calmada de Steven, que se mantenía inmóvil e indiferente a su actitud valiente, hizo que no supiese cómo comportarse. Se sentía aterrorizada ante su presencia, pero al mismo tiempo le agradecía en su más profundo ser el que no la hubiese dejado morir de frío. Steven aprovechó ese momento de silencio para demostrar que su actitud no era amenazadora, y para hacerla ver que algo había cambiado en él. Se volvió de espaldas a ella, y se puso a tirar a un lado un montón de ropa que había sobre una silla. La levantó con apenas dos dedos, la puso frente a Susan que lo miraba absorta y se sentó con las palmas de las manos sobre los muslos.

—Susan, esta tarde te llevaré de vuelta a Nueva York. No tienes de qué preocuparte —dijo con la esperanza de que la idea de volver a la ciudad de los sueños la despertara de aquella pesadilla que estaba viviendo.

Durante un segundo Susan se quedó bloqueada, sin entender lo que sucedía y sin comprender cómo había cambiado su situación. Seguía sin saber el porqué de su secuestro y, si iba a morir, necesitaba entender lo que ocurría.

—¿Por qué estoy aquí? —preguntó.

—Mejor que no lo sepas, Susan.

—¿Por qué no? Si me quieres matar, hazlo de una vez —inquirió con más miedo que valentía.

—No vas a morir, Susan. Ninguna muerte inocente más en esta historia. No bajo mis manos ni las de ningún otro. No lo permitiré. Ya han sido demasiadas. No puedo más —dijo casi llorando.

Al verlo decaer Susan bajó el destornillador. Parecía haberla convencido sin ningún argumento adicional a su pesadumbre, como si aquella tristeza que Steven llevaba dentro se hubiera apoderado de ella y por un momento la hubiese compartido.

—¿Cómo te llamas? —preguntó, intentando crear algo de qué hablar alejado del secuestro.

Steven la miró resignado sin responder.

—No, en serio. ¿Cómo te llamas? —insistió.

—¿Acaso importa? Las únicas personas que saben mi nombre hace años que se alejaron para siempre de mí.

—Es bueno tener un nombre. Imagina que las cosas no tuvieran nombre y hubiera que llamarlas señalándolas con el dedo. ¿No sería un caos?

La actitud de Susan irritaba a Steven que, a pesar de haber cambiado de opinión acerca de su deber con ella, no estaba acostumbrado a aquellos gestos de cercanía. Ya apenas recordaba qué se sentía al hablar con alguien en una conversación normal, con sus divagaciones, sus situaciones hipotéticas y sus idas y venidas.

—No sería un caos —rechistó mientras se le salían las lágrimas.

—Así no hay quien te anime —protestó Susan.

—¿A qué viene tu cambio de actitud? —preguntó Steven con voz seria.

—No lo sé —dijo—. Supongo que incluso estando aquí, en un lugar en el que no quiero estar, tengo que agradecer cada segundo que estoy viva. Aunque tenga que agradecértelo a ti.

—No lo entiendo. He estado a punto de matarte. Te juro que lo iba a hacer —respondió Steven. Pero cuando intentó seguir hablando, comenzó a llorar desconsoladamente. No podía verse a sí mismo de la manera en que lo estaba haciendo, contándole a una pobre chica, a la que no conocía de nada, que sinceramente había contemplado su rostro bajo el destello de un hacha a la luz de la luna.

Susan se encontraba desconcertada. No sabía si levantar el destornillador o tirarlo al suelo; si gritar o llorar también junto a él. En una de sus dudas, se atrevió a interrumpir el llanto de Steven.

—No llores, por favor. No puedo ver así a la gente, se me saltan las lágrimas.

Steven levantó la vista y vio a Susan llorando también, a un metro de él. Tenerla tan cerca le sorprendió.

No sabía si se había equivocado con su decisión de no seguir con su plan, pero en aquel momento le dio igual.

—Lo siento, Susan —dijo.

—¿Por qué? —Susan dio un paso atrás y levantó de nuevo el destornillador—. No lo he soltado, ¿eh?

—Siento haberte traído hasta aquí. Tú tienes tu vida y yo te la he intentado arrebatar.

Susan bajó el destornillador de nuevo, caminó hacia él, y, sin decir nada, lo abrazó rodeándolo con sus delgados brazos.

Capítulo 55

27 de diciembre de 2013. Boston

—Ahora que el doctor Jenkins se ha ido podemos seguir hablando tranquilos —dijo Jacob a Stella mientras la luz del amanecer se colaba por la minúscula ventana otorgando a la estancia una turbia claridad.

Stella estaba cada vez más cansada, no había dormido ni pensaba hacerlo, y estaba dispuesta a llegar al fondo del asunto. La visita exprés del director la había dejado aturdida, y cada vez comprendía menos el hermetismo exacerbado de Jacob. Su libreta estaba llena de anotaciones desordenadas, garabateadas con mala letra: «se llama Jacob», «Salt Lake», «desorden familiar», «inteligente», «feria», «Amanda», «sueño», «dualidad»,

«¿bipolar?», «trastorno de personalidad», «amor-odio», «Claudia Jenkins», «madre asesinada», «padre en prisión», «instinto protector», «verdad sobre el doctor Jenkins»... Según habían pasado las horas, aquel batiburrillo de ideas se había convertido en un puzle lo suficientemente complejo como para comprender que faltaban las piezas clave para entender lo que pasaba. Para ella, todas las opciones de la historia eran posibles, todas las hipótesis podían darse, pero ninguna se mostraba más clara que las demás. De lo único de lo que estaba segura era de que había dos cadáveres sobre la mesa, Jennifer Trause y Claudia Jenkins. El resto podía ser un invento, creado con la intención de llevarla de un lado a otro para que divagase entre distintas posibilidades, mientras jugaba con el director hasta el final.

—Dime, Jacob, ¿adónde has enviado al doctor Jenkins?

—Hacia el porqué de todo esto, Stella. El fin último por el que estoy aquí. Para mostrarle la verdad sobre la muerte de Claudia. Para hacerle abrir los ojos sobre su vida, y el daño que ha causado.

—¿Qué daño?

—Todo a su tiempo, Stella.

—Jacob, me estoy cansando de estas idas y venidas en tu historia. Ayúdame a entender qué ha pasado.

—Soy la persona que más quiere en este mundo que sepas lo que ha ocurrido.

—¿Por qué yo?

Jacob permaneció callado por un momento. Agachó la mirada e intentó llevarse una de las manos a la cara. Las correas lo impidieron, haciéndole recordar dónde estaba.

—¿Podrías soltarme, Stella?

—¿Soltarte? Sabes que no puedo hacer eso, Jacob.

—¿Crees que te haría daño?

—No sé por qué... pero siento que no me harías daño.

—No te lo haría ni estando demente —dijo con una sonrisa.

Stella se levantó de la silla y se acercó a la puerta, asomándose por la ventana que daba al exterior, para averiguar si los celadores seguían allí. No lo hizo para sentirse segura, sino para comprobar que no la iban a descubrir. Al ver que no estaban, se aproximó a Jacob y le desató con sumo cuidado una de las correas. El roce con su mano convirtió sus sentimientos en un oleaje. Su piel se erizó, su mano izquierda navegó dando tumbos de lado a lado buscando una nueva caricia. Sus piernas temblaron al contacto de su mano con la de Jacob. Todo fue tan intenso que en un segundo tuvo dudas de sí misma y de lo que haría por esos ojos llenos de mar. Trató de dejarle que se desatara la otra mano por sí mismo, pero quiso repetir aquella sensación. Mientras le soltaba la mano derecha, buscó instintivamente un nuevo contacto con su piel pálida, sumergiéndose en las triquiñuelas del mecanismo de la correa. Jacob levantó la vista y la miró fijamente a los ojos. Fueron varios segundos en los que se detuvo el tiempo, en los que el océano se calmó y en los que ambos olvidaron dónde estaban. Stella había perdido su miedo hacia él, sin embargo, le impresionó tenerlo tan cerca, respirar su aire, sentir su calor.

Tras unos momentos, Stella volvió a su silla, sin decir nada, mientras Jacob se acariciaba las muñecas, que tenían una profunda marca rojiza por la presión de las correas.

—Gracias, Stella.

—No tienes que dármelas. Solo espero no arrepentirme, Jacob —respondió sin saber qué estaba haciendo.

—¿Quieres continuar con la entrevista?

—Continuemos, sí.

—Estaba ansioso por ver a Amanda. Como te dije antes, había quedado con ella a las cinco de la tarde. Me arreglé, y me planté allí a las cinco menos cinco. Varios minutos más de espera para mí hubieran sido un mundo en aquellas circunstancias. Estaba frente a la puerta con el dedo en alto, a punto de tocar el timbre, mientras me imaginaba cómo me recibiría, con una sonrisa de oreja a oreja, me agarraría del brazo y nos iríamos a la feria. Llamé al timbre y esperé. Pasaron varios segundos hasta que llamé de nuevo. «Seguramente no me han escuchado», pensé. Toqué con más insistencia, aguantando el interruptor durante varios segundos. Nada. No había nadie. No me había dado cuenta hasta entonces, pero no estaba el Ford azul que me había ayudado a encontrarla. Llamé una tercera vez, con la esperanza de que mis deseos se oyesen, pero no ocurrió nada. Me senté en el porche destrozado, sin saber qué había pasado para que ella no estuviese. Estuve tres horas esperándola, negando que ella me hubiese dejado plantado, hasta que me levanté de allí de un salto. Una mujer con el pelo moreno entró corriendo en la casa de enfrente. No me vio, pero yo sí. En aquel momento no tenía ni idea de quién era, y me preocupé al verla llegar tan azorada. Estaba pálida y despeinada, y con la misma celeridad que entró en la casa, salió de ella con un libro bajo el brazo y desapareció. Desde donde estaba no pude ver mucho más, pero después de tantos años buscándola, descubrí quién era aquella mujer, y qué era aquel libro.

—¿Quién?

—Laura.

—¿Laura? ¿Laura Jenkins?, ¿la mujer del director?

—Sí.

—¿Y qué hacía Laura allí? —inquirió Stella.

—Preparándose para destruir mi vida.

—¿Por qué? ¿Cómo?

—Dejándose llevar por su mente perturbada.

—¿Qué te hizo?

—En ese momento, nada. Pero con sus palabras y su cabeza llena de locura desencadenó lo peor de un pueblo, y de la condición humana.

—Pero, ¿cómo?

—Ahí viene lo mejor. Ella directamente no hizo nada. Simplemente, se levantó un día, creo que mientras estaba embarazada de Claudia, y comenzó a escribir nombres aleatorios y fechas. Reunió a un grupo de locos, igual que ella, y los convenció de que las personas con cuyos nombres soñaba tenían que morir. Casualmente, todas eran mujeres.

—Así, ¿sin más?

—Laura aducía que las personas de sus sueños contribuirían a la muerte de miles de personas. Se inventaba argumentos disparatados: la invención de un virus mortal que se extendería por todo el mundo; el alumbramiento de algunos de los dirigentes más tiranos que poblarían el planeta... Otros argumentos eran más ambiguos aún: que destaparían secretos de Estado que contribuirían a un ataque enemigo que asesinaría a miles de personas; que aprobarían recortes presupuestarios que eliminarían la posibilidad de encontrar la cura para el cáncer.

—¿Y con tales argumentos consiguió convencer a más gente?

—Ten una idea, cualquiera, y siempre habrá un grupo de personas que se la crean, por muy infundada que esta sea.

—¿Y cuántos años dices que han estado asesinando?

—Desde 1996.

—Pero después de tantos años, ¿no dejaron nunca de creer a Laura?

—No, sobre todo después de uno de los nombres con los que soñó Laura en 2001: Aysel Manzur. Seguramente no sepas quién es. Laura apuntó su nombre, en una de esas notas, y se recorrieron medio mundo para dar con ella. No pudieron encontrarla y la fecha que había escrito, agosto de 2001, pasó sin más. Una semana y media después de terminarse agosto ocurrió algo que no se borrará de las memorias del planeta.

—Los atentados del 11 de septiembre...

—En efecto. Aysel Manzur era una de las mujeres de Bin Laden y su no muerte había contribuido a que Bin Laden no cancelase sus planes. Al menos, esa fue la lectura que hizo Laura de aquel suceso y aquella fue la excusa que todos se creyeron, o simularon creerse, para continuar con su espiral de muerte.

—¿Es cierto todo esto?

—De esa historia solo tengo constancia por las pistas que encontré en Estocolmo, cuando no pude evitar que huyeran. Puede que sea verdad, o puede que sea una falacia. No lo sé. Lo que sí creo es que el hecho de soñar un nombre y escribirlo en una nota no son suficientes argumentos como para asesinar sin piedad.

—¿Y si fuese cierto?

—¿Qué?

—¿Y si fuese cierto que esas muertes pudieran evitar un mayor daño a la humanidad?

—Lo dudo, Stella.

—¿Por qué?

—Porque en una de ellas, entre los primeros nombres que surgieron en uno de los sueños de Laura en 1996, se encontraba un nombre que sí te será familiar, y que no ha muerto hasta diecisiete años después.

—¿El nombre de quién?

—De Claudia Jenkins.

Capítulo 56

27 de diciembre de 2013. Boston

Pasó un tiempo hasta que el director se despertó confuso en el rellano de la octava planta. En un principio no recordó qué hacía allí ni por qué no estaba en su cama. No escuchaba nada salvo un pitido sordo en sus oídos, se encontraba tendido bocabajo, cubierto de polvo blanco y con magulladuras en la cara y en las manos. En una de ellas aguantaba un trozo de papel arrugado. Había sobrevivido. Trató de recordar y vinieron a su cabeza imágenes de cuando encendió la luz del piso, en aquel instante no imaginó que ese gesto tuviera tanta relevancia. Apenas tuvo tiempo de observar una de las paredes del salón, empapelada con noticias de periódicos, fotografías, anotaciones a mano y un mapa del mundo con cientos de puntos rojos, cuando escuchó el pitido intermitente que provenía de una de las habitaciones. Durante varios segundos no le prestó atención, fascinado y absorbido por lo que veía sobre la pared. Las noticias hacían alusión a mujeres desaparecidas por todo el planeta, recortes de *Le Monde*, *La Repubblica*, *Expressen* y *Bild*. Esparcidas por la pared, y tiradas por el suelo, había decenas de fotografías de rostros de mujeres: rubias, morenas, pelirrojas, asiáticas, negras, hindúes, latinas... Todas habían sido tomadas desde la distancia, pero con la suficiente nitidez como para ver sus rostros. Estaban tomadas con una Polaroid y, en el margen inferior, había escrito un nombre y una fecha. Para cuando el sonido intermitente proveniente de la habitación se aceleró, el director ya había reconocido la letra de aquellas anotaciones en el margen de las instantáneas.

—Laura —dijo mientras despegaba una de ellas de la pared.

Una de las imágenes llamó su atención, estaba reluciente, con los márgenes blancos frente al tono amarillento de las otras. La despegó y leyó su nombre: «Susan Atkins, 28 de diciembre de 2013».

Mientras la leía, caminó hacia la habitación, en un intento por descubrir qué era ese continuo pitido. Se agachó y miró debajo de la cama. El pitido se aceleraba más y más, y cada vez sonaba más fuerte. Alargó la mano y cuando sacó a la luz un bulto metálico, su cara se llenó de pánico. Una olla exprés cerrada, con cables, cinta adhesiva y una especie de panel de control cuya pantalla parpadeaba con un rojo intenso. Sin apenas tiempo para pensar, el director se fijó en que uno de los cables que estaban conectados al artefacto recorría todo el suelo de la habitación, salía por la puerta y estaba conectado al mismo interruptor que el director había accionado. Dejó rápidamente la bomba en su sitio y con la mayor agilidad que pudo salió corriendo de allí. Se encontraba bajo el marco de la puerta de entrada cuando la bomba explotó y la onda expansiva lo catapultó escaleras abajo, dejándolo prácticamente inconsciente y sin oír nada.

Poco a poco comenzó de nuevo a percibir el sonido de las sirenas y del fuego abrasando la novena planta. Se incorporó como pudo y, sin dudarlo, subió las escaleras para adentrarse otra vez en el piso en llamas. La pared de la habitación había desaparecido y el fuego se extendía por el salón, quemando cortinas, muebles y el mural con todas las fotografías y noticias. El director nunca se había envalentonado en ninguna circunstancia en toda su vida, pero la visión de sí mismo sucumbiendo bajo la inclemencia del humo lo hizo dudar. Sin embargo, permaneció allí dentro, rodeado de fuego, de humo y de tinieblas, agachado con la boca tapada, rebuscando entre las pocas hojas y papeles que aún no se habían quemado. Buscaba algo más que la foto de Susan Atkins, algo que le permitiese seguir la pista de Laura y entender el significado de la muerte de Claudia. Gritó y maldijo a las llamas que le ganaban paso y lo rodeaban mientras hurgaba entre la suciedad del suelo y en los cajones de un mueble en llamas. El humo se apoderó de la estancia y la tos de él. Se tiró al suelo e intentó salir gateando, arrastrándose por entre la porquería y los escombros, pero se dio cuenta de que ya había sucumbido al sueño.

Capítulo 57

27 de diciembre de 2013. Boston

Laura deambuló durante más de cuatro horas por las calles de Boston, siguiendo un itinerario aleatorio y sin rumbo, pero siempre en la dirección opuesta de hacia donde se dirigían los camiones de bomberos. Miró hacia atrás, y divisó a lo lejos las llamas y la columna de humo que se apoderaba del edificio del que ella acababa de salir, y en cuya puerta se había encontrado con su antigua pasión. Quiso detener al director en su ascenso, sabía por lo que estaba allí, pero no lo hizo. Ahora que había muerto Claudia, no tenía sentido dejar más rastros de su pasado. A pesar de sus cuarenta y cuatro años, su vida de pesadilla la había convertido en una anciana con el pelo canoso y desaliñado, con la mirada blanquecina y el corazón negro. Hacía meses que no salía de aquel piso en la novena planta, en el que no entraba ningún resquicio de luz, y del que no salía ningún ápice de humanidad, y en el que su vida consistía en dormir, anotar y telefonear. Su existencia había quedado reducida a lo más mínimo, intentando no perturbar su estado de somnolencia, con un único objetivo: que no parasen los sueños. Con el paso de los años, había aprendido a vivir sin nada, sin higiene, sin apenas comer. Había épocas en las que se pasaba días enteros en la cama, levantándose solo para escribir un nombre en una nota y enviarlo al mundo para que aquel papel cumpliese su objetivo. A los pocos días, se levantaba y telefoneaba, esperando que la voz al otro lado confirmase que el trabajo estaba hecho.

Siguió caminando y, molesta por la luz del sol, se adentró en un callejón en el que había varios contenedores de basura. Se sentó junto a uno de ellos y se quedó varios minutos mirando hacia la calle mientras cruzaban de un lado a otro personas ajetreadas por el ritmo de la ciudad. Eran las doce de la mañana y, con aquella visión del paso intermitente de la ciudad por delante de ella, se durmió.

En su sueño, Laura se veía a sí misma de joven, caminando entre las calles de un mundo que desaparecía. Los cimientos de las casas se tambaleaban y se esfumaban, haciendo que la tierra engullera todo lo que había a su alrededor. El cielo se transformaba de morado a azul o púrpura, y las nubes verdes llovían aceite. Según iba andando la acera se iba convirtiendo en asfalto, para después derretirse y desaparecer. Los aviones que surcaban el cielo se precipitaban hacia las ciudades, mientras la gente en su interior gritaba por las ventanillas. Laura continuó caminando por aquel mundo efímero, en el que todo llegaba a su fin, y en el que la vida estaba destinada a desaparecer. Había personas que al ver que sus casas iban a ser absorbidas por el suelo tiraban los muebles por la ventana en un intento de salvarlos de la catástrofe, pero desaparecían antes de tocar el jardín. Al final de la calle, una chica corría con todas sus fuerzas, tratando de alcanzar una cabina telefónica que lideraba una esquina, pero no conseguía llegar a ella. Por más que se esforzaba, no lograba avanzar, atrapada por un suelo que se movía a sus pies en dirección contraria. Laura caminó hacia ella, y se detuvo a su lado mientras la chica llegaba a la extenuación. El cielo se puso rojo y los edificios se esfumaron a la vista de Laura. Solo quedaban ella, la chica y la cabina de teléfono a varios metros de distancia. Laura se agachó y agarró la mandíbula de la chica, intentando que la mirase, y dijo:

—¿Cómo te llamas?

—No te lo diré.

—¿Cómo te llamas, hija?

—¡No!

—¿En qué fecha estamos, muchacha?

La chica la miró a los ojos, y cuando iba a responder, la cabina comenzó a sonar. Laura se puso de pie, y caminó durante varias horas hasta llegar a ella, que no paró de sonar durante su travesía. Para cuando levantó el auricular, una voz al otro lado, casi imperceptible, dijo:

—Diciembre.

—¿De qué año?

—Del último.

Los ojos de Laura, que hasta ahora se habían mostrado calmados ante la visión de un mundo en extinción, mostraron un pánico que salía desde lo más profundo de su ser. Dejó caer el teléfono y salió de la cabina en dirección a la chica. Al pisar el barro en que se había convertido el asfalto de la inexistente ciudad, la cabina se esfumó tras ella. Levantó a la chica por los codos y gritó:

—¡¿Cómo te llamas!? —La muchacha comenzó a reír a carcajadas mientras se dejaba zarandear—. Cómo te llamas, ¡dímelo! —gritó Laura desesperada.

El mundo que desaparecía se estaba llevando lo último que quedaba en él, las palabras de Laura cada vez se oían menos a pesar de sus gritos. La risa de la chica se calmó, como si algo en ella hubiese notado su preocupación, y, mirándola a los ojos, susurró un nombre que Laura no llegó a escuchar.

—¡Repítelo! —gritó con todas sus fuerzas. Su tiempo se acababa, y ella lo sabía.

—Me llamo...

Laura se despertó con la respiración agitada, percatándose de que ya no estaba en el piso, y de que la gente que transitaba por la calle apenas se había dado cuenta de su presencia en ese callejón. Se levantó de un salto y hurgó en la basura del suelo en busca de un trozo de papel. Arrancó una hoja de un periódico sucio, sacó un bolígrafo de uno de sus bolsillos y escribió: «Stella Hyden, fin de los días».

Capítulo 58

24 de diciembre de 2013. 00.00 horas. Boston

El grito de la chica se me clava en los tímpanos, me reverbera en el alma y humilla mi valentía, sobre todo al ver la cara de estupor con la que me mira el tipo del pelo blanco, mientras tengo el cuchillo en alto y lo dirijo con decisión a la espalda del hombre del hacha. Parece que se para el tiempo y que puedo observar cómo todos, uno tras otro, abren los ojos y dirigen sus rostros hacia mí. Es una sensación extraña la que aporta la adrenalina, celeridad y a la vez pausa, una energía que te atrapa y con la que apenas sientes los músculos. Mientras mi ataque con el cuchillo sigue su curso, dirección a la espalda de este loco, vuelvo a Salt Lake, y puedo ver de nuevo la sonrisa de Amanda, sus caricias, su mirada... Me da la sensación de que transcurre una eternidad, y de que nunca llegará el momento en el que por fin una de estas alimañas pague por lo que le pasó a Amanda. Cuando regreso de Salt Lake y miro a los ojos de uno de los Siete, noto cómo el cuchillo se abre paso por su espalda. Todo sigue inmóvil, y el grito de la chica aún no ha terminado. No ha sido ni un segundo, pero es como si hubiera sido una vida entera. Es como si viera morir a mi madre a manos de mi padre, a la vez que siento cómo sale la vida por la abertura que ha hecho el cuchillo. Por un instante, tengo la sensación de que el tiempo se ha parado, pero pronto todo recobra la velocidad normal, la chica grita de nuevo y, con ese grito, el resto de miembros se me echa encima: unos saltando por encima de ella, otros corriendo coléricos hacia mí. Suena el motor de un coche fuera, y el gordo con la cara sonrojada se abalanza hacia mí con las manos abiertas y la mirada llena de ira. Saco el cuchillo de la espalda del tipo del hacha lentamente, mientras soy consciente de cómo poco a poco se va girando hacia mí. Todo comienza a ocurrir demasiado rápido para pensar, y cuando me quiero dar cuenta, el cuchillo está clavado en la tripa del gordo mientras me agarra el cuello con intención de matarme. Me empieza a faltar el aire, y por más que aprieto, por más que lo muevo dentro de él, no parece sufrir. Mis ojos comienzan a cerrarse sin poder hacer nada, en un estado de caída en la inconsciencia mientras me precipito hacia el abismo de los objetivos incumplidos. Por un momento, me imagino que nada de esto ha pasado, que todos estos años en busca de ellos no han ocurrido, y cuanto más lo pienso, más me creo que es así. Me veo riéndome con las bromas de mi tío en Salt Lake, me veo pegando minibrincos en la cama de mis padres: esa realidad inexistente y fútil que dejó de existir demasiado pronto. El mundo se apaga poco a poco a mi alrededor, mientras todos observan cómo caigo en la penumbra, y cómo pierdo las fuerzas de ambos brazos bajo las garras de un ser con una imagen tan amigable y tan mezquina al mismo tiempo que un escalofrío me recorre todo el cuerpo. Cuando bajo los brazos y estoy a punto de sucumbir, veo cómo la sangre empieza a salir por su boca, y cómo sus ojos coléricos se llenan de terror. Con el cuchillo aún clavado en la barriga, me deja caer, y siento el aire entrar bruscamente en mis pulmones, devolviéndome a la vida, llenando de nuevo todos mis recuerdos con imágenes de Amanda.

Caigo al suelo casi sin aire, mientras lo veo tambalearse dando pasos hacia atrás al tiempo que se toca y observa la sangre que emana de su barriga. Con cada paso hacia atrás, tres de ellos dan uno hacia adelante, mientras el tipo del hacha, el primero al que clavé el cuchillo, permanece inmóvil. Con las únicas fuerzas que me quedan, levanto mi mano derecha, en un intento de ganar algo de tiempo. En ella, llevo la nota con el nombre de Amanda y el asterisco al dorso y, sin apenas voz, grito:

—Ella va a morir.

Al ver la nota, a la que en un principio no hacen caso, se quedan inmóviles sin saber qué hacer. El del pelo blanco da dos pasos al frente y levanta una mano dando el alto al resto. El del hacha sigue de pie, inmóvil, junto a la chica que mira incrédula y aterrorizada a su alrededor. ¡Vamos! ¡Suelta el hacha!

—¿Quién va a morir, Steven?

—¿Steven? —grita el chico moreno—. Él no es Steven. Steven se acaba de ir.

El hombre del pelo blanco vuelve la mirada hacia mí sorprendido, con una especie de halo de incredulidad que lo hace fruncir el entrecejo.

—¿Cómo que no eres Steven? —dice.

Como puedo, me incorporo sobre una de mis rodillas y, ayudándome con el brazo derecho, me pongo en pie.

—No soy Steven, pero ¿acaso importa? —respondo, jactándome de mi valentía.

—¿Y quién diablos eres?

—Soy Jacob.

—¿Y quién dices que va a morir, Jacob?

—Laura.

—¿Qué? —grita.

—Laura tiene que morir.

El hombre del pelo blanco permanece callado durante un instante, más que suficiente para recuperar el aire que necesito. Me duele tanto el cuello que tengo la sensación de que me lo ha partido. Mis manos están cubiertas de sangre y... ¿dónde está? ¡Dónde! Me aterrorizo al ver que ya no tengo el cuchillo entre mis manos, y que sigue clavado en la barriga del gordo. No tengo un arma con la que poder hacerles frente, y si el del hacha, que parece sumido en una especie de trance tras mi puñalada, decide usarla estoy perdido.

—¡Está loco! —grita la mujer de mediana edad—. Laura no puede morir. Ella es nuestra guía hacia el destino, nuestra Átropos, nuestra parca, n...

El hombre del pelo blanco alza la mano ordenándola callar con una serenidad portentosa. Ella lo hace sin dudarlo, interrumpiendo lo que fuese que pretendía añadir, agachando la cabeza con tal sumisión que me recuerda a la actitud que tuvo siempre mi madre con mi padre. Me da pena, y pienso que se ha equivocado de vida, que en algún momento ha hecho una elección mortal y desdichada, que la ha empujado directamente al abismo. No hay retrato más desgarrador en el mundo que el de una vida aplastada por un alma corrompida, y creo sinceramente que eso es lo que ha pasado con ella.

—Amigo, Laura no está aquí. Si has venido para acabar con ella, te has equivocado. Nunca viene.

—Lo sé —respondo.

—¿Cómo lo sabes?

—Llevo toda una vida persiguiéndoos, y hoy al fin pagaréis por lo que habéis hecho.

—Amigo, creo que cometes un error.

—¿Error? Yo creo que no.

—Hay millones de vidas en juego. No sabes la trascendencia que tiene todo esto para el transcurso de la humanidad.

—No pretendas darme lecciones de humanidad, mientras estáis a punto de asesinar a una chica.

—Lo hacemos porque alguien tiene que hacerlo.

—¿Quieres decir que asesinasteis a Amanda Maslow porque teníais que hacerlo?

—No recuerdo a ninguna Amanda Maslow —responde indiferente.

—¿No la recuerdas? ¿No sabes quién es Amanda Maslow?

—¿Cuándo fue?

—En 1996 —respondo con la voz entrecortada. La sensación de estar viviendo una conversación con este hijo de puta me destroza por dentro y me hace plantearme qué diablos estoy haciendo.

—En esa época, amigo, todo era muy distinto.

—¿Qué quieres decir?

—Que nosotros no fuimos.

—El nombre de Amanda aparece en la lista que tenéis. No me haréis pensar que no lo hicisteis vosotros porque os aseguro que dejaré de escucharos y acabaré con todos.

—¿Esa lista? Nosotros la continuamos en 1999. Antes de ese año era otra persona quien se encargaba.

—¿Otra persona?

—Sí, pero no sabemos quién es.

—¡Mientes!

—No lo hago, amigo —responde con una serenidad autoritaria que me perturba.

En ese momento de la conversación, me fijo en que el tipo del hacha comienza a moverse lentamente con la mirada perdida y vuelve de su mundo. Y sin yo tener tiempo de hacer nada, el tipo mira a la chica sin piedad, levanta el hacha... y sé con certeza de que asestará un golpe seco.

—¡No! —grito colérico saltando hacia él.

Capítulo 59

15 de junio de 1996. Salt Lake

—Bueno, Amanda, dime qué te ocurre —dijo el joven psicólogo mientras asomaba la mirada por encima de un bloc de notas.

—Ya se lo he dicho a mi padre, ¡no me ocurre nada! —protestó.

—Pues tus padres no piensan lo mismo. Creen que estás preocupada por algo.

—No estoy preocupada por nada, solo quiero que me crean.

—Amanda, tenemos una cita de una hora. Yo voy a cobrar lo mismo dure lo que dure nuestra conversación. Pero necesito que me cuentes qué es lo que te preocupa. Podemos estar una hora hablando, o solo cinco minutos. Depende de ti.

—Si se lo cuento todo, ¿le dirá a mis padres que no me ocurre nada?

—Por supuesto, Amanda, siempre y cuando yo valore que no te ocurre nada, claro está.

—Está bien, está bien. ¿No va a decirme que estoy loca, ni nada por el estilo?

—Amanda, ¿has visto la de gente que hay aquí? —dijo el psicólogo con mirada cómplice—. Estoy seguro de que no estás loca, pero quiero saber por qué tus padres están preocupados.

Charlaron durante veinte minutos. Amanda le contó la existencia de la nota; le habló de la silueta que la observó en la gasolinera; y de la extraña sensación que tuvo con la anciana en la tienda de licores.

—Y luego está el asterisco de la pared —continuó Amanda.

—¿Qué asterisco de la pared? —La cara del psicólogo se tornó seria. Hasta ese momento de la conversación la había estado mirando condescendiente, como si nada de lo que le contaba tuviese ningún misterio, y solo se trataran de nimiedades a las que una adolescente había dado demasiada importancia.

—Ha aparecido un asterisco enorme en una de las paredes del cobertizo.

—¿Un asterisco? —repitió preocupado—. ¿Podrías dibujarlo?

—Sí, claro. —Amanda se levantó de la silla y lo garabateó en la libreta que llevaba el psicólogo. Lo había hecho deprisa, sin siquiera tener que pensar en cómo era, en hacia dónde señalaban las puntas y cuántas eran.

—Nueve puntas —dijo el psicólogo.

—No tengo ni idea de lo que significa, pero me da mala espina.

—No tienes por qué preocuparte —dijo sonriendo.

—Ah, ¿no? —se extrañó Amanda, que había vuelto a su silla y se había comenzado a poner más nerviosa.

—Para nada. Ese asterisco lleva meses apareciendo por todo Salt Lake, y no es más que la firma de un grupo de gamberros a los que la policía intenta dar caza. Han hecho pintadas por todas partes, y aún nadie ha podido dar con ellos.

—¿En serio?

—Y tanto. En mi casa, uno de esos asteriscos apareció hace unos meses pintado sobre la pared de mi dormitorio. Lo denuncié y, por lo que veo, la policía aún no sabe nada.

—¿En su casa? ¿Dentro?

—Sí. La verdad es que no me hizo ninguna gracia. Sé que Salt Lake es un pueblo que acostumbra a infravalorar la maldad de la gente, y que no toma demasiadas medidas de seguridad. Hasta ese momento, dejaba la puerta de mi casa sin llave. Así que cualquiera que pasase por allí pudo entrar y hacerme una pintada. Al menos eso fue lo que me dijo la policía.

—¿Y por qué está ese mismo asterisco en una nota con mi nombre? —dijo Amanda sacando la nota de su bolsillo y entregándosela al psicólogo.

—Vaya, esto sí que es nuevo.

—¿Qué me dice de eso?

—Igualmente, lo único que demuestra es que alguien quiere asustarte. Nada más, Amanda.

—¿En serio no tengo por qué preocuparme?

—No tienes que preocuparte absolutamente nada.

Amanda suspiró aliviada. Su cara de angustia dejó paso a una ligera sonrisa.

—¿Le dirá a mi padre que no me ocurre nada?

—Por supuesto. —Sonrió.

El psicólogo se levantó de la silla y le dio una palmada en la espalda a Amanda:

—Lo dicho, no tienes de qué preocuparte.

—Me alegra que me diga eso —dijo relajada.

—¿Puedes salir y decirle a tu padre que entre?

—Por supuesto. Me ha dejado mucho más tranquila. Muchas gracias, doctor.

Steven esperaba a Amanda hojeando una revista de curiosidades en una salita en la que también se encontraba una señora con el pelo castaño de unos treinta años junto con su hijo rubio de unos diez u once. La mujer no paraba de mirarlo, levantando la vista cada varios segundos sobre la revista de cotilleos que sostenía. El niño también lo miraba fijamente, como si no hubiese nada más en la sala. Steven se sentía incómodo en esa situación.

—¿Qué quiere, señora? —La mujer bajó rápidamente la mirada a la revista, sin saber qué hacer—. Esto es increíble —dijo Steven, que no aguantaba más la espera.

El chico, al ver la actitud de Steven, se levantó del lado de su madre y se sentó junto a él. Se encorvó sobre la silla y se predispuso a observar qué era lo que leía en la revista de curiosidades.

—¿Quieres la revista? —preguntó Steven.

—No la quiere —dijo la madre.

—Pues yo diría que sí, señora.

Steven se echó hacia atrás, intentando ganar algo de espacio pues el muchacho se había encorvado más sobre su asiento.

—Toma, muchacho —dijo Steven entregándole la revista.

El chico ni se inmutó. Ignoró la revista, se levantó de la silla y se puso de pie frente a Steven, mirándolo a los ojos.

—¿Qué quieres, chico? —le dijo—. ¿Le ocurre algo? —preguntó Steven desviando su mirada hacia la madre, que se había puesto nerviosa y lo observaba muy preocupada.

—¡No lo hagas! —gritó la mujer a su hijo.

Cuando Steven volvió a fijarse en el muchacho, algo le llamó la atención en él: la zona del muslo derecho del muchacho se estaba empapando poco a poco de sangre. La mancha crecía rápidamente en el pantalón como una botella de vino derramada sobre un mantel. El muchacho se tocaba el muslo con la mano derecha y parecía estar hurgando con el dedo en la zona que sangraba.

—¡Por Dios! —gritó Steven.

Se levantó, presionó con la mano la zona del muslo de donde emanaba la sangre, levantó al chico con un brazo y salió con él de la sala de espera en busca de una enfermera. La mujer, que había permanecido inalterable ante la actitud del chico, comenzó a reír a carcajadas y se jactó de lo ocurrido.

Steven corrió con el chico a cuestas por un largo pasillo, mientras escuchaba de fondo la risa de la mujer. Estaba preocupado por lo que le ocurría al muchacho y por curar sus heridas, pero aquel aullido de hiena se le clavó en la mente y le hizo estremecerse. Para cuando encontró a una enfermera, Amanda había salido de la consulta y saludó alegremente a la mujer de la sala de espera.

—Hola, Amanda —dijo interrumpiendo su risa.

Capítulo 60

27 de diciembre de 2013. Quebec, Canadá

—¿Dónde vamos? —preguntó Susan mientras se montaba reticente en la camioneta que un día antes la había transportado inconsciente.

—¿Vamos? —inquirió Steven.

—Sí.

—Tú te quedarás en Quebec. Te daré dinero para que llames a la policía y que vengan a por ti.

—Ni hablar.

—Susan, tengo que acabar con todo esto. No puedo más, ¿lo entiendes?

—Por supuesto que lo entiendo, pero quiero ir contigo.

—No puedes venir. No te puedo poner en peligro, Susan. Si te ven viva, no pararán hasta acabar contigo. Te quedas en Quebec.

Aquellas palabras sonaron demasiado en serio para que Susan se atreviera a refutarlas. Estaba cansada, desubicada, a cientos de kilómetros de casa, y tenía la sensación de empezar a encontrarse algo aturdida.

—Pienso ayudarte, Steven. Estoy sola y no tengo miedo de nada —fue lo único que pudo decir. Se encontraba sentada en el asiento del copiloto, y se echó para atrás al sentir una sensación de vértigo que la alejaba del suelo y desviaba su visión de un lado a otro.

Steven miró cómo Susan empezaba a caer bajo los efectos del propofol, y cómo cerró los ojos mientras se acomodaba en el asiento. En el limbo del sueño, Susan se esforzó por abrir los ojos una vez más, pues se había dado cuenta de que aquella sería la última vez que vería a Steven.

—Duérmete, Susan. Cuando despiertes estarás a salvo.

Sin apenas poder vocalizar, luchando contra la fuerza del sueño, Susan dijo:

—Eres un buen hombre, Steven.

Aquellas palabras penetraron en él con la fulminante determinación de recobrar, desde lo más profundo de su ser, la bondad perdida en los años al servicio de los Siete. En un impulso fortuito y exacerbado, Steven se sintió con un empuje adicional de fuerza, el mismo que sintió cuando años antes pasó por su cabeza que podría recuperar a Amanda, pero que lo introdujo de lleno en la vorágine de una espiral autodestructiva, y que ahora lo había relanzando hacia el abismo de la venganza.

Antes de arrancar el coche, la observó dormir, y más que nunca vio en ella a Amanda: su pelo castaño, su piel pálida, sus labios carnosos, sus brazos delgados. Se quedó pensativo en el asiento de la camioneta, reflexionando sobre la vida que había dejado atrás, y que ahora deseaba recuperar con todas sus fuerzas, y arrancó.

Condujo durante más de una hora por el suntuoso camino arbolado del Parque Nacional La Mauricie, rememorando las sonrisas de Kate, las gracias de Carla y la suspicacia de Amanda, y para cuando llegó a la ciudad de Quebec, se había prometido a sí mismo que tanto Laura como los Siete tenían que pagar por las vidas que habían destrozado.

La nieve se había acumulado a los lados de la calzada, y ningún sitio le pareció adecuado para dejar a Susan sin que pudieran verlo. Entró con el coche en un aparcamiento del centro de la ciudad, y aparcó junto a un Dodge azul con matrícula de Vermont. Paró el motor y miró a Susan una vez más. No sabía qué hacer, pero se dio cuenta de que separarse de ella le iba a costar mucho más de lo que en un primer momento pensaba. Se quitó el polar azul que llevaba y la arropó con él.

—Ahora estarás a salvo —susurró mientras se acercaba a ella. La visión de sí mismo protegiendo a una Susan dormida le resultó chocante, y apenas se reconoció.

Salió del coche sin mirar atrás, y se agachó junto a la puerta del Dodge. No tardó ni un minuto en abrir la puerta limpiamente y en hacerle un puente al coche, saliendo del parking sin que nadie lo hubiese visto.

Para cuando Susan se despertó horas después en aquel parking vacío y bajo la mirada de un par de adolescentes curiosos que la observaban dormir haciendo ruidos y bromas varias, Steven ya había llegado a Boston. Susan gritó asustada, despertándose abruptamente sin aire de una pesadilla en la que todo desaparecía a su alrededor.

Steven abandonó el Dodge en una calle del centro de Boston y se acercó a una cabina. Marcó el número que tenía grabado a fuego en su mente, y esperó. Cuando pensaba que la persona al otro lado había descolgado se dio cuenta de que no era así. «El teléfono marcado no se encuentra disponible en estos momentos».

—Maldita sea —gritó.

Volvió a marcar, pero la respuesta fue idéntica. Sin saber qué hacer, y en un impulso fortuito, volvió al coche y salió a toda prisa de allí. Condujo durante un rato con un camino fijo en su cabeza y un destino inamovible: la mansión donde un par de noches antes había dejado, en manos de los Siete, a Jennifer Trause.

Capítulo 61

27 de diciembre de 2013. Boston

—Jacob, todo lo que me has contado parece un disparate —dijo Stella, agotada por una noche sin dormir. Para ella, el tiempo se había comportado como había querido en aquella consulta y, aunque según sus cálculos la conversación con Jacob no debía de haber durado más de unas horas, los minutos habían pasado con una celeridad implacable, haciéndola poco a poco sucumbir a los estragos de una noche en vela. Jacob, en cambio, estaba más activo que nunca. Continuaba hablando y gesticulando enérgicamente. Repasó su vida con ella, le contó los lugares que había visitado en su búsqueda de los Siete: Madrid, Ankara, Singapur, Londres, Orlando, Washington...; y cómo en Washington encontró una pista clave para buscarlos en Estocolmo y cómo allí se esfumaron sus posibilidades de darles caza. Le dijo además cómo cuatro años después, en una casualidad del destino, volvió a Salt Lake, y cómo encontró sin quererlo una pista que le llevaría a Boston.

—No me puedo creer que la hija del director haya tenido que morir por todo esto —señaló Stella.

—La muerte de Claudia tiene un significado mucho más importante del que crees, y lo sabrás a su debido tiempo.

—Pero ¿por qué ahora y no cuando Laura soñó con ella?

—Laura no le confesó a nadie que había soñado con su hija. Así que los Siete no supieron nunca de aquel deber incumplido.

—¿Y por qué ha muerto ahora? ¿Por qué hemos recibido su cabeza en una caja justo hoy? —gritó consternada.

—Pronto lo sabrás, Stella.

Lo miró pensando en que cuanto más le contaba, menos entendía, y cuanto menos entendía, más parecía que Jacob se sentía dueño de la historia. Con cada respuesta le surgían nuevas incógnitas, y con cada incógnita, se sentía más y más perdida, hasta el punto de no saber ni quién era. Poco a poco había ido perdiendo la sensación de ser analista de perfiles psicológicos del FBI; su certeza de que aquel caso mediático era el de un loco perturbado había ido desapareciendo; y el control de sus actos y su compostura se había desvanecido sin apenas darse cuenta ante la inevitable mirada azul de Jacob.

—Estoy cansada de todo esto —dijo.

—¿Quieres saber por qué murió Claudia? ¿Es eso lo que quieres saber?

—Tienes que entender que su muerte ha sido muy traumática para mí, y no puedo ni imaginarme lo que habrá sido para el doctor Jenkins.

—Solo lo sabrás si haces una cosa por mí.

—¿El qué?

—Sacarme de aquí. Hay algo que tengo que hacer antes de que termine todo esto.

—¿Qué? ¿Estás loco?

—Eso me lo tienes que decir tú —respondió con una sonrisa condescendiente.

—¿Me pides que te saque del centro? Sabes que no puedo hacer eso.

—¿Quieres saber por qué ha muerto Claudia?

—Sí, pero no a expensas de poner en peligro a más gente.

—Stella, ¿de verdad crees que soy peligroso? Hay muchas vidas en juego. Laura está en Boston, y hará cualquier cosa por cumplir con su objetivo.

—No me hagas esto, Jacob.

—Si no hacemos nada, va a morir gente.

—...

Jacob se levantó de la silla. Stella había olvidado que lo había desatado horas antes, y sintió que su corazón le daba un vuelco al verlo de pie frente a ella. Casi en un impulso de valentía, Jacob se agachó para ponerse a su altura y se acercó a ella, situando su cara junto al oído de Stella, que se había quedado inmóvil sin saber qué hacer.

—He venido aquí solo por ti —susurró.

Stella contuvo la respiración mientras notaba que Jacob tan solo estaba a unos centímetros de ella. No sabía por qué, pero quería a todas luces sentirse parte de él. El loco perturbado que había conocido el día anterior había dejado paso a una persona con una vida tormentosa e inquietante, con una inigualable actitud protectora que aún no entendía, pero que la hacía sentir como si nunca le fuese a ocurrir nada a su lado. El cielo podría cambiar de color, las calles desaparecer y el mundo hundirse, que no le importaría si Jacob continuaba susurrándole al oído.

—No me falles ahora, por favor —suplicó Jacob—. Estamos muy cerca del final.

Stella debatió internamente las consecuencias de escaparse con él. Los perseguirían por todas partes: el FBI, la policía, los servicios de inteligencia... No pasarían más de veinticuatro horas hasta que dieran con ellos. Así que si quería actuar, tenía que hacerlo ya.

—¿Y adónde quieres ir? No tendremos mucho tiempo.

—Adonde empezó todo.

—¿Dónde?

—Salt Lake.

Capítulo 62

27 de diciembre de 2013. Boston

El director no sabía si era un sueño o era real, pero durante algunos momentos se encontró junto a Claudia. Paseó a su lado mientras observaban un lago invadido por un interminable atardecer ámbar. En aquel paseo, la miraba de arriba abajo sin creer si lo que estaba viendo era realidad o ficción, si su mente le estaba gastando una broma macabra o si efectivamente todo lo que él creía que había vivido, la muerte de Claudia, el descubrimiento de que Laura estaba viva o la existencia del decapitador nunca hubiese sucedido. Durante unos momentos fue verdaderamente feliz.

De repente, mientras cogía la mano de Claudia y estaba a punto de decirle la locura que acababa de soñar, notó cómo los pulmones le ardían, y cómo la sequedad invadía su boca agotando cada partícula de humedad de su lengua. Intentó respirar y cuando miró de nuevo hacia Claudia, ella ya no estaba. Gritó con todas sus fuerzas, sintió cómo caía al vacío y, en ese preciso momento, despertó del coma.

En el hospital general de Boston, la unidad de quemados se encontraba en la planta baja del edificio, junto a la sala de cuidados intensivos, y era un hervidero de médicos, pacientes y familiares. En medio del bullicio, el doctor Jenkins, a quien habían traído los bomberos un par de horas antes, y que había estado inconsciente desde que llegó, se despertó con un grito desgarrador.

—No se preocupe, doctor Jenkins —dijo una de las enfermeras—, se encuentra usted sano y salvo. Los bomberos lo sacaron del piso en llamas, donde se había quedado inconsciente por el humo. Parece un milagro, pero no ha sufrido ninguna quemadura.

Aspiró con todas sus fuerzas, llenando sus pulmones de una vitalidad impetuosa. Se palpó la cara con las manos aún llenas de hollín, y se quitó la mascarilla que le recubría la boca y cuyas gomas de sujeción le habían dejado unas leves marcas en el mentón.

—¿Dónde está? —gritó el director—. ¿Dónde está?

—¿El qué? —respondió la enfermera.

—¡Claudia! ¿Dónde está?

—¿Quién es Claudia, doctor Jenkins?

—¡Mi hija! ¿Dónde está?

—¿Su hija estaba en el piso en llamas? —La cara de la enfermera se tornó en una expresión de preocupación—. Los bomberos solo lo han traído a usted —añadió.

El director recordó por qué estaba allí: el piso con el asterisco en la puerta, la bomba, el humo, el fuego, la pared llena de fotografías, el mapa con miles de marcadores... Se dio cuenta de que lo que acababa de vivir junto a Claudia había sido un sueño, pero sin duda el más real que había tenido nunca. Aún notaba el olor a jazmín de su pelo, la brisa del aire en su cara y el tacto de su mano contra la suya. En un día Claudia había desaparecido de su vida, le había enseñado el camino a seguir en los álbumes de fotos y, como en un gesto de amor, había decidido otorgarle a su padre un último recuerdo suyo que eliminase la última visión que tenía de ella.

—Claudia no está —dijo mientras se miraba la mano.

La enfermera lo observó preocupada, sin saber qué decir. El director se quedó contemplando su mano y sintió de nuevo la mano de Claudia. Se quedó pensativo durante un segundo, y la visión de la mano de Claudia se desdibujó hasta convertirse en un libro que él agarraba rodeado de humo.

—El libro, dónde está, ¡maldita sea!

—¿Qué libro? —preguntó la enfermera sorprendida.

—Traía conmigo un libro. ¡Lo recuerdo! Lo encontré en el piso.

—Sus pertenencias se encuentran en consigna. Pero...

El director pegó un salto de la cama, y comprobó que aún tenía conectada una vía. Se la arrancó sin pensarlo, y salió de la habitación con toda la celeridad y el equilibrio que le permitía su rápida reincorporación.

—... no se puede marchar así —gritó la enfermera sorprendida.

El director corrió por el pasillo y salió a la recepción del hospital ataviado con la indumentaria de los pacientes y descalzo. Frente a la recepción se encontraba la sala de espera, y unas veinte personas lo miraron con ojos extrañados al acercarse a la enfermera del mostrador.

—¡Mis cosas! ¿Dónde están?

—¿Ya está usted bien? ¿Tiene el alta del médico?

—¿Dónde están mis cosas?

—Sin el alta del médico no le puedo entregar sus pertenencias.

—¡No necesito el alta! Necesito irme de aquí —gritó.

La enfermera observó su rostro de consternación y cedió.

—¿Seguro que se encuentra bien para irse? Si es así, necesito que me firme estos papeles y se podrá ir.

El director firmó sin pestañear el formulario de alta voluntaria y golpeó con el bolígrafo el mostrador. Aquel gesto sorprendió a la enfermera.

—¿Ahora me dará mis cosas?

La enfermera se perdió durante algunos momentos en una habitación que tenía a su espalda, y volvió con una cesta de plástico gris con la etiqueta «Doctor Jesse Jenkins» pegada en su frontal.

—Esto es todo lo que traía. Su ropa, un bolígrafo, un teléfono móvil...

El director miró aturdido el contenido de la cesta. Esperaba encontrar en ella algo más, y cuando vio que no era así, se desilusionó. Estaba seguro de que había encontrado algo más en el piso, pero no sabía si también había sido un sueño.

—Ah, bueno —dijo la enfermera—. También tenía usted esto.

La enfermera se agachó en el mostrador y sacó de debajo un libro envejecido con las esquinas chamuscadas.

—Según los bomberos, protegía usted este libro como si le fuera la vida en ello. Lo agarraba con tanta fuerza cuando estaba inconsciente que no había manera de quitárselo.

El director cogió el libro y lo observó de arriba abajo. No lo había soñado. Ahora que notaba el tacto de su cubierta, revivía el recuerdo con más claridad que nunca. Antes de caer inconsciente, hizo un último esfuerzo por encontrar una última pista. Si ardía el interior de aquella casa, perdería el último vínculo que le unía con Laura y, sin nada, no tendría manera alguna de continuar con su búsqueda. En un último impulso, cegado por el humo, turbado por el sueño y abrasado por el fuego, palpó el libro entre las sombras, y sin saber por qué, sintió que tenía que protegerlo con su vida.

—¿Qué es este libro? —preguntó la enfermera atraída por su aspecto envejecido y por su logo en la portada.

—Mi última esperanza —respondió.

Capítulo 63

27 de diciembre de 2013. Boston

Laura se quedó un buen rato contemplando pasivamente la anotación que acababa de escribir en el trozo de periódico: «Stella Hyden, fin de los días».

La visión de aquellas palabras se le dibujaron en la mente con un sinfín de formas: fuego, tinieblas, desesperación y desolación. Nunca antes había tenido un sueño como aquel, nunca antes había experimentado la desesperación de ver cómo el mundo desaparecía. Su envejecido corazón continuaba sobresaltado, y aunque en parte este efecto era el habitual tras sus sueños de muerte, en esta ocasión era distinto. Era como si algo en su interior le dijese que este era el día más importante de su vida y, aunque ella sabía que no, que nunca podría olvidar el día en que besó a Claudia por primera vez en la frente diecisiete años atrás, sentía cómo una parte de su alma le pedía a gritos que hiciese lo que fuera por acabar con la vida de Stella Hyden.

Se reincorporó del suelo y salió a la calle. Eran las doce de la mañana, y faltaba un día para los Santos Inocentes. Pensó en la dualidad de la fiesta, y el significado que tenía aquel día en la actualidad en numerosas culturas. Un día como aquel, dos mil años antes, el rey Herodes había ordenado la ejecución de miles de niños inocentes, y ahora la fiesta se había transformado en una barra libre de bromas por todo el mundo. «Es impresionante lo que le hace el tiempo a cualquier historia», pensó, y por un momento se preguntó si tenía algo que ver aquel día festivo con su sueño. Con una vitalidad recobrada, y con el ímpetu de un último presagio, avanzó por la calle con la absoluta determinación de encontrar a Stella Hyden y acabar con ella. No sabía por dónde empezar, ni dónde la encontraría. Por primera vez en muchos años, su sueño no contenía más pistas que el rostro de aquella mujer, y esa idea la abrumó. «Nunca daré con ella», pensó, «esta vez sí que es el fin».

Caminó cabizbaja durante más de tres horas sin saber dónde ir, con los ojos rasgados y con su piel blanquecina y arrugada estremeciéndose por la fuerza de un sol radiante de diciembre. El temporal de frío y nieve que había azotado los Estados Unidos en las últimas semanas había desaparecido, pero las calles aún continuaban cubiertas de una nieve que desprendía luz e iluminaba con una vitalidad abrumadora los edificios. Cuando se dispuso a girar la esquina y dirigirse hacia Irving Street, un muchacho que circulaba con su monopatín se golpeó con ella, haciéndola caer al suelo sin saber qué había ocurrido. El muchacho fue a ayudarla a incorporarse.

—Lo siento, de verdad —dijo—. ¿Está bien?

—No lo sientas, hijo —respondió—. Las cosas pasan por algo, y estoy segura de que tenía que detenerme aquí por un motivo.

El muchacho la miró incrédulo, sin saber qué decir, y cuando estuvo a punto de añadir algo, Laura comenzó a reír a carcajadas.

—¿Seguro que se encuentra bien? No es para reírse, le he dado muy fuerte.

—Chico, a veces el destino quiere jugar con nosotros o reírse de nosotros, pero a veces ese mismo destino nos pone a prueba para que nos demos cuenta de que existe.

—¿Qué? —dijo extrañado—. Usted no está bien.

Laura se levantó del suelo de un brinco y cruzó la calle hacia una tienda de televisores. Lo hizo con tal habilidad que el muchacho se asustó y salió corriendo, dejando su monopatín donde había caído, debajo de un coche.

Laura se detuvo frente a la proyección de una docena de pantallas que se mostraban en el escaparate de la tienda, y todas enseñaban la misma imagen: la rueda de prensa de Stella Hyden en la puerta del complejo psiquiátrico de Boston.

—Te tengo —dijo.

Capítulo 64

24 de diciembre de 2013. 00.00 horas. Boston

¡No! Un escalofrío me recorre el cuerpo de arriba abajo al ver la escena más macabra que he visto en mi vida. El cuerpo se me dobla, e instantáneamente las piernas me flaquean. El tipo del hacha la extrae del cuello de Jennifer Trause con una pasmosa indiferencia, con una quietud enérgica, y se gira hacia mí. No puedo creer que no haya llegado a tiempo, que no la haya salvado. Tengo el corazón tan acelerado que no puedo pensar ni un segundo más, tan solo me abalanzo sobre él. No me importa enfrentarme a ellos yo solo, no me importa si son muchos o pocos, no me importa morir..., no si puedo evitar que se lleven otra vida por delante.

—¡No! ¡Ni una muerte más! —grito.

Con el impulso, caemos sobre el cuerpo sin vida de Jennifer y ocurren tan rápido los hechos, que cuando quiero darme cuenta de lo que estoy haciendo, ya le he arrebatado el hacha y la levanto enérgicamente sobre él. Ya me lo imagino muerto bajo el impacto del hacha y al resto corriendo asustados, incluso al del pelo blanco suplicando por su vida, pero algo me levanta y noto la presión de un sinfín de manos sobre mí.

Me han agarrado entre todos y me arrojan contra la imponente chimenea que preside el salón. Está encendida y caigo a escasos centímetros del fuego que me abrasa la piel. Las costillas me crujen y el dolor me invade la espalda. La mujer corre gritando poseída hacia mí, mientras el hombre del hacha se reincorpora y me mira indiferente. Agarro el garfio de entre los utensilios de la chimenea y golpeo a la mujer en la cabeza, que cae inconsciente a un lado. Los otros tres me rodean, se acercan lentamente a mí, y no me queda otra que empujar el garfio dentro de la chimenea y sacar varios troncos en llamas de su interior. La alfombra no tarda en empezar a arder, y el del hacha comienza a mirar a su alrededor preocupado. El fuego comienza a extenderse por la alfombra, y a lo lejos vislumbro mi mochila. En ella, hay un bidón de gasolina y el libro con la lista de nombres. Tengo que llegar a ella. El del pelo blanco sale corriendo, asustado por la impotencia ante un fuego que no entiende de bandos, y cuando está pasando al lado del tipo del hacha, ocurre. Sin piedad, el hombre de mirada perdida hace un movimiento con su brazo y le corta el camino.

—¿Qué haces, Eric? —grita.

El hombre del pelo blanco lo mira con una expresión de terror, y se da cuenta de que ya es demasiado tarde. Con una sola mano, Eric levanta el hacha y la deja caer con todas sus fuerzas sobre él. Repite el gesto varias veces y por un segundo tengo la impresión de que podría estar así toda la vida. Salgo corriendo hacia la mochila, saco el bidón de gasolina y lo rocío por todas partes mientras Eric se ensaña con su víctima. El fuego se aviva con tal vigor que las llamas trepan por las cortinas y las paredes, y noto cómo un calor infernal me golpea la cara con virulencia. Al girarme sobre mí mismo observo al demonio en persona: Eric ha dejado caer su túnica y se encuentra completamente desnudo mirándome con sus ojos de fuego, agarrando con fuerza el hacha. Parece ajeno al fuego que lo rodea, abrasándole sus pies descalzos, y con la mirada tan inerte que pienso que no siente nada. El temor ante una muerte bajo su hacha me da fuerzas para correr entre el poco espacio que queda sin arder. A mis pies se encuentra la cabeza de Jennifer Trause, y un escalofrío me recorre todo el cuerpo al ver su rostro contemplándome. Sin pensarlo ni un segundo más, agarro la cabeza y la lanzo con todas mis fuerzas contra uno de los imponentes ventanales.

Capítulo 65

15 de junio de 1996. Salt Lake

—¿La conozco? —dijo Amanda a la mujer de la sala de espera.

—No lo creo, Amanda.

—¿Cómo sabe mi nombre?

La mujer permaneció callada durante unos instantes, suficientes para que la joven se impacientase y continuase.

—¿Dónde está mi padre? Me esperaba aquí.

La mujer comenzó a reír de nuevo a carcajadas, con un sonido tan estridente que reverberaba en los tímpanos de Amanda como el graznido de un cuervo, y le erizaba el vello de la nuca como si de una corriente de aire helado se tratase.

Amanda comenzó a caminar hacia la puerta de salida de la sala de espera, con la intención de salir de aquel lugar de locos, pero la mujer saltó hacia ella y le agarró el brazo.

—No puedes irte, Amanda. Estás en los sueños.

Se le aceleró tanto el pulso con las palabras de la mujer que lo notaba en su pecho, en las yemas de sus dedos, en el aire que exhalaba, en su cuello. Se quedó inmóvil sin saber qué hacer. Al principio se había sentido incómoda al creer que se encontraba ante una pirada, pero cuando se dio cuenta de que aquella mujer sabía su nombre, y además lo había pronunciado con la serenidad y la quietud de la persona más cuerda del mundo, sintió que debía salir de allí como fuese.

—¿Qué sueños? —dijo valiente.

—Los sueños de muerte.

Amanda agachó la vista hacia la mano que la agarraba, buscando tiempo y pensando en cómo soltarse, y entonces lo vio: un tatuaje en la cara interna de la muñeca, semicubierto por un reloj de pulsera, en el que se distinguía claramente el asterisco de nueve puntas. Entonces comprendió que tenía que salir de allí, escapar como fuese, y ponerse a salvo junto a su padre.

—¿Qué es ese asterisco? —preguntó tratando de ganar algo de tiempo.

—¿Lo quieres saber?

—Sí, claro —dijo temerosa.

La mujer sacó la mano que no estaba a la vista de Amanda y agarraba con ella un prominente cuchillo que alzó en alto dispuesto a clavárselo.

—¡La marca del destino! —gritó.

En aquel instante en que el cuchillo cortaba el aire con la determinación de un objetivo por cumplir, Amanda, sin saber por qué, se acordó de Jacob, y supo que tenía que ser valiente y encontrarse con él una vez más. La imagen de Jacob en su cabeza se transformó en lo que estaba viendo, y vislumbró la muerte acercarse a ella en forma de locura. No era una chica fuerte. Sus delgados brazos ya apenas podían con el peso de una crecida Carla, y la impotencia y el dolor que sintió al notar la fuerza con la que la agarraba la mujer le hicieron contemplar la posibilidad de morir allí mismo en manos de una perturbada.

Pero la imagen de Jacob volvió a ella. Su rostro sonriente y tímido bajo el arco de la puerta la atrapó, y no por el amor de una familia, sino por el de un sueño por cumplir, sacó la agilidad necesaria para esquivar la primera cuchillada, con tal fortuna que el cuchillo golpeó la pared, y se le cayó de la mano a la mujer.

Forcejearon durante unos instantes en el silencio de la sala de espera, y cuando la mujer estaba a punto de tirarla al suelo, Amanda le escupió en la cara. Como pudo, se zafó de ella en el milisegundo que duró la distracción, y corrió a la salida, implorando ayuda por los pasillos vacíos.

Llegó a la salida del centro y vio que el Ford azul que habían alquilado seguía allí. Steven no había salido del centro y la única opción que contempló en aquel instante fue correr hacia la calle dirección a su casa.

Estaba anocheciendo, y los pasos de Amanda repiqueteaban contra la acera. Al llegar a una de las esquinas, se percató de una sombra que apareció tras ella y que parecía avanzar implacable siguiendo sus pasos. Corrió durante casi una hora pidiendo ayuda, pero no había nadie por las calles de la zona nueva. Todo el mundo estaba en la feria, cuyas luces centelleantes se veían reflejadas en el lago que bordeaba Salt Lake en un sombrío y mágico atardecer.

Amanda miró hacia atrás. Apenas quedaban doscientos metros para llegar a casa. Estaba exhausta y a punto de sucumbir al cansancio de la carrera, cuando vio que ya no era una sola sombra la que estaba a punto de darle caza, sino siete.

Jacob, que estaba sentado en el porche de Amanda, turbado por una cita incumplida, a punto de llorar pensando en cuánto la quería sin conocerla, oyó el grito con tal crudeza, con tal desesperación, que murió por dentro:

—¡Jacob!

Capítulo 66

27 de diciembre de 2013. Boston

La mansión, a la que un par de noches antes Steven había llevado a una inconsciente Jennifer Trause, se encontraba carbonizada. La imagen de aquella negrura contrastaba con la que tenía de la mansión antes de que ardiera: señorial, opulenta y desmedida. Para Steven, aquel era el sitio donde podría haberlos encontrado. Ahora parecía como si un incendio hubiera destrozado su único medio para alcanzarlos, solo quedaban paredes ennegrecidas y un espléndido jardín de hierba escocesa cubierto de cenizas. Frente a lo que debía haber sido la puerta principal, había aparcados seis coches con las ruedas pinchadas.

—No me lo puedo creer —dijo.

Rodeó la casa, buscando algún atisbo de vida y color a través de las ventanas, pero solo encontró carbón. Los cristales se habían derretido y el fuego había derrumbado el tejado y las paredes interiores. El fuego, desolador en su forma de crecer, se había alimentado del interior de aquella casa, dejando solo las paredes exteriores y otorgando un vacío al lugar como el que sentía Steven dentro de sí.

Miró de nuevo al jardín grisáceo y observó algo que había pasado desapercibido a sus ojos. En el gris de las cenizas que recubrían todo el jardín había un rastro que dejaba ver el verdor del césped que avanzaba desde una de las ventanas hacia la parte de atrás de la mansión. Era un surco tan claro, tan perfectamente marcado, que en tan solo un instante dedujo que no era casual. Siguió el rastro desde lo que quedaba de una ventana cuyos cristales estaban esparcidos por el suelo, y se adentró en el jardín unos cien metros hasta donde había un montículo que no comprendía. Había un montón de ropa ajada y manchada de sangre.

—¿Qué es esto? —dijo agarrando algunas de las prendas.

Para su sorpresa, cuando apartó una sudadera gris con las mangas manchadas de sangre seca, percibió algo bajo ella. Tiró la ropa a un lado y vio una mochila negra que parecía contener algo en su interior. Metió la mano en ella, temiendo sin saber por qué encontrarse un miembro seccionado de alguna víctima, pero encontró algo que le impactó bastante más: el libro con el asterisco en la portada.

Lo abrió, y vio las anotaciones, las fechas y los nombres. Un escalofrío recorrió su cuerpo de arriba abajo. Durante un tiempo había pensado que había dejado de ser humano, de sentir el dolor de la muerte, de entender la piedad, de tener sentimientos, pero al comenzar a pasar páginas y perder la cuenta sobre la cantidad de nombres que podía contener, y lo que significaban, se estremeció por tanta muerte y estuvo a punto de vomitar. Llegó a la última página, donde se acababan las anotaciones en Jennifer Trause, con un 24 de diciembre de 2013 escrito junto al nombre, y recordó entre lágrimas cómo la dejó dentro de la mansión sin haberle dado opción a sobrevivir. Se sentía tan culpable en ese momento, tan desdichado, que gritó con todas sus fuerzas.

—Dios, perdóname.

Cuando se armó de suficiente valor para continuar la búsqueda de una pista que lo llevase hasta los Siete, siguió hojeando el libro, buscando algo fuera de lo común, y entonces lo vio en la contraportada. Escritas con los dedos, y con sangre que ya se había secado, estaban las palabras: «Salt Lake».

Capítulo 67

27 de diciembre de 2013. Boston

Jacob y Stella corrieron por los pasillos de un centro psiquiátrico invadido por el amanecer, y cuyos rayos de luz naranja impactaban con el polvo que levitaba a través de las rendijas de las ventanas. Los pies descalzos de Jacob sonaban como bofetadas al suelo mientras corrían junto a los de Stella, cuyo taconeo estaba haciendo demasiado ruido.

—Quítatelos —susurró Jacob.

—¿Qué?

Se detuvieron en un recoveco del pasillo, y Stella se apoyó con una mano en el hombro de Jacob mientras con la otra se quitaba uno de los zapatos. Repitió el gesto con el otro, y durante ese acercamiento de Stella, él la miró a los ojos. La mirada color miel de Stella brillaba con la luz del amanecer y durante unos instantes ambos contemplaron la belleza de la mirada del otro. De repente, cuando habían perdido la noción del tiempo, una estridente alarma sonó por todo el centro.

—¡Ahí están! —gritó un celador.

Jacob la cogió de la mano, y corrieron por el pasillo huyendo de los celadores. Giraron por el ala oeste, la zona dedicada a pacientes con esquizofrenia, en la que se escuchaban quejidos y risas portentosas. De ahí, intentaron bajar una planta, pero se encontraron a uno de los celadores que subía en su busca escaleras arriba. Sin saber dónde ir, subieron una planta tratando de encontrar una escapatoria, un resquicio de seguridad que les permitiera huir.

La tercera planta era compartida por enfermos con alzhéimer y por autistas. Las puertas de las habitaciones se encontraban abiertas y sin vigilancia, debido a la ausencia de incidentes en esta zona, y los ancianos y los pacientes caminaban por el pasillo libres y esperanzados. Unos, en busca de recuerdos de una vida vivida y otros, en busca de una vida que pasaba por delante de ellos sin darse cuenta. El aire esperanzador del corredor que tenía vistas al patio interior del centro les revitalizaba el espíritu, y les permitía a unos unirse a sus recuerdos, y a otros unirse al presente. Stella y Jacob corrieron por el pasillo mirando atrás, cogidos de la mano, vigilando si les seguían persiguiendo. No fueron ni diez segundos lo que duró aquella visión de los dos corriendo, pero todos los ancianos recordaron su vida durante unos instantes, y todos los autistas los miraron con atención. Cuando llegaron al final del pasillo, entraron en una de las habitaciones ocupada por un par de ancianos que miraban impresionados a Stella con la ilusión de unos chiquillos.

—¿Eres la nueva enfermera? —dijo uno de ellos con una sonrisa, mostrando felizmente las encías.

—No, no, lo siento —dijo Stella sonriendo con complicidad y a la vez preocupada por la situación.

Salieron de la habitación y se dieron cuenta de que no tenían escapatoria. Dos celadores los vieron a lo lejos, y corrieron hacia ellos.

—Ahí están —gritaron.

Jacob cogió firmemente la mano de Stella, y se metieron en un aseo que se encontraba en el pasillo y bloquearon la puerta.

—No podremos escapar de aquí —dijo Stella.

—¡Salgan de ahí! —gritó uno de los celadores desde el otro lado de la puerta.

Stella jadeaba con tal nerviosismo que los celadores la oían desde fuera.

—¡Vamos! —gritó uno de ellos—. ¡Salgan!

A la puerta llegaron también varios miembros de la policía y un investigador del FBI.

—Están rodeados. Señorita Hyden, no sé qué pretendía hacer, pero le aseguro que su huida con el prisionero acaba aquí.

El jadeo de Stella desapareció y la quietud se apoderó del ambiente. Uno de los celadores, que se había quedado rezagado en la búsqueda de los fugitivos, llegó a la puerta de los aseos con un juego de llaves y la abrió frente a la mirada del investigador del FBI y del resto de celadores que no daban crédito a lo que veían: el cuarto de baño estaba vacío. Una a una, comenzaron a abrir las puertas de los distintos inodoros, y para cuando llegaron al último, se dieron cuenta de que la ventana que había al fondo estaba abierta. El investigador del FBI se asomó por ella y vio un New Beetle negro acelerar y perderse entre los coches de Boston.

—¡Maldita sea! —gritó.

Capítulo 68

27 de diciembre de 2013. Boston

El director salió del hospital, aún con pasos renqueantes, turbado por el efecto de los medicamentos y exaltado por seguir con vida, y caminó como pudo con el libro bajo el brazo. Tenía la sensación de que aquel libro tenía todas las respuestas que él buscaba sobre Laura, y deambuló por la calle buscando un lugar seguro donde leerlo. Se encontró de bruces con el Parque Boston Common. Cuando llegó a la ciudad con Claudia años atrás, pasaba largas tardes con ella jugando en esos jardines, recorriendo sus caminos de tierra, perdiéndose entre sus encinas y sauces, y contemplando el flujo de paseantes y deportistas. Les gustaba especialmente el aire que se respiraba en él justo antes de ponerse el sol, la luz que impregnaba e iluminaba algunas veces a la neblina que se formaba sobre el estanque central, el sonido crujiente de las hojas de los acebos al pisarlas en otoño. Recordó una zona del parque donde solían sentarse a observar el estanque, y decidió que era el sitio perfecto para revisar el libro. Se sentó en uno de los bancos y se lo puso sobre las rodillas.

Era un libro con el lomo de piel acartonado y ajado por el paso de los años, debía tener unas trescientas páginas con los bordes amarillentos y envejecidos, y parecía tener más de un siglo. Seguro de encontrar en él lo que necesitaba para dar con Laura, lo abrió por la primera página. Al verla, su cuerpo se estremeció, sus manos temblaron, su mirada se cargó de pánico.

No había nada.

La página estaba en blanco, y no solo ella, sino también todas las siguientes. El libro no contenía palabras, ni letras, ni fotos, ni símbolos, ni esperanza. Pasó una a una todas y cada una de las hojas amarillas, buscando hojas pegadas, medias tintas, alguna señal que lo hiciera volver de su desesperación.

—No puede ser —dijo—. ¿Qué significa todo esto? ¿Un libro antiguo en blanco?

Cerró los ojos, anhelando que para cuando los abriese algo hubiese cambiado en él, pero en ese instante en que pensaba entregarse a la esperanza, su móvil comenzó a vibrar en el bolsillo de su chaqueta.

—¿Número desconocido? —se extrañó, pero descolgó—. ¿Sí? —dijo acercándose con indecisión el teléfono a la oreja.

—Hola, doctor Jenkins —dijo una voz imperceptible al otro lado—, ¿ha dormido bien?

—¿Qué? ¿Quién es?

—No quiere saberlo.

—¡Cómo que no! ¿Cómo sabe mi número? ¿De qué me conoce?

—Usted no quiere saber la verdad.

—¿Quién es usted?

—Soy el doctor Jenkins.

—Ese soy yo.

—Yo también soy el doctor Jenkins.

—Eso es imposible.

—¿Qué es imposible, doctor Jenkins?

—Que usted se llame como yo.

—¿Y por qué piensa eso, doctor? ¿Y si estuviese hablando consigo mismo, con las profundidades de su mente?

—¿Es usted uno de mis antiguos pacientes? Porque si es así, me enteraré de quién me está gastando esta pesada broma.

—Se acerca a la verdad, doctor Jenkins, pero aún no está preparado para ella.

—¿Qué quiere de mí? —imploró sin fuerzas para pensar en nada más.

—Quiero que venga a verme, doctor Jenkins. Ahora.

—¿A verle? ¡Ni siquiera sé quién es! Ni siquiera sé si es paciente mío, ni siquiera tengo tiempo para perderlo en tonterías.

—¿Cree que es una tontería la muerte de Claudia? ¿O que no sepa dónde está Laura? ¿O que no tenga ni idea de por qué le ocurre todo esto? ¿Acaso es una tontería negar su vida?

—¿Cómo sabe todo eso, hijo de puta? ¿Me está espiando?

—El tiempo se acaba, doctor Jenkins.

—¿Qué quiere decir con eso?

—El final se acerca, y ahora que sostiene el libro, que para sus ojos está vacío y que no cuenta nada sobre usted, ni sobre su vida ni sobre nada que le importe, sí que representa algo mucho más importante que todo eso; y aunque para sus ojos no es más que un simple libro, con un peso medio, con una portada austera y de un autor desconocido, para usted, en mitad del fuego, de la pelea con las llamas, significó mucho más. Significó su esperanza: la de encontrar a Laura y la de vengar a Claudia.

El director se quedó callado, sin saber qué responder. Suspiró al teléfono con un nudo tan fuerte en el pecho por las palabras dirigidas por aquella voz hacia él, que sintió el corazón en su garganta.

—Abra ese libro de nuevo, doctor Jenkins.

—¿Me está observando? —dijo el director, mirando a un lado y a otro, en busca de alguien al teléfono. En el parque no había nadie, y desde su posición era imposible distinguir alguna silueta dentro de las ventanas de los alejados edificios.

—Ábralo.

—Ya lo he revisado. Está vacío. No hay nada en él.

La voz al otro lado de la línea colgó, dejándolo con la palabra en la boca, y con la extrañeza de no saber quién era ni por qué lo llamaba.

Sin entender el motivo, hizo caso a la voz y abrió el libro de nuevo. El director se quedó petrificado.

La primera hoja estaba escrita de arriba abajo, garabateada con una pluma, en la que no quedaba ningún margen, ningún resquicio en blanco, y cuyas palabras se repetían por todas partes en distintas formas y tamaños: unas veces en mayúsculas, otras en minúsculas; unas en tinta roja, otras en tinta negra; unas veces cada palabra ocupaba de cinco a diez centímetros; otras apenas unos milímetros: *«Ekaltlas»*, *«Kaletlas»*, *«Lastklea»*, *«Lastkale»*, *«Setkaall»*. Todas las páginas estaban pintarrajeadas con las mismas palabras, y a pesar de que en las primeras la escritura era más desordenada, con letras mayúsculas y minúsculas mezcladas, algunas palabras del derecho y otras del revés; conforme pasaba las páginas, el orden se iba poco a poco apoderando de las letras y el texto adquiría una nueva dimensión: estaban escritas las mismas palabras, pero alineadas en perfectos renglones, ocupando todas el mismo espacio, y respetando de una manera milimétrica los márgenes y las separaciones. De vez en cuando, entre todas ellas, destacaban las únicas letras que parecían tener sentido: «Jacob».

—¿Jacob? ¿Cómo es posible que su nombre esté aquí? —se susurró a sí mismo.

No entendía nada, pero aquel libro que le había dado esperanzas en mitad del fuego resultó ser para él un simple engañabobos. Cogió el libro con todo su odio, y lo arrojó a la papelera que había junto donde se encontraba sentado.

Se apresuró a levantarse y a dirigirse al centro psiquiátrico para hablar con Jacob y preguntarle por qué estaba su nombre en ese libro, pero las calles se habían inundado de repente de un alboroto de sirenas de policía y gente curioseando en la puerta de algunos bares de copas. Se acercó a la multitud que se encontraba frente a uno de ellos, manteniéndose de pie detrás del grupo e intentando asomar la cabeza por encima del resto.

—¿Qué ocurre ahí? —preguntó al hombre inmediatamente delante de él.

—¿No lo sabe?

—¿El qué? —respondió preocupado.

—El tipo ese, el decapitador, ha huido.

—¿Cómo que ha huido?

—Sí, toda la ciudad está pendiente de las noticias. ¿Se imagina un loco de ese tipo suelto por ahí?

—Pero ¿cómo ha sido?

—Ni idea, todavía no han informado de nada. Lo único que se sabe es que ha logrado escapar. Se rumorea que con una policía, ¿se lo puede creer?

El director no respondió. Simplemente se dedicó a asentir con la cabeza con la mirada perdida.

—El mundo está loco. Una policía que ayuda a un psicópata a huir. Es como si todo estuviera patas arriba y nada estuviese en su sitio. ¿Acaso soy el único de este mundo que está cuerdo? —preguntó.

—Un segundo, ¿qué ha dicho?

—¿No me escucha? Que digo que si soy el único que está cuerdo.

—No, eso no, lo otro.

—¿Como si todo estuviera patas arriba y nada estuviese en su sitio?

—¡Eso es!

—¿Qué pasa? —dijo el hombre con el entrecejo fruncido.

El director se dio la vuelta y se fue corriendo en dirección al parque.

—Se dice hasta luego, ¡capullo! —gritó el hombre.

Cuando el director llegó adonde había estado sentado, hurgó en la papelera y sacó el libro.

Lo abrió con la mayor celeridad que pudo mientras se sentaba de nuevo en el banco. «Como si nada estuviese en su sitio», se dijo. Leyó la primera de las palabras *«Ekaltlas»* y, tras varios segundos, lo vio claro.

—¿Cómo no he sido capaz de verlo antes?

Se había dado cuenta de que todas las palabras estaban compuestas por las mismas letras, y con ellas, estaban escritas todas las combinaciones posibles, salvo una: «Salt Lake».

Capítulo 69

27 de diciembre de 2013. Boston

El New Beetle se incorporó a la autopista hacia el oeste y comenzó a adelantar a varios coches bruscamente por el carril izquierdo y el derecho. Stella Hyden conducía, y Jacob, sentado a su lado, la observaba manejar el volante con una soltura desmesurada. Estaba absorto en sus gestos, y a pesar de la situación de huida, la miraba con una absoluta tranquilidad.

—Creo que ya no nos siguen —dijo Stella vigilando todo por el retrovisor.

Jacob no respondió. Siguió observándola unos instantes más. Se fijó en la graciosa silueta de la nariz de Stella, que hacía una ligera curva hacia arriba al llegar a su punta. La miró con detenimiento, fijándose en cómo sus delicadas manos agarraban el volante, en cómo sus delgados brazos se movían como si estuvieran bailando, en el parpadeo de sus ojos y en cómo fruncía el ceño ante cada adelantamiento.

—No se te da mal esto —dijo Jacob.

Stella se dio cuenta de cómo analizaba cada uno de sus movimientos, con esa mirada de ojos azules, y no supo cómo comportarse. Miraba por el retrovisor, pero a la vez, quería mirarlo a él y prestar la suficiente atención a la carretera. En el entrenamiento del FBI, había pasado meses enteros haciendo cursos de conducción avanzada, y sin duda, era lo que peor se le daba. A pesar de haber aprobado con matrícula de honor los exámenes de acceso, de haber superado los test psicológicos, de haber pasado como primera de su promoción los cursos de adiestramiento, en las pruebas de conducción la consideraron no apta. Pasó meses entrenando, pero aun así, inconscientemente, una parte de ella odiaba conducir. Era como si temiera al volante, como si se asustara de la velocidad, y nunca era capaz de completar los recorridos sin destrozar el coche. Ahora que iba por la autopista, rodeada de coches, circulando a más de ciento cincuenta kilómetros por hora, adelantando a unos y a otros, no temía nada. No sabía si era el impulso de la adrenalina de la huida o el estar con Jacob, pero por una vez en su vida, estaba disfrutando al volante.

—Toma ese desvío y dirígete al sur —dijo Jacob—. Una vez que te incorpores a la interestatal, puedes ponerte cómoda. Nos espera un largo viaje.

—¿A qué distancia está?

—Seiscientos kilómetros.

—Tengo una idea —respondió Stella, a la vez que daba un volantazo y salía de la autopista en la primera salida.

—¿Qué haces?

—¿Tienes miedo?

—¿De ti? Nunca.

Stella sonrió, y agarró el volante con firmeza. Jacob también sonrió, y cuando vio las indicaciones para acceder al aeródromo de Boston, no pudo contener la impresión.

—Me sorprendes, Stella, ¿sabes pilotar?

—Por supuesto. Tomé clases de vuelo de helicóptero en la academia.

—Eres una caja de sorpresas.

—¿Yo? —inquirió con una mueca de burla.

—No te imaginas cuánto.

Se acercaron a la zona de acceso al aeródromo con el coche, y dos vigilantes le dieron el alto con la baliza.

—¡Escóndete! —dijo Stella.

Jacob se agachó en el hueco entre el asiento y el salpicadero.

—¿Qué desea, señorita? —dijo uno de ellos.

—Necesito acceder a sus instalaciones —dijo mientras mostraba la placa del FBI.

—Buenos días, agente Hyden. Por supuesto que puede pasar.

Stella sonrió a modo de cortesía, mostrando sus dientes blancos al vigilante.

—Pero antes —dijo el vigilante—, ¿le importa si echo un vistazo al coche? Últimamente hemos tenido algunos problemas de contrabando, y se ha modificado el protocolo de seguridad. Tenemos orden de hacer chequeos en todos los vehículos que entren y salgan del recinto.

El corazón le dio un vuelco, y sintió que el viaje había acabado. El vigilante salió de su caseta, y se aproximó al coche, asomándose a la ventanilla donde estaba Stella.

—¿Qué es ese bulto? —preguntó.

Stella se quedó paralizada.

—¿Quién te crees que eres para inspeccionar el coche de una agente del FBI? —le regañó el otro vigilante desde la caseta—. ¿Acaso quieres que nos echen?

El vigilante se ruborizó, y miró asustado a Stella.

—Disculpe, agente Hyden —dijo el otro vigilante desde la caseta—. Mi compañero no entiende mucho de jerarquías.

Stella, que había estado a punto de apretar el acelerador y romper la barrera, respiró aliviada.

—Pase —dijo con una sonrisa.

Se adentró con el coche en el aeródromo, donde la vasta extensión de superficie pavimentada solo era interrumpida por tres hangares. Se dirigió al más alejado de ellos, y cuando lo rodeó y paró el coche junto al helipuerto, Stella suspiró:

—Ya puedes salir, Jacob.

—Ha estado cerca —respondió.

—Jacob, ¿tienes miedo a las alturas? —dijo Stella señalando una hilera de cinco helicópteros Bell 206.

Jacob miró a Stella con sus ojos de mar, obnubilado por su reciente desparpajo. Algo en ella estaba cambiando, y lo sentía más real que nunca.

—Dime, Stella, ¿quieres volver a Salt Lake?

—¿Volver?

En ese instante, una voz envejecida cuya vibración estridente penetró melosa en sus tímpanos, erizó el vello en la nuca de Stella, y le dolió en el alma a Jacob, que lo apartó de su sueño y lo trajo de nuevo al presente, reverberó desde el asiento de atrás.

—El destino está escrito —dijo la voz, mientras se oía el sonido de un arma cargarse.

Capítulo 70

15 de junio de 1996. Salt Lake

—¿¡Hola!? —gritó Jacob desde el porche.

Se levantó con una celeridad portentosa y corrió hacia ella. No sabían por qué, pero nada más verse se abrazaron durante un segundo. No duró más, pero lo suficiente para darse cuenta de que siempre habían querido estar así.

—¿Quién te sigue? —dijo Jacob a Amanda.

—Una mujer, no sé, y más gente —respondió—. No entiendo nada. Ayúdame, Jacob, por favor.

Jacob vio cómo se le saltaban las lágrimas a Amanda, y decidió sin siquiera pensarlo protegerla de lo que fuese. Se armó con el mismo valor que tuvo durante la pelea con su padre meses atrás, y se dijo a sí mismo que no fallaría. No esta vez. La protegería como fuese y haría lo que hiciera falta por ella. Sin dudarlo ni un segundo más, cogió la mano de Amanda y dijo:

—A mi lado no te ocurrirá nada.

Las sombras habían comenzado a aproximarse, y se distinguían a lo lejos seis siluetas macabras de distintos tamaños entre la oscuridad de la noche.

—¡Sígueme! —gritó.

Corrieron hacia el lago huyendo de las sombras, rodeando la vieja casa que había frente a la de Amanda. Sortearon el pequeño tramo de árboles que los separaba del lago y llegaron a la orilla, donde había varias embarcaciones de madera.

—Ayúdame a empujarla —dijo Jacob mientras se esforzaba por arrastrar una de ellas hacia el agua.

Se montaron en la barca de un salto cuando ya flotaba lo suficiente. Rápidamente, Jacob comenzó a remar con todas sus fuerzas, al ver que las siluetas se aproximaban a ellos.

Se adentraron en el lago, y cuando estuvieron a escasos cien metros de la orilla, vieron las siluetas reunirse al borde del agua y quedarse inmóviles contemplándolos bajo la luz parpadeante de la alejada feria, y de los mil farolillos que recorrían el embarcadero junto al pueblo.

En aquel instante Amanda se sintió por fin a salvo, lejos de las sombras que la perseguían, y se dio cuenta entonces junto a quién se encontraba. No había tenido tiempo de pensar en ello ni de asimilarlo. Había soñado varias veces con su encuentro: recorrerían la feria, tomarían algodón de azúcar, montarían en la noria y Jacob le conseguiría un peluche de alguna caseta de feriantes. Era la manera más típica en la que podían desarrollarse los acontecimientos, pero ella la anheló con la solemnidad de quien esperaba una vida nueva. Ahora que sentía a Jacob tan próximo, remando con todas sus fuerzas por ella, supo que no habría una mejor manera de verse con él. Dejó de importarle la huida conforme se alejaban de la costa, y con cada golpe de remo, la luz perdía la fuerza con la que iluminaba el rostro de Jacob, que continuaba jadeando para salvarla. Durante más de diez minutos Jacob no dejó de remar, sin pensar en nada más que en alejarse de la orilla, bajo la atenta mirada de una Amanda absorta en su esfuerzo. Remó con el ímpetu con el que escapó de casa para vivir con su tío, hasta el punto de que la luz de la feria estaba tan lejos de ellos que lo único que los iluminaba era el cielo estrellado. En ese instante en el que no se percibía nada, Jacob paró, y ambos permanecieron callados durante unos instantes en la oscuridad.

El corazón de Jacob estaba desbocado, y también el de Amanda, que se oía latir en el silencio de la barca. No ya por el esfuerzo ni la carrera, sino por la impresión de saber que se encontraban el uno frente al otro. Aunque apenas se veían, Jacob la sintió moverse por la barca, haciéndola tambalearse ligeramente a estribor. Él se levantó instintivamente, intentando controlar el vaivén, y en aquel instante de silencio, unas manos delicadas encontraron su rostro, acariciándole el mentón y haciéndolo sentir como nunca antes había estado en su vida. Jacob continuó unos instantes más disfrutando del tacto de su caricia y, sin dudarlo, la cogió por la cintura en la oscuridad con la determinación de no dejarla ir.

Sin decir ninguna palabra más, se besaron en la oscuridad, con la lejanía de las luces de la feria y con el cielo cubierto de constelaciones.

Para él, no había nada más importante en el mundo que ella. Ella se sentía a salvo junto a él.

Se abrazaron durante un rato en silencio, sabiendo que las palabras no dichas significaban mucho más que las que se pudieran decir, y deseando que aquel momento durase para siempre. Jacob sintió la respiración relajada de Amanda, la presión de su cuerpo contra el suyo, el olor de su pelo a lavanda, el tacto suave de su mano, el calor de su piel y, con una claridad asombrosa, la fuerza del amor adolescente.

—No te dejaré marchar.

—No me separaré de ti.

—Esto es una locura, ni siquiera sé tu nombre. Ni siquiera sé quién eres, pero ya te quiero.

—Amanda.

—¿Qué?

—Me llamo Amanda.

El sonido dulce de la voz de Amanda pronunciando su propio nombre le pareció una maravilla en sí misma. Se fijó en el recorrido que hicieron sus labios y su lengua al pronunciar cada una de las tres sílabas y, por un segundo, sintió la sensación de ya haber leído un millón de veces su nombre al comienzo de su lista de posibles nombres y de haber pasado la vista por algo parecido en multitud de ocasiones, pero nunca con la sinuosa, melódica e irresistible voz de Amanda.

En aquel momento un punto de luz que surgía de una de las orillas comenzó a acercarse hacia su barca.

—Alguien viene —dijo Jacob.

—¡Son ellos!

Jacob se sentó de nuevo, mientras Amanda tenía la sensación de que no tendrían escapatoria, y comenzó a remar hacia la zona de la feria. La luz se les aproximaba rápidamente, y las remadas de Jacob parecían no ser suficientes para que no los alcanzaran.

Cuando por fin se acercaron al embarcadero del pueblo, iluminado con las mil farolas centelleantes, y con el sonido de las risas y de la música de la feria a lo lejos, el punto de luz se frenó tras ellos en mitad de la oscuridad. Jacob ayudó a Amanda a subir al embarcadero, cuyos tablones de madera húmeda crujieron suaves ante el golpe de la barca. Jacob fue detrás de ella, y se dio la vuelta para ver quién les seguía.

La luz se quedó inmóvil a unos treinta metros del embarcadero, apuntando hacia ellos, y permitiendo su destello la sola percepción de varias siluetas oscuras inmóviles en una barca.

—¿Qué queréis? —gritó Jacob a las siluetas con toda su rabia.

Nadie respondió.

—Jacob, vámonos, por favor —dijo Amanda cogiéndole de la mano.

Jacob la miró y la vio llorar de miedo ante la impotencia que daba el desconocimiento, ante el dominio que ejercía sobre ella la situación y ante la posibilidad de que algo grave les ocurriese.

—Jacob, por favor, no me dejes sola.

—Nunca —se comprometió.

La agarró de la mano y recorrieron a toda prisa el embarcadero hasta que se adentraron en la feria. Caminaron por ella de punta a punta, bajo la dirección de Jacob, que apenas desviaba la atención de su itinerario, mientras Amanda observaba incrédula la belleza de la luz amarillenta de las bombillas de las atracciones que parpadeaban incesantes. Mientras recorría la feria cogida de la mano de Jacob, no pudo hacer otra cosa sino contemplarla pasar maravillada, y así de esta manera aferrarse al mundo real: la noria, los coches de choque, las barracas de habilidad, la doma del toro, los globos de helio, los gofres y buñuelos de chocolate, el olor a manzana con caramelo, el sonido de la música, los gritos de los niños, los anuncios de los gitanos, las videntes del destino, el golpe con el martillo, la maravilla de la diversión. Todo había sido colocado con un orden tan preciso, y a la vez con un desorden tan minucioso, que para ella fue el mejor sitio del mundo para andar de la mano con Jacob. Los niños reían junto a la cuadrilla de payasos torpes cargados de globos, los adolescentes saludaban hacia abajo desde lo alto de la noria, los más gamberros perseguían a las chicas en los coches de choque, la música se sincronizaba de una atracción a otra, creando una mezcla inverosímil para el destino, y los cánticos de los gitanos anunciaban las aburridas maravillas de unos imanes.

La visión fugaz de aquel mundo de alegría se disipó al ver cómo unas personas vestidas de negro entraban en la feria. Amanda y Jacob salieron por el otro lado y se perdieron por el bosque sin que sus manos se soltaran.

—Sígueme —dijo—. Estaremos a salvo.

Conforme la música se iba alejando de ellos, y el silencio impregnaba poco a poco el aire, solo interrumpido por sus pasos en la tierra, Amanda se acercó más a Jacob para sentirse protegida.

Llegaron a una casa de madera en construcción situada en un claro junto al lago. Se encontraba lo suficientemente cerca del pueblo como para considerarse parte de él, pero también lo suficientemente alejada como para hacer sentir a Amanda segura. Era idéntica a la que había alquilado con sus padres, pero su aspecto distaba mucho de ella. Las paredes no estaban terminadas, las ventanas no tenían cristales, la pintura brillaba por su ausencia. El color a madera viva impregnaba la fachada, y el olor a serrín se percibía desde la distancia.

—Aquí no te ocurrirá nada —dijo Jacob.

—¿De quién es? ¿Estaremos seguros aquí?

—Es de mi tío. Se compró esta parcela hace un par de años, y estuvo trabajando en ella hasta hace unos meses.

—¿Podemos entrar?

Jacob manipuló la puerta y deshizo un nudo de una cuerda con la que estaba atada al marco.

—Adelante —dijo.

El interior de la casa era idéntico al que tenía la casa que habían alquilado: una escalera se situaba frente al recibidor y llevaba a la planta superior y un pasillo se alejaba dirección a la cocina. La luz tenue de la noche que entraba desde los ventanales que había junto a la entrada apenas permitía vislumbrar más allá de un par de metros.

—¿Jacob? ¿Dónde estás? —dijo Amanda al ver que la sombra de Jacob se alejaba hacia el interior de la casa—. ¡¿Jacob?! —gritó asustada.

Una luz suave se encendió en la escalera superior y Amanda, temerosa, se aproximó a ella.

—¡Jacob, no me hace gracia! Sal ya, por favor.

Al aproximarse a la habitación de la planta superior desde la que emanaba la luz, Amanda sintió unos pasos detrás de ella. Su corazón se aceleró con la sensación de que había alguien a quien ella no esperaba, pero al notar las cálidas manos de Jacob rodeando su cintura, se sintió protegida.

—Aquí estás —dijo Jacob—. Ven, quiero enseñarte algo.

—¿El qué? —preguntó, intentando recuperar la respiración.

—Cierra los ojos.

—Ni loca, Jacob.

—Confía en mí.

Capítulo 71

27 de diciembre de 2013. Salt Lake

El motor de la camioneta vibraba con un zumbido estridente y parecía que se iba a desmontar, mientras Steven agarraba el volante con la firme decisión de llegar a su destino. En su interior temía a aquel pueblo desde lo más profundo de su ser. Había rechazado durante años la idea de volver a lo que un día fue su lugar ideal para las vacaciones, y donde había soñado una vida perfecta junto a Kate en el porche de la vieja casa de los Rochester. Con el paso de los años sus recuerdos idílicos de Salt Lake se habían cubierto por una neblina de terror y, no sabía por qué, siempre había tenido la sensación de que tarde o temprano regresaría otra vez.

Tras haber encontrado en la mansión el libro con el asterisco en la portada, y con la lista interminable de nombres, supo que ese momento había llegado. Sus peores sospechas se confirmaron cuando las palabras «Salt Lake» aparecieron escritas con sangre en la última hoja.

«¿Quién ha escrito esto?», pensó en ese momento.

No dudó ni un segundo, volvió a la camioneta y, casi entre lágrimas, implorando al cielo que lo protegiese, puso dirección a Salt Lake. Condujo la camioneta roja con la mirada perdida durante más de seis horas sin parar, mientras vislumbraba entre sollozos el recuerdo borroso de Amanda, Kate y Carla. Cuando llegó a la entrada de Salt Lake se preguntó si era el mismo pueblo donde ocurrió todo. Estaba anocheciendo y la luz del ocaso daba al lugar un aspecto más desolador del que podía imaginarse: Salt Lake, una vez próspero y perfecto, se había convertido en un pueblo abandonado a merced de la apisonadora del tiempo. El cartel de bienvenida a la ciudad estaba cubierto de moho y se había descolgado del soporte desde uno de los lados. Conforme entraba en el pueblo, se fijó en que había algunas farolas tumbadas en la acera víctimas de algún grupo de vándalos, en que las casas del centro habían perdido sus colores vivos, en que la mayoría de las tiendas y locales se encontraban cerrados.

—¿Qué ha ocurrido aquí? —se dijo.

Deambuló durante un rato con el coche sin saber adónde ir y decidió parar en una vieja estación de servicio.

Se bajó del coche extrañado por la ausencia de actividad del pueblo, e intentó encontrar a alguien en el interior de la tienda. Las persianas estaban bajadas y daba la impresión de que hacía mucho tiempo que aquella tienda había dejado de vender. En un rincón al lado de los dispensadores de gasolina aún quedaban periódicos locales dentro de los expositores, y Steven hojeó uno de ellos al ver la fotografía de la portada que acompañaba al titular: la vista aérea de una casa de madera a medio construir, rodeada de cordones policiales, y de cientos de periodistas. La imagen de aquella fotografía le golpeó en el alma y lo trasladó de nuevo al llanto. Se quedó contemplando la fotografía durante unos segundos, cuando el titular que la acompañaba llamó su atención: «¿Dónde está Amanda?». Se fijó en la fecha del periódico, y comprendió que era justo de la mañana siguiente al día en que lo perdió todo.

Steven se alejó de allí atemorizado por la visión del nombre de su hija, pero con la determinación de que ya habían sido suficientes años sin ella. La sensación de estar en una estación de servicio sin usar la cabina para preguntar el nombre de otra víctima y el lugar donde encontrarla lo perturbó, pero se dio cuenta de que había algo que sí deseaba hacer. Se acercó a la cabina de teléfono y comprobó si daba tono. Echó varias monedas y, con las lágrimas recorriendo su rostro hasta la comisura de sus labios, marcó. Tras varios tonos, una voz femenina al otro lado respondió:

—¿Dígame?

—...

—¿Hola?

La respiración y los sollozos de Steven resonaban desde el otro lado del auricular. La voz femenina comprendió quién lo llamaba y rompió a llorar.

—¿Por qué me abandonaste, Steven?

—Te quiero, Kate. Lo siento.

—Steven, no sabes cuántas veces he soñado que volvías a casa y me decías esas palabras.

—Nunca podré volver, Kate —dijo con la voz entrecortada por el llanto. La crueldad de aquellas palabras le sonaron tan dolorosas como el motivo por el que no podría hacerlo.

—¿Por qué? ¿Qué has hecho?

—No necesitas saberlo, Kate.

—¿Dónde estás? ¿Por qué te fuiste?

—Solo quiero que sepas que todo lo hice por ti, por las niñas y por devolverte tu felicidad.

Kate se quedó paralizada por aquella frase de una voz que ya apenas lograba reconocer. Tras varios segundos en los que ninguno pudo decir nada más, Steven continuó:

—Te quiero, Kate. Perdóname.

—¿Por qué?

Steven no pudo responder y, sin poder aguantar un segundo más, colgó.

Capítulo 72

27 de diciembre de 2013. Boston

—Vamos, salid del coche —dijo Laura apuntando con la pistola la nuca de Stella. Jacob contuvo la calma y lo único en lo que pensó fue en que esa mujer no apretase el gatillo—. Si hacéis cualquier movimiento extraño, la mataré.

—No dispararás —dijo Jacob.

—¿Quieres probar? Un movimiento y todo habrá acabado.

—Jacob, por favor, hazle caso —suplicó Stella.

—No te disparará. No quebrantaría sus reglas.

—¿Qué reglas?

—¡Salid del maldito coche! —gritó Laura.

Salieron despacio, sin hacer ningún movimiento brusco bajo la atenta mirada de Laura y se colocaron de espaldas junto a la hilera de helicópteros.

—¿Quién eres? —dijo Stella.

—No te acuerdas, ¿verdad?

—¿Qué quieres decir con que no me acuerdo?

—No hay tiempo —dijo Laura con un hilo de voz portentosa—. Montaos en un helicóptero. Tenemos que ir a Salt Lake.

Jacob asintió a Stella, intentando calmarla y hacerla sentir segura.

—Hazle caso, Stella.

Se montaron en el primero de ellos, a punta de pistola, y Laura se situó en la parte de atrás.

—Vamos, no tenemos tiempo que perder.

Stella se puso a los mandos, e intuitivamente miró a Jacob a los ojos. Para ella ese momento fue como saltar por un precipicio sin saber qué habría al fondo; para él fue como renacer después de una vida de soledad. Las aspas comenzaron a girar con un sonido atronador, levantando el aire.

Una vez que estaban volando, Stella pilotó dirección sur hacia Salt Lake siguiendo las indicaciones de Jacob, pero cuando estaban a punto de llegar no pudo contenerse.

—Eres Laura, ¿verdad? —dijo Stella mirando de reojo hacia atrás—. La mujer del doctor Jenkins. La de los sueños. Desapareciste cuando su hija nació.

—Eres inteligente —dijo Laura—. Lo has sacado de tu padre.

—¿Mi padre? Mis padres me abandonaron en un centro de acogida cuando nací.

—Pensaba que ya lo habrías resuelto —dijo Laura.

—¿El qué?

—¡No! —gritó Jacob—. No debe ser así.

Laura no respondió pero se dio cuenta de lo que ocurría.

—Tarde o temprano lo descubrirá, Jacob. ¿Qué más da? Nunca dura para siempre.

—¿Qué no dura para siempre? —dijo Stella—. No entiendo nada. ¿Conocías a mis padres?

—¿Acaso importa?

—A mí me importa —respondió.

—Cállate de una vez. Ya has hecho suficiente daño —recriminó Jacob a Laura.

—Hemos llegado —dijo Laura.

La vista aérea de Salt Lake al atardecer era abrumadora. El sol se reflejaba sobre el lago e iluminaba el pueblo con la última luz del día color fuego. Los árboles, una vez espléndidos y repletos de verdor, se habían quedado sin hojas; el lago, inmenso desde las alturas, estaba inusualmente plano. Era como si todo en Salt Lake hubiese perdido su vida, como si las muertes de tanta gente durante tantos años por parte de los Siete se hubiesen llevado, mordisco a mordisco, el alma de una ciudad en crecimiento. Desde las alturas, apenas se veía una camioneta circular hacia el centro de Salt Lake, y a lo lejos, desde el otro lado de la ciudad, un coche gris se encontraba aparcado en la antigua zona nueva, frente a una casa blanca con el tejado azul destrozado por el paso del tiempo.

—Aterriza en la plaza del centro —dijo Jacob.

—¡No! Tenemos que ir a mi antigua casa.

—Necesito espacio para aterrizar —gritó Stella—. No lo puedo hacer en una calle normal.

—Pues tendrás que hacerlo.

—¿Por qué?

—Porque he soñado contigo, Stella.

Capítulo 73

27 de diciembre de 2013. Salt Lake

Al llegar a Salt Lake, el director se abrumó por los recuerdos de la época que pasó buscando a Laura. Allí vivió sus mejores años, su juventud, los dos primeros años de su hija, su anhelo de esperanza, y para él, era como si nada hubiese cambiado. Al ver las calles abandonadas, los jardines secos, las ventanas de las casas rotas, fue como si hubiese sido siempre así. No le prestó la más mínima atención a la dejadez de un pueblo sumido en el olvido y en la desidia, y con más respeto que añoranza, aparcó el coche frente a la casa donde Amanda pasó sus vacaciones diecisiete años atrás.

La observó unos segundos, sorprendido de que aquella casa, que siempre había admirado desde la acera de enfrente donde él vivía junto a Laura, estuviese abandonada a la mano de Dios. Fue lo único del cambio de Salt Lake que impactó al director, pues para él, todo en ese lugar siempre había sido triste desde que desapareció Laura. La quería con todas sus fuerzas, y hubiese hecho lo que hiciese falta para hacerla feliz.

Volvió sobre sí mismo y contempló fríamente la vieja casa frente a la de Amanda. Los mejores recuerdos de su vida los tenía divididos en dos sitios: en un rincón de su mente donde revivía las noches de amor y las charlas de psicología con Laura en esa casa, y en los álbumes de fotos que había en el dormitorio de Claudia. Ambos se le mostraban dolorosos, pero ambos eran los únicos soportes que lo mantenían a flote.

Se acercó al umbral de la puerta, acarició durante unos segundos el pomo corroído por el óxido y abrió.

Capítulo 74

24 de diciembre de 2013. 00.15 horas. Boston

El cristal de la ventana se hace añicos por el impacto de la cabeza de Jennifer Trause. Me duele en el alma hacer algo así, pero no me queda otra opción, el humo ya está asfixiándome, y necesito aire al precio que sea. Observo a Eric mirarme desde el centro de la habitación mientras el fuego lo rodea y comienza a treparle por los pies. Está tranquilo, como si no estuviese ocurriendo nada a su alrededor, y entonces comprendo que no le importa morir. Hay dos cosas que uno puede temer de la muerte: morir estando solo y morir sin un motivo. Eric cree que tiene un motivo, y es por eso por lo que contempla maravillado las llamas abrasando su piel. Cuando el fuego ya le llega por la cintura, abre los ojos, y es entonces cuando se da cuenta de que la muerte es más dolorosa que una vida de penurias. Salto por la ventana, y sin darme cuenta me corto en los brazos con los restos de los cristales que han quedado. No me importan las magulladuras, ahora mismo solo pienso en respirar.

Una vez fuera el miedo me invade al ver cómo poco a poco el fuego atronador se apodera del salón. Lo contemplo maravillado y en él veo sin dudarlo los recuerdos de la noche en que la perdí. Han sido tantos años, tanto sufrimiento, que tenían que pagar por ello. Observo la casa desde el exterior, iluminada tenuemente por la luz de la luna, mientras el humo comienza a escaparse por el ventanal por el que he salido.

¿Qué es eso? En la segunda planta veo una ventana con una luz parpadeando, como si alguien estuviese encendiéndola y apagándola haciendo señales. ¿Hay alguien más? ¡No puede ser! Sin apenas tiempo de pensar, rodeo la casa hasta la puerta principal, y entro sin analizar las consecuencias de esta locura. El fuego ya ha pasado del salón al pasillo, y ya derrite sin contemplaciones el cuadro de las Parcas. La pintura gotea hacia el suelo, mientras el lienzo se encoge frente a unas llamas enloquecidas y que se expanden en todas direcciones. Escucho gritos de dolor desde el salón, e intuyo que provienen del resto de los Siete que están pereciendo bajo las llamas. No me lo puedo creer, pero me gusta oír sus gritos. Ha sido tanto el sufrimiento, que siento como verdadera la falsa sensación de felicidad de la venganza. Subo las escaleras aupado por mis aires de éxito, y comienzo a abrir una puerta tras otra, buscando cuál de las habitaciones es la de la luz parpadeante. Abro la última de ellas, y me doy cuenta de que es en la que me encontré de bruces con el tipo del pelo blanco. El fuego trepa por las escaleras, y me corta la salida.

—¡No! —grito al darme cuenta de que nadie me pedía ayuda, de que nadie me mandaba un mensaje, sino que era una bombilla que estaba a punto de fundirse, y cuyo epiléptico parpadeo me deja sin esperanzas.

Comprendo que voy a morir y, por un instante, miro a la muerte a los ojos con la sensación de haber cumplido mi promesa.

Capítulo 75

15 de junio de 1996. Salt Lake

Jacob cubrió los ojos de Amanda con la dulzura de quien protege un sueño, y la guio a oscuras hacia la habitación de donde provenía la luz.

—No abras los ojos —susurró.

—¿Por qué?

—Tú ciérralos.

—¡Ay, no puedo!

—Confía en mí.

Amanda se dejó llevar, y por un momento se olvidó de quién huían, de qué hacían y de dónde estaban, ensimismada por la protección que le transmitía la voz de Jacob. Su tono era endiabladamente sereno y la ternura con la que la guiaba era arrebatadoramente eficaz.

—Ya los puedes abrir —dijo Jacob apartando poco a poco sus manos.

Al abrir los ojos, un espectáculo de luces tenues empaparon su rostro, cubriéndolos de un color ámbar. Una decena de velas estaban repartidas por la habitación a medio construir. Jacob las había dispuesto en pequeños grupos de dos, de tres y de cinco, salvo alguna vela suelta cuya llama prendía más fuerte que las demás. Parecían esparcidas de un modo improvisado pero, quizá por eso, otorgaban a la habitación un contexto maravilloso para su historia de amor.

—Jacob, esto es increíble —dijo Amanda ilusionada.

—Pensé que quizá así podrías calmarte.

—Gracias, de verdad. Es lo más bonito que nadie ha hecho nunca por mí.

Jacob se calló y la miró a los ojos preocupado.

—¿Quiénes son los que te siguen?

—No lo sé. Es todo muy extraño. Una mujer ha intentado matarme esta tarde. No entiendo nada, Jacob. Ha sido horrible —escuchar de sí misma aquellas palabras hizo que temblara su voz, y que casi se perdiese entre lágrimas.

—No te preocupes, ya ha pasado. Te juro por mi vida que siempre estaré a tu lado.

Jacob la cogió de la mano y le hizo un suave gesto para que se tumbasen en el suelo de madera. Al hacerlo, se quedaron contemplando, cabeza con cabeza, el suave contoneo de la luz de las velas en el techo.

—Es maravilloso —dijo Amanda, respirando calmada.

—Sí que lo es. Llevo poco tiempo en Salt Lake, pero siempre vengo aquí a relajarme con la luz de las velas. De pequeño, recuerdo que me quemé la yema del dedo índice, cuando apenas tenía cuatro o cinco años. Fue por una idiotez, al intentar tocar el fuego que salía del mechero de mi padre. Le cogí un miedo horrible al fuego, ¿sabes? Mi madre, cuando vio que me daba pánico, apagó todas las luces de la casa y encendió un puñado de velas. Me llevó con los ojos tapados, y me hizo tumbarme para observar el movimiento relajante de su luz en el techo.

—Tu madre es encantadora.

Jacob no respondió, al recordar el motivo por el que había abandonado su casa.

Amanda se dio cuenta, bajo la luz de las velas, de la expresión de tristeza que cubrió el rostro de Jacob.

—¿He dicho algo malo?

—No te preocupes, Amanda. —A Jacob estuvieron a punto de saltársele las lágrimas, pero las contuvo con esfuerzo—. Por primera vez en mucho tiempo —dijo—, soy feliz.

Amanda acarició su mentón suavemente, y giró su rostro hacia ella. Sus ojos azules la contemplaban firmes, y se puso nerviosa.

—¿Sabes, Jacob? Contigo me siento a salvo.

—No temas nada, Amanda. Siempre te protegeré.

Amanda sintió su promesa como la más sincera que había oído en su vida, y lo abrazó bajo el movimiento serpenteante de la luz del techo. Permanecieron así durante varias horas, contándose sus vidas, riéndose a carcajadas, soñando con su futuro. Jacob le contó el plan que había ideado para averiguar cómo se llamaba y ella respondió:

—¡Eso es imposible! ¿Cómo va a llamar tanto mi atención mi propio nombre escrito entre varios cientos?

—Cierra los ojos —dijo.

—¡Ya! —dijo ella.

—¡No los abras, eh! Espera.

—¡Venga!

—¡Un segundo! —Rio—. ¿Preparada? Ya los puedes abrir.

Al abrir los ojos, frente a ella, en uno de los laterales del papel que había escrito Jacob con todos esos posibles nombres, allí estaba, destacando por encima de los demás, el de Amanda. Ella no veía otro nombre, salvo el suyo.

—¿Cómo lo has hecho? ¡Yo podría ser cualquier otra persona! Pero ¡ahí está mi nombre! ¡Es increíble!

—Te podrías llamar de cualquier manera, pero siempre seguirías siendo tú —susurró.

—¿Cómo lo has hecho?

Jacob sonrió y se tumbó de nuevo junto a Amanda, mientras ella lo miraba con una dulce cara de ilusión.

Hablaron durante un rato, divagando de un tema a otro. Jacob, durante su conversación, la escuchaba absorto y observaba cómo gesticulaba. Amanda le contó lo de la nota con su nombre, el asterisco en la pared del trastero, la carrera huyendo hasta encontrarlo. Continuaron hablando sobre ellos, sobre sus ilusiones, sobre cómo se verían cuando estuviese de vuelta en Nueva York e incluso, en un alarde de juegos, se imaginaron cómo serían las caras de sus futuros hijos. Siguieron hablando tumbados en el suelo, mientras jugaban a ir apagando velas poco a poco y la luz se iba haciendo más imperceptible. Conforme las que quedaban se iban derritiendo, comenzaron a caer rendidos al sueño mientras se abrazaban.

Capítulo 76

27 de diciembre de 2013. Salt Lake

Steven detuvo el coche junto a una antigua tienda de licores que visitaba cuando iba de vacaciones a Salt Lake. Se acercó a la puerta y, desde el exterior, pudo ver a través del cristal sucio que dentro solo quedaban estanterías vacías. Apoyó la mano sobre la puerta y visualizó los recuerdos del rubor de Amanda ante la mirada de Jacob hacía tantos años. La puerta mostraba un cartel de Cerrado, aunque él sabía lo que tenía que hacer.

Miró a ambos lados, por si alguien de aquel pueblo solitario lo veía en ese momento, se cubrió el codo con la sudadera y rompió el cristal de la puerta con decisión. Con más temor que valentía, metió la mano a través del cristal roto y abrió desde el interior. Empujó la puerta y se adentró en la licorería, que estaba impregnada de motas de polvo que flotaban en el aire a sus anchas.

Observó la vitrina donde estuvieron expuestas, en 1996, un par de botellas que acabó comprando para un cliente suyo. Fue allí donde conoció a Jacob, y fue allí donde concibió por primera vez que su hija había dejado de ser una niña.

—Château Latour de 1987 —dijo, mientras leía una etiqueta con un precio desorbitado.

Indagó por la tienda, sabiendo que si tenía que volver a este pueblo, tendría que haber alguna pista en la licorería. Rebuscó entre las estanterías vacías durante unos minutos, y entonces recordó la bodega que se escondía en una planta inferior.

Rodeó el mostrador y vio la trampilla cuya cerradura estaba oxidada, y que no tardó en sucumbir ante varios golpes que le propinó con la caja registradora. Abrió la trampilla y se adentró en la oscuridad.

Palpando con las manos en el aire, se golpeó varias veces con cajas y botellas que estaban esparcidas por el suelo, hasta que sintió un fino cordel acariciándole su cara. Lo agarró y tiró de él con la esperanza de que sirviese de algo, y entonces se encendió una bombilla poco a poco, iluminando primero su rostro, y luego la bodega completamente.

Ante él, había una docena de cajas antiguas sin abrir de vinos españoles y franceses. La visión de aquel pequeño tesoro no le perturbó lo más mínimo, y sí lo hizo el mural que había en la pared: había recortes de periódicos que comentaban la desaparición de Amanda en una casa de madera, fotos en las que se veía a Kate y a él derrumbados frente a la puerta del hospital, un mapa del mundo con varios puntos marcados en distintas ciudades y, junto a los recortes de periódico, un grupo de fotografías de seis o siete personas distintas, realizadas desde lejos, y que estaban conectadas por unos hilos rojos que recorrían el mural. Steven las reconoció a todas.

—Así que Jacob también persigue a los Siete —dijo en voz alta—. También quiere recuperar a Amanda.

Entre los recortes, había incluso fotografías que parecían sacadas del depósito de pruebas de la policía. En una de ellas se veía una especie de gancho tirado en el suelo, junto a una métrica del departamento forense para estimar su tamaño. Varias de las fotografías eran de una habitación llena de velas fundidas, cuya cera se había derramado por un suelo de madera y formaba zonas con grandes manchas de color marfil. Con la última de las imágenes contuvo su respiración, por los recuerdos del significado de aquel símbolo: un asterisco de un metro y medio de ancho con nueve puntas. Estaba arañado en una pared de madera, haciendo un surco de varios centímetros de profundidad.

Se fijó en cada detalle de la fotografía, sin embargo, no le hacía falta observarla para saber dónde y cuándo fue tomada.

—La casa del tío de Jacob.

Aún recordaba cómo se habían precipitado los hechos el día en que lo perdió todo y, asolado por la imagen de aquel asterisco, intentó hacer memoria de los momentos posteriores a la búsqueda de alguien que curase una profunda herida abierta en la pierna de un chico.

Capítulo 77

15 de junio de 1996. Salt Lake

Steven corrió cargando al muchacho, mientras a lo lejos oía la risa de hiena de la mujer de la sala de espera. El ruido era atronador, y con cada carcajada incomprensible, el vello se le erizaba. La pierna del muchacho estaba completamente empapada en sangre, y Steven pensó que podría morir desangrado si no encontraba ayuda pronto. Los pasillos se le hicieron eternos, los mostradores vacíos se le antojaron enigmáticos, y cuando, por fin, se encontró de bruces con una enfermera con el pelo blanco que hacía oídos sordos a su prisa por curar al chico, comprendió que algo extraño ocurría.

—Por favor, ayúdeme —gritó presionando fuertemente la zona del muslo desde donde sangraba el muchacho.

En ese instante, la risa lejana de la mujer que había dejado en la sala de espera desapareció. No sabía por qué, pero le resultó más abrumadora la fuerza del silencio que la impresión de la carcajada.

—¿Qué quiere, señor? —preguntó la enfermera.

—¡Hay que cortar la hemorragia! ¡Este chico se desangra!

—¿Y qué? —respondió tranquila.

—¿Cómo que y qué? ¿Es que acaso no ve cómo sangra?

—Relájese, señor. Está usted muy alterado.

—¿Qué dice? ¿Es que no piensa ayudarme?

La enfermera sonrió y, como si nada importase, como si no existiese el muchacho, como si no percibiese su rabia ante la impotencia, acarició levemente el mentón de Steven, que cargaba desesperado al chico.

—¿Qué hace? —gritó Steven.

—Steven Maslow, es muy importante que no salgas de aquí hoy —susurró.

—¿Qué?

En ese instante, el muchacho comenzó a reírse de un modo tan desolador que Steven comprendió que había caído en las redes de algo que no entendía, y lo que más le preocupó es que había dejado a Amanda sola. En ese instante, volvieron a su mente las rarezas que le había contado su hija: el asterisco, la sombra de la gasolinera, la anciana en la tienda de licores, la nota con su nombre; y un escalofrío de pavor recorrió su cuerpo, haciéndolo soltar al chico de golpe en el suelo, ante la mirada de la enfermera.

Salió corriendo por los pasillos en dirección a la sala de espera de donde había venido, pero para entonces ya era demasiado tarde. No había nadie allí, y en el suelo había un amenazador cuchillo abandonado. Salió del centro, buscando hacia dónde podría haber salido Amanda, asustado por la posibilidad de que algo grave le hubiese pasado, y decidió montarse en el coche y recorrer el pueblo sin perder tiempo.

La feria acababa de empezar, y las luces iluminaron levemente el atardecer. Sin saber hacia dónde dirigirse, condujo hacia la feria, junto al lago en el centro del pueblo, pensando en que quizá Amanda hubiese ido a buscar a su madre y a Carla, que habían salido a probar el algodón de azúcar, a saborear las manzanas de caramelo y a ensimismarse con las increíbles exposiciones de cacharros de los gitanos.

Al llegar a la feria, Steven la recorrió de arriba abajo, gritando el nombre de Amanda, esperanzado de verla y de no dejarla sola, y de comprobar que estaba equivocado ante sus peores presagios. En el mismo instante en que Steven casi perdía la voz llamando a gritos a su hija mayor, Kate y Carla se encontraban en la cima de la noria, contemplando la belleza del ocaso, asombradas ante el espectáculo del atardecer en Salt Lake.

—¡Qué bonito! —dijo Carla ante las vistas.

—Nunca he visto algo así —respondió Kate.

—¡Tengo ganas de que Amanda y papá vean esto!

—Cuando vengan se lo enseñamos, ¿de acuerdo?

—¡Sí! ¡Les va a encantar!

Como Steven tampoco encontró a Kate y a Carla, extrañado, decidió que sería mejor volver a casa, donde esperaba que estuviesen. Se montó de nuevo en el Ford azul que había alquilado, y condujo con prisa por el pueblo. El incidente con el atropello de aquel individuo lo mantuvo alerta mientras tomaba las suaves curvas en dirección a la zona nueva y, durante los escasos minutos que duró su camino, la oscuridad de la noche se apoderó de la carretera. Al llegar a la casa se horrorizó al ver las luces apagadas y una calle desierta sin una sola farola encendida.

Aparcó sobre el jardín y dejó el motor en marcha, asustado por la sensación de haber abandonado a su hija:

—¡Amanda! —gritó entrando en la casa—. ¡Kate! ¡Carla! ¿Dónde estáis?

Recorrió la casa de arriba abajo y no las encontró. La desesperación se fue poco a poco apoderando de él con cada habitación vacía y con cada luz apagada, hasta el punto de comenzar a llorar del nerviosismo.

Sin saber dónde más mirar, salió de la casa y se montó en el coche, acelerando hacia el centro del pueblo.

Capítulo 78

27 de diciembre de 2013. Salt Lake

Justo en el momento en que el director abrió la puerta, y vislumbraba el polvoriento interior de la casa, empezó a escuchar un zumbido que se aproximaba.

—¿Qué es eso? —se extrañó.

Alzó la vista y entre la penumbra del atardecer y la neblina de Salt Lake, vio un helicóptero acercarse hacia donde él estaba.

—¡¿Qué diablos?!

El helicóptero se dirigió directamente hacia él. Cuando parecía que se iba a estrellar contra la casa, frenó en seco y se mantuvo durante unos instantes suspendido en el aire sobre el jardín. En el momento en que el director casi pudo ver quién lo pilotaba, el artefacto comenzó a descender lentamente hasta tocar suelo. El polvo de los jardines secos se levantó ante el vendaval de las hélices, hasta el punto de nublar la vista del director, que se tapó los ojos, mientras una bandada de pájaros alzaba el vuelo desde los árboles de la zona. Conforme las hélices giraban cada vez más lentamente, el director no pudo dejar de intentar entrever el interior de la cabina, y para cuando estas se pararon, alguien saltó desde su interior gritando:

—¿¡Doctor Jenkins!?

Al director la voz le sonó familiar, pero estaba tan azorado que su mente no era capaz de asignarle una cara. El polvo poco a poco se fue asentando, y Stella apareció ante él como la visión de alguien que le iba a cambiar la vida.

—¿Stella? ¿Qué hace aquí? ¿Por qué ha dejado escapar a Jacob?

—Lo siento, doctor Jenkins, tenía que hacerlo. Algo en mí me dice que necesito saber qué ocurre y por qué ha sucedido todo esto.

Jacob se bajó del helicóptero bajo las órdenes de Laura, que lo apuntaba con la pistola a la cabeza, pero, pese a la latente promesa de apretar el gatillo, el rostro de Jacob denotaba una esperanza y una fuerza recobrada: su expresión de ilusión comedida contrastaba con la de añoranza que mostró Laura al tener frente a ella, después de tantos años, al doctor Jenkins.

—¿Jesse? —dijo Laura sorprendida saliendo del helicóptero.

—¿Laura? ¿Eres tú? —gritó el director.

Apenas la reconocía. Él tenía en su recuerdo la imagen de una morena de veintitantos, ecléctica y soñadora, enérgica y absorbente, alegre y cautivadora. Había pasado tanto tiempo que había olvidado sus últimos meses de embarazo, su actitud reservada y extraña de las semanas previas al parto, y había renovado sus recuerdos de ella con los de sus mejores momentos juntos. La mujer que ahora se mostraba ante él era todo menos la Laura que él recordaba: una mujer que bien podría tener sesenta y largos años, con el pelo blanco, el cuerpo menudo y la piel tan pálida que se le trasparentaban las venas.

—¿Es verdad que Claudia ha muerto? —dijo Laura al director con dolor.

A pesar del fuerte contraste de lo que el director veía ante sus ojos con lo que le mostraban sus recuerdos, el director la miró a los ojos y comprendió que lo que dijo Jacob sobre Laura era verdad. No había nada en ella que él pudiese reconocer, salvo una cosa: el dolor que trasmitía ante la muerte de una hija.

—¿Es verdad, Jesse? —repitió Laura.

Oír de nuevo su nombre salir de la boca de la anciana lo destrozó por dentro. Lo hizo añicos y dinamitó los últimos retales de su cordura.

—¿De verdad eres tú? —dijo el director.

—¿A qué ha venido a Salt Lake, doctor Jenkins? —interrumpió Stella—. ¿Acaso está implicado también en lo que ha ocurrido?

—¡Por supuesto que no! —gritó y se dirigió de nuevo a esa figura del pasado—. Laura, ¿por qué me abandonaste? Te necesitaba. Claudia te necesitaba.

—Lo hice por ella.

—¿Por ella? ¿Cómo puedes decirme algo así? ¿Cómo pudiste abandonarnos a Claudia y a mí?

—No lo entiendes, ¿verdad? No entiendes nada. Nunca te diste cuenta de nada. Pensaba que algún día lo recordarías y que de algún modo acabarías agradeciéndomelo.

—¿Agradecerte que me abandonaras?

—Si no lo hubiese hecho, Claudia habría muerto nada más nacer. Tuve que hacerlo. Tuve que desaparecer de las vidas de todos. El destino me lo ordenó.

—¿El destino te lo ordenó? ¿Qué diablos dices?

—Jesse, no recuerdas nuestras noches, ¿verdad? Funcionó demasiado bien. En parte siempre tendría que haber sido así. No deberías estar aquí hoy.

—Sin lugar a dudas —intervino Jacob—, usted, doctor Jenkins, necesita ver qué hay en esa casa. ¿Por qué no entra?

—¡Cállate! —gritó Laura, amenazándole con la pistola.

—¿Qué quieres decir? —preguntó Stella.

—Le haré una pregunta, doctor Jenkins. Solo una. —Jacob desvió la mirada a los ojos de Stella, y sin apartar la vista de ella, sin pestañear, y con una decisión firme a romperlo todo, continuó—: ¿Alguna vez se ha puesto delante del espejo y se ha preguntado quién es?

Jacob volvió la mirada hacia el director, que lo miraba incrédulo sin saber qué responder. Había pasado toda su vida escrutando a enfermos mentales, desgranando las mentes de sus pacientes, martilleando a base de preguntas las vidas de sus internos, pero nunca había contemplado la posibilidad de hacerse a sí mismo la única pregunta cuya respuesta de verdad te cambia la vida.

—He perdido a mi hija, por Dios santo. ¿Qué más quieres de mí? —gritó el director desesperándose.

Jacob cambió su gesto, al sentir el dolor del director.

—Siento muchísimo la muerte de Claudia, doctor Jenkins, pero su verdad se esconde tras esa puerta. ¿Aún no lo ve?

El director miró hacia atrás, temeroso de lo que pudiese encontrar allí dentro, pero más temeroso aún de la sensación que estaba comenzando a percibir. Nada tenía sentido para él. Una anciana le hablaba con mucho dolor, un psicópata le hacía dudar de sí mismo y le decía que sentía la muerte de su hija, y una puerta entreabierta le preparaba una verdad que no comprendía. Se dio la vuelta sobre sí mismo y empujó la puerta de la vieja casa, amparado por un halo de recuerdos, cuando el sonido de un disparo atronó sus tímpanos.

Capítulo 79

24 de diciembre de 2013. 00.20 horas. Boston

—¿Qué haces, Jacob? ¡No! ¡No te puedes rendir! —me digo enfadado conmigo mismo por perder la cabeza y entregarme en bandeja a la muerte.

Golpeo la ventana con fuerza, y casi me rompo la mano. Maldita sea, es cristal reforzado. Comienzo a rebuscar entre los muebles de la habitación algo con lo que romperla y, en un cajón, encuentro una nota antigua, escrita a mano con una pulcra letra, que llama mi atención: «Claudia Jenkins, junio de 1996».

¿Claudia Jenkins? ¿La hija del doctor Jenkins? ¿Por qué tiene fecha de 1996? En un primer momento no lo comprendo, pero no tengo tiempo de pensarlo mucho más.

Sigo hurgando entre los cajones, y entre un montón de bolígrafos y plumas aparece otra nota: «Claudia Jenkins, diciembre de 2013».

¿Qué es esto? ¿Dos veces la misma persona, en distintas fechas?

—¡No tiene ningún sentido! —grito.

Me maldigo a mí mismo por mi obsesión por entender las cosas, mientras sigo rebuscando entre todos los cajones. Apenas tengo tiempo de darle más vueltas a las dos notas. El fuego avanza implacable, y siento cómo el suelo ha aumentado su temperatura hasta casi derretirme la suela de las zapatillas, cuando el teléfono comienza a sonar.

Me quedo unos segundos inmóvil, impresionado de que la línea siga funcionando y que los cables aún no se hayan fundido, y por un instante, no sé por qué, contemplo la posibilidad de que he muerto asfixiado por el humo y es Amanda quien me llama. Si es así, no puedo esperar ningún segundo más para hablar con ella. Si no, realmente me he vuelto loco.

Levanto el auricular, con la esperanza de hablar con ella, de preguntarle cuándo la veré, cuándo terminaremos como Dios manda nuestra primera cita, sin prisas, sin llantos y sin ese maldito silencio. No hay nada más abrumador que el silencio de la soledad, no hay nada más duro que no sentirla a mi lado. Aún recuerdo cómo me miró y, sobre todo, la dulzura con la que pronunció su nombre. Escucho dentro de mí su dulce voz de ensueño, siento en mi brazo sus interminables caricias, huelo el inconfundible aroma de su pelo y la veo sonreír una vez más.

—¿Sí? —respondo.

—Hola, Jacob —dice la voz femenina más dulce que he oído en mi vida. El corazón se me para durante un instante y me siento en paz. Inconfundiblemente es la voz de Amanda, pero hay algo diferente en ella. Una ligera vibración en su tono de voz que me mantiene a medio camino entre la esperanza y la tristeza.

—¿Amanda? —añado inseguro.

—Yo no soy Amanda.

Esas palabras me destrozan el alma, y me arrancan sin miramientos de mi dulce final.

—¿Quién eres?

—El destino, Jacob. Ciertamente me ha sorprendido que hayas cogido el teléfono. Imaginarte ahí, rodeado de humo, pensando en cómo huir, y encontrando esas notas con el nombre de Claudia Jenkins, se me antojaba una situación complicada para que levantases el teléfono.

—Maldita sea, ¿quién eres?

—Nunca llegamos a vernos, Jacob. No me reconocerías. Pero hay una pregunta mejor que esa. ¿Por qué está el nombre de Claudia Jenkins escrito dos veces, con diecisiete años de diferencia?

—No me importa ahora —grito al teléfono. Ya pocas cosas me importan. El humo ha entrado en la habitación, y el fuego ha prendido la moqueta del pasillo. No tardará mucho en llegar hasta aquí.

—Te lo diré yo, Jacob. Porque Claudia Jenkins está viva, cuando debería haber muerto hace mucho tiempo. ¿Y sabes por qué?

—No —respondo nervioso.

—Porque Laura se saltó las reglas. Omitió su destino. Soñó con ella antes de nacer y no cumplió con su objetivo. Omitió sus visiones porque no podía hacer algo así con su hija.

—¿Y cómo sabes todo eso?

—¿Qué más da? Lo importante, Jacob, es que Claudia Jenkins va a morir.

—¡No! ¡Ninguna muerte más! —grito al teléfono.

—Tranquilízate, Jacob. ¿Acaso crees que la historia termina aquí?

—No sois solo siete, ¿verdad?

—¿Siete? Esto es mucho más grande, Jacob. ¿Acaso crees que se puede hacer desaparecer a tanta gente por todo el mundo, con la complicidad de solo siete personas? No seas iluso.

—¿Qué hicisteis con Amanda?

—Pensaba que nunca preguntarías por ella —dice. Al oír sus palabras rompo a llorar. Comienzo a desesperarme y a perder la esperanza de verla de nuevo—. Solo te diré un nombre: Stella Hyden.

—¿Stella Hyden? ¿Quién es?

—Adiós, Jacob.

—¡Espera! —grito al teléfono.

Lo único que se escucha es el intermitente sonido de la llamada finalizada, y más cerca que nunca, el firme crepitar del fuego. ¿Stella Hyden? ¿Qué significa? ¿Claudia Jenkins va a morir? ¡No! ¡No mientras pueda impedirlo!

Marco rápidamente el botón de rellamada pero comunica. Busco sin tiempo en el historial de llamadas, y todas están etiquetadas con el nombre «desconocido». Voy pasando llamadas una tras otra, hasta que un nombre aparece en la pequeña pantalla: Steven. ¿Es él?

Pulso el botón de rellamada, y tengo la esperanza de que lo coja:

—Dime —responde una voz seca y envejecida al otro lado.

—¡Steven! ¿Eres tú?

—Sí, dime.

—Por favor, no hagas nada a Claudia Jenkins. No hace falta. No lo hagas, por favor. Ya ha muerto suficiente gente en esta historia. Ya han sido demasiados años. Hazlo por Amanda. Piensa en ella. Kate ya ha sufrido bastante, ¿no crees? Deja ir a Claudia. Por favor, intenta ser feliz, seguir adelante con tu vida, pero no destroces ninguna más. Hazlo por Carla, esté donde esté no querría verte convertido en esto. Querría verte feliz y alegre, pero en eso no puede ayudarte nadie. ¿Me escuchas? De eso te tienes que encargar tú.

Al terminar de hablar, sin apenas coger aire, sin respirar, y con la esperanza de sembrar un grano de bondad en él, de recuperar sus anhelos de amor, se me parte el alma al oír su ronca voz:

—¿Qué? No se te escucha nada. Solo palabras sueltas.

—Steven, ¿me oyes? —grito, esperanzado de que escuche lo que le quiero decir—. Tienes que parar de hacer daño, Steven, de entregarles lo que quieren.

—No te escucho nada. Solo he oído que de esto tengo que encargarme yo.

—No tienes que encargarte tú.

—No quedamos en eso, pero supongo que ya estoy demasiado metido en esto. Tres días más, y me devolvéis mi vida.

—¡No he dicho que lo tengas que hacer! De lo que te tienes que encargar tú es de ser feliz, de no destrozar más vidas. ¿Me escuchas? ¿Steven?

Un hilo de sudor frío me recorre la nuca al darme cuenta de que la llamada se ha cortado.

—¡No! —grito entre lágrimas, abrasado por el fuego que ya ha entrado en la habitación.

Capítulo 80

16 de junio de 1996. Salt Lake

Jacob se despertó sintiendo aún el tacto de la cara de Amanda sobre su pecho, sus caricias interminables en su brazo y el jugueteo de sus dedos en la cara, pero ella ya no estaba. Las caricias habían desaparecido, el jugueteo se había esfumado y lo único que quedaba de ella era el aroma a lavanda de su pelo.

—¡¿Amanda?! —gritó.

El más absoluto silencio se apoderó de la casa y nadie respondió. Se levantó asustado, y para cuando se dio cuenta de que las sombras que los perseguían podrían haberlos encontrado, el corazón se le desbocó y un impulso de adrenalina le golpeó el pecho y lo hizo tambalearse de terror.

—¡Amanda!

Bajó las escaleras buscando por la casa a toda prisa, mientras sus pasos hacían crujir la madera al descubierto.

—¡Amanda! ¿Dónde estás? —imploró.

De repente, percibió algo extraño. De lejos, oía un ruido casi imperceptible de algo rozando la madera. No sabía qué era, pero se agarró a la firme idea de que Amanda estuviese en el lugar del que provenía. Recorrió la casa rápidamente, y cuando perdía el rastro del ruido se detenía y prestaba de nuevo atención. Conforme se iba acercando a una de las paredes de la planta baja, su atención se agudizaba para seguir el rastro de ese ruido que rasgaba algo. Sintió que provenía de la puerta que iba al sótano, y sin dudarlo, la abrió y entró a gritos.

—¿Amanda, eres tú? ¿Qué haces aquí abajo? No tiene gracia.

La luz del sótano estaba apagada y, al bajar las escaleras, se impresionó por la imagen tenue e imperceptible que se le mostraba: un hombre estaba de espaldas a él, vestido de negro, rasgando la madera de la pared con algo de metal. Junto a él, una mujer algo más baja, también de espaldas a Jacob, y que le susurraba al hombre al oído algo imperceptible. Era un zumbido que podía percibirse, pero en un tono tan bajo que no se podía entender absolutamente nada. Una diminuta risa escapó de la voz de la mujer.

—¡¿Quiénes sois?! —gritó envalentonado.

—Hola, Jacob —dijo la mujer sin volverse. La luz apenas permitía distinguir las siluetas en la oscuridad y Jacob se movía a tientas, sin darles la espalda, asustado y sin saber qué hacer.

—¿Qué queréis?

—Ay, Jacob, qué bonita es la inocencia, ¿verdad? —continuó hablando la voz femenina.

El hombre seguía rasgando la madera sin prestar atención a nada más, como si estuviese en una especie de trance.

—¿Inocencia? ¡¿Qué diablos queréis?!

—¿Lo preguntas en serio? Quiero salvar a mi hija —dijo—. Es ella o mi hija. ¿Lo entiendes ahora?

La mujer se dio la vuelta y se movió rápidamente entre las sombras. Jacob tocaba a tientas las paredes en busca de alguna lámpara, rasgándose las manos con las astillas.

—¿Habéis escrito vosotros esa nota con el nombre de Amanda?

—¿La nota? Sí. Pero su destino aún no lo tengo claro, ¿sabes? Esto es nuevo para mí.

—¿El qué?

—Los sueños, Jacob. ¿Has soñado alguna vez?

—¿Qué quieres decir? —dijo Jacob en la oscuridad.

—Que si has tenido alguna vez un sueño tan real, tan firme, tan palpable y tan trágico a la vez, que no quisieses vivirlo nunca más.

—Solo te pido que dejéis a Amanda o lo pagaréis el resto de vuestras vidas.

—Qué chico tan mono. ¿Has visto, Jesse?

Capítulo 81

27 de diciembre de 2013. Salt Lake

Al llegar Steven a la casa del tío de Jacob, la contempló con sus más íntimos temores. La última vez que estuvo allí era de noche y la prisa hizo que no prestase atención a nada. Ahora que el atardecer invadía con fuerza la fachada de madera, corroída y sin color, la quietud era lo único que predominaba. El ámbar del atardecer bañaba las plantas que lo recubrían todo. El verdor de las enredaderas y las buganvillas tapaban el marrón podrido de las zonas agujereadas por las polillas, que se habían apoderado de la casa y la habían reducido a su mínima expresión. Las paredes estaban llenas de agujeros, y al entrar por uno de los huecos de la fachada, la madera del suelo crujió a punto de ceder.

El interior le resultó familiar, pero no sabía exactamente por qué. No había ningún mueble dentro. La estructura que mantenía el techo de la planta baja había cedido en la zona de la cocina, convertida ahora en una escombrera de restos de madera corrompida. Las manos recias de Steven acariciaron suavemente una de las columnas, haciendo que las húmedas astillas se deshicieran ante la firmeza de su piel. El tiempo había ajado sin miramientos todo en el pueblo, pero parecía que se había ensañado concienzudamente con esa casa.

Steven caminó, la madera crujía bajo sus pies, y rebuscó sin aspavientos por toda la casa, recopilando en su memoria los restos de una noche que había decidido olvidar. Echó un vistazo a las fotos que llevaba consigo, y que había cogido en la bodega de la licorería, y las revisó atento. El garfio medía, a su vista, unos veintiséis centímetros, comparándolo con la métrica que lo acompañaba en la fotografía. Estaba ladeado y en el suelo de tierra, junto a él, había esparcidas algunas astillas y virutas de madera.

—El sótano —dijo.

Caminó por lo que parecía ser el salón de la casa, completamente vacío y etéreamente lleno de un aire enrarecido, y se aproximó a la puerta del sótano. Dudó durante un microsegundo, pero no contemplaba otra opción.

Al bajar las escaleras, sintió cómo la luz del atardecer se colaba por los tablones de madera de la planta baja, iluminando con rayas de color naranja el sótano. Cuando se acercó a la pared del fondo, un nudo se apoderó de su garganta. Delante de él estaba el asterisco grabado en la madera, y que ocupaba todo el alto de la pared. Steven se fijó en que estaba a medio terminar. Un escalofrío le erizó la piel, y sus manos comenzaron a temblar mientras lo contemplaba solemne.

—¿Por qué tuviste que ser tú, Amanda? —dijo con una voz llena de odio.

Rebuscó por el sótano, decidido a encontrar algo que lo llevara a los Siete, cuando percibió algo inusual. En una de las esquinas había restos de comida sobre una manta.

—Aquí ha estado viviendo alguien —dijo.

En un principio se le pasó por la cabeza que fuese un vagabundo quien había tomado ese sótano como su casa, pero cuando rebuscó entre la manta y los restos de comida, su corazón le dio un vuelco pues no comprendía nada.

—No puede ser.

Entre la manta encontró un taco de papeles amarillentos. No había leído aún nada de lo que ponían, pero los había visto tantas veces que ya sabía lo que eran.

Leyó una a una todas las notas, temiendo encontrarse nombres que reconociese y se quedó petrificado al ver que todas eran iguales: «Claudia Jenkins, diciembre de 2013».

—¿Claudia Jenkins?

Su nombre aún le reverberaba en el alma. Había tenido que hacerlo. Y se sentía por ello más desdichado que nunca. Sus ojos vidriosos comenzaron a llorar al tiempo que contemplaba la nota.

—¿En qué me he convertido? —gritó, arrepentido de su vida, y de todas las decisiones que había tomado hasta llegar adonde estaba—. Un segundo —dijo sorprendido—, esta letra no es la misma de siempre.

Las había contemplado durante los últimos años, tantas veces y durante tanto tiempo, que sabía con detalle cómo era cada una de las letras, cómo era cada trazo, e incluso cuánto apretaba al escribir la persona que lo hacía. Durante un tiempo, incluso pensó en que era imposible que una persona siempre escribiese exactamente igual, sin ningún trazo distinto entre las mismas letras. Incluso hubo una época en la que comparaba notas escritas con varios años de diferencia entre unas y otras, y siempre eran idénticas. El papel cambiaba, y también la tinta, pero nunca los trazos ni la letra.

—¿Quién ha escrito estas notas? ¿No han sido ellos?

En ese momento, contempló la posibilidad de haber asesinado a Claudia Jenkins en vano.

Le dio la vuelta a la nota, esperando encontrar el asterisco de nueve puntas que siempre había, pero lo que encontró lo perturbó más: una espiral dibujada a mano. Al igual que el asterisco estaba en el centro exacto, pero su forma sinuosa, y cómo sus curvas se aproximaban inexorablemente al centro, lo hicieron tambalearse aturdido.

—¿Qué significa esto? ¿Alguien me ha manipulado? ¿Quién quería que muriese Claudia Jenkins? ¿Por qué? —gritó.

Estrujó con fuerza la nota observando el asterisco en la pared.

Conforme se iba lanzando preguntas al aire, su rostro se llenaba de una rabia incontenible, y cuanto más pensaba en la muerte de Claudia Jenkins, más le invadía el pánico, al recordar el grito desgarrador con el que se despidió del mundo bajo el frío de Quebec.

En aquel momento estuvo durante algunas horas pensativo, perdido en sí mismo, y considerando no continuar con el plan. Unas semanas antes de haber asesinado a Claudia, recibió en la cabaña un par de cajas de cartón y un sobre que contenía una frase escrita a máquina que en ese momento no entendió: «Devuelve algo de ella al centro psiquiátrico de Boston». Steven no entendió el mensaje, como muchas otras veces le había pasado, y las dejó a un lado esperando que llegase el momento clave en el que entendería su significado. Al recibir la llamada en mitad de la noche diciéndole que tenía que encargarse él de Claudia Jenkins comprendió lo que quería decir aquella nota.

Comenzó a golpear el asterisco de la pared con toda su rabia, destrozándose los nudillos contra la madera. Cada golpe perforaba levemente la pared, clavándose astillas y haciéndolo sangrar. El dolor que poco a poco sintió en las manos lo aupó en su ánimo de destrozar el asterisco, y continuó golpeándolo durante varios minutos mientras iba cayendo agotado por la pena.

—¡Hijos de puta! —gritó con todas sus fuerzas, mientras se deshacía en sollozos—. Lo hice por Amanda, y por Carla, por recuperarlas, y por volverlas a sentir cerca. ¡Mis niñas! ¡Mis pobres niñas! ¿En qué me he convertido?

En el instante en que perdió la esperanza, en el que la luz del atardecer que penetraba por los huecos de la madera se desvaneció, se arrodilló y abrió los brazos hacia el cielo.

—Dios, perdóname. Perdóname, Dios. Por favor, perdóname. —Lloró—. ¿Qué hago? Dime qué tengo que hacer. Haré lo que sea, te lo suplico.

Se derrumbó en el suelo, deshecho en lágrimas y con las manos ensangrentadas, cuyo goteo caía intermitente sobre las notas con el nombre de Claudia Jenkins... cuando de repente, oyó un disparo en la lejanía.

Capítulo 82

28 de diciembre de 2013. Salt Lake

—¡No! —gritó Laura. El director se volvió con cara de pánico al oír el disparo, soltando el pomo de la puerta. Jacob se giró instintivamente hacia Stella, que se había quedado paralizada.

—¿Estás bien? —susurró Jacob a Stella. Su voz recobró un tono tan melódico que se hizo imperceptible para los demás. Ella lo miró cómplice y asintió callada con un nudo en la garganta.

Laura tenía la pistola en alto, apuntando al cielo, y jadeaba cansada del esfuerzo de soportar la tensión de un arma que se disparaba.

—Nadie entrará en esa casa —dijo Laura con la voz llena de ira.

—¿Qué hay dentro? —inquirió Stella, intentando ganar algo de tiempo.

—¡Nada!

—Entre, doctor Jenkins —dijo Jacob.

—¿Por qué?

—¿Quiere saber quién es?

—Lo único que quiero es entender por qué ha muerto Claudia.

—Ya se lo dije, doctor Jenkins. Ha muerto porque tenía que hacerlo. Siento no haber podido salvarla.

—¿Salvarla? ¿Pudiste salvarla?

—¡No pude! —gritó Jacob apenado.

—¿No pudiste? ¿No pudiste? ¿Qué quieres decir con eso?

—Estaba escrito, doctor Jenkins. Alguien me llamó, a sabiendas de lo que iba a ocurrir. La línea se cortó y no pude hacer nada. Lo siento con toda mi alma.

Los portentosos ojos azules de Jacob dejaron entrever unas lágrimas que se negaban a salir de ellos y, por primera vez, Stella lo vio sufrir.

—¿Y por qué me pides perdón? ¿No decías que no tenías nada que ver? —gritó. Poco a poco, el miedo del director hacia lo que podía haber en el interior de la casa se convirtió en odio, el odio en ira, y la ira se apoderó de él. Laura lo observaba, mientras percibía que aquella transformación era la que siempre había temido.

—Jesse, cálmate —dijo Laura.

—¿Que me calme? ¿Quién eres para decirme que me calme? ¿Dónde has estado todos estos años? ¿Qué maldita madre desaparece para dejar sola a su hija durante tantos años? No eres más que una demente. ¿Cómo te atreves ni tan siquiera a hablarme?

—¡Doctor Jenkins, entre en la casa! —gritó Jacob.

—¡Cállate! —El director se abalanzó hacia Jacob, y lo tiró al suelo.

—¡Jacob! —chilló Stella.

El director comenzó a golpearlo una y otra vez, mientras Jacob no dejaba de mirarlo desde el suelo. Ni se inmutaba ante cada golpe, solo ladeaba ligeramente la cabeza por el empuje del puño. Por un segundo, el doctor Jenkins pensó en que se estaba riendo de él. No gesticulaba ni emitía sonido alguno de dolor. Tras seis o siete golpes, paró.

—¿Quién eres?

—¿Que quién soy yo? Aquí la pregunta es quién es usted.

—Yo soy el doctor Jenkins.

Levantó el puño, dispuesto a golpearlo una vez más, intentando coger impulso para darle mucho más fuerte. En ese instante, Stella empujó a Laura, haciéndole soltar la pistola y caerse de espaldas en el césped, y salió corriendo hacia el interior de la casa. El aullido de Laura perforó los tímpanos del director, y Jacob aprovechó su despiste para zafarse de él con un movimiento rápido. Giró sobre sí mismo y cambió su posición con respecto al director, quedando debajo de Jacob atrapado por sus piernas.

—Sí, doctor Jenkins —dijo Jacob—, pero ¿qué significa eso? ¿Sigue sin acordarse? —Jacob se acercó hacia él, mientras lo agarraba de la camisa con fuerza—. ¿No se acuerda?, ¿eh? ¿No me recuerda?

Tenerlo a escasos centímetros de su cara y ver de tan cerca los ojos de Jacob lo bloqueó. Dejó de luchar y de forcejear con él, y se quedó petrificado mirándolo a los ojos azules sin pestañear.

—Yo te he visto antes —dijo incrédulo—. ¿Cómo es posible? Era…, era de noche. Estaba oscuro…, pero…, pero esos ojos... ¿Cuándo fue eso?

Al entrar en la vieja casa, Stella cerró la puerta tras ella sin oír nada. Temía por su vida, y entendió la mirada que le lanzó Jacob como un aviso de que huyese en cuanto pudiera. El hecho de no sentir sobre ella la incipiente pistola a punto de dispararse la relajó durante el segundo en que se creyó a salvo en la oscuridad del interior de la casa, hasta que pudo encender la luz pulsando los fusibles. Al contemplar la escena su pecho le dio un vuelco.

Anhelaba con toda su esperanza encontrar alguna respuesta allí dentro, pero no había nada. El salón estaba vacío: las paredes estaban peladas, no había ningún mueble, ningún cuadro, ninguna cortina. Solo la luz intermitente de un fluorescente blanco que otorgaba al salón un aspecto desolado. Las ventanas estaban tapiadas con tablones mal colocados, las puertas carcomidas por las polillas y el olor a podrido era tan abrumador que Stella tuvo que taparse la nariz para no vomitar.

Comenzó a notar empujones desde el otro lado de la puerta, y corrió por la casa cubriéndose la nariz, desesperada y apenada de no descubrir nada, cuando percibió que la luz del sótano también se había encendido con toda la casa. No sabía por qué, pero, de repente, aquel olor a podrido le recordó algo que no llegaba a entender. Olfateó con cuidado, deseando tener un ambientador a mano, y entró en el sótano bloqueando la puerta desde el interior. Sin saber qué hacer, bajó las escaleras corriendo y se quedó paralizada al ver lo que había allí: una silla de madera, con correas en los apoyabrazos y atornillada al suelo, lideraba la estancia. En la esquina, un escritorio abandonado repleto de libros antiguos y papeles.

—¿Qué es esto?

Se acercó a los libros del escritorio y leyó los títulos de algunos de ellos: *Amnesia post-hipnótica* de Clark L. Hull, *L'hypnotisme et les états analogues* de G.G. de la Tourette, *Condicionamiento y aprendizaje* de Ernest Hilgard...

—¿Qué significa todo esto? —susurró sin comprender nada.

Inspeccionó recelosa la silla que estaba en el centro, y acarició levemente una de las correas. Se fijó en cómo el suelo tenía varios surcos como si alguien hubiese intentado escarbar, y en cómo, en uno de los brazos, había marcas de uñas arañando la madera.

Al acariciar los arañazos en la madera se sintió más aturdida que nunca, con una sensación de mareo que no comprendía. Pensaba que se iba a caer al suelo, pero en el mismo instante en que perdía el equilibrio, sintió el dolor de las astillas clavarse en sus uñas, la presión de las correas en sus delicadas muñecas y las interminables horas de sufrimiento ante un cántico de Laura que nunca cesó, hasta verla perderlo todo. En ese instante, un millón de imágenes de ella allí sentada pasaron por delante de sus ojos, un millón de recuerdos nuevos se le agolparon en la mente y, turbada por la pena de haber perdido lo que más quería del mundo, gritó con todas sus fuerzas.

Capítulo 83

16 de junio de 1996. Salt Lake

El hombre dejó de rasgar la pared y se dio la vuelta en la penumbra al mismo tiempo que la joven reía. Jacob apretó sus puños y, temblando, gritó:

—¿Dónde está Amanda? ¿Dónde está?

—Amanda ya no está —dijo la mujer—. Se esfumó, desapareció. Ay, qué pena, ¿verdad?

—¡Mientes! ¡Dime dónde está o lo pagaréis caro!

—¿Has visto, Jesse? Se nos ha envalentonado el chico. Ja, ja, ja. Estabais tan monos abrazaditos, durmiendo entre las velas. ¡Qué romántico!

El hombre estaba abstraído y su silueta no se movía lo más mínimo. La mujer comenzó a susurrarle algo al oído, e instantáneamente levantó la cabeza hacia él. En la oscuridad Jacob no podía ver su rostro, pero sintió que lo estaba mirando como si estuviese observando a su peor enemigo.

—¿Qué le estás diciendo?

El susurro continuó durante varios segundos más, mientras una sensación entremezclada de miedo y rabia se apoderaba de él.

—No se acordará de nada, no te preocupes —dijo la joven.

—Amanda ya no está —repitió el hombre con voz pausada e inerte—, se esfumó..., desapareció. Ay..., qué pena..., ¿verdad?

Oír de él las mismas palabras que pronunció la mujer lo hizo entender que algo no era normal. Cuando comprendió que estaba bajo el dominio de ella, no tuvo tiempo de hacer nada. El hombre se le abalanzó y, con unas manos firmes, comenzó a apretarle el cuello. Jacob forcejeó con él, golpeándolo en la cara con los puños, pero no consiguió nada. Estaba a punto de desmayarse, cuando la sensación de no haber podido proteger a Amanda se apoderó de él, haciéndolo sacar fuerzas de donde no las tenía, haciéndolo reflotar con coraje desde el fondo de su corazón.

—Escúchame —dijo con ira, casi sin poder respirar, intentando con sus manos zafarse de la asfixia—, nunca te librarás de mí.

El hombre mantuvo la presión sobre su cuello, con una rabia desmedida y sin control, mientras la mujer permanecía inmóvil riendo sin parar.

—¡Vamos! ¿A qué esperas para acabar con él?

En ese instante, en una de las esquinas del sótano, se despertó Amanda aturdida y miró a su alrededor atemorizada de no encontrarse en el cuarto rodeada de velas.

—¿Jacob? —dijo confusa.

El hombre y la mujer giraron la cabeza hacia la zona donde ella estaba, sorprendidos de que se hubiese despertado, y Jacob aprovechó el milisegundo en que el hombre relajó la presión con sus manos para dar un último empujón, y ladearlo hasta tenerlo debajo de él.

—¡Amanda! ¡Corre! ¡Vete de aquí!

Amanda, sin saber qué hacer, pero llena de la energía que da el miedo, salió corriendo hacia las escaleras, mirando de reojo hacia la oscuridad que dejaba atrás con la mayor de las preocupaciones que había tenido en su vida: que Jacob estuviese bien.

—¡Corre! —gritó de nuevo Jacob, mientras agarraba al hombre de la camisa y lo comenzaba a golpear ante la inexpresividad tranquila de la mujer.

Jacob se acercó en la oscuridad al rostro del hombre, mirándolo con rabia, mientras su cara entumecida por los golpes temblaba de los nervios y la ira. En la oscuridad Jacob no distinguía bien el rostro de su agresor, pero este sí que veía sus ojos azules brillar en la oscuridad llenos de una ira irrepetible.

—Mírame bien, hijo de puta, porque no me vas a olvidar en tu vida —le susurró.

La joven comenzó a reír a carcajadas, sin embargo, Jacob no prestó atención a nada, hasta que escuchó el grito de Amanda junto a las escaleras.

El chillido hizo que levantase la vista hacia ella, y cuando vio que varias siluetas oscuras bloqueaban la puerta, comprendió que iba a incumplir su promesa de protegerla. Sus lágrimas comenzaron a caer sobre la cara del hombre, y en ese mismo instante, Laura dejó de reír y lo golpeó en la cabeza, convirtiéndolo todo en oscuridad.

Al abrir los ojos no había nadie. Las siluetas habían desaparecido y Amanda también. El rostro de Jacob se apoyaba contra la tierra del suelo, y al levantarse, recordó entre sollozos las imágenes que vio al despertarse en el salón de su casa, cuando su padre lo dejó inconsciente meses atrás: la mesilla de cristal rota, las fotos de sus padres, el dolor en el costado por las patadas. Le sangraba la cabeza ligeramente, pero no le importó, al sentir, una vez más, la pérdida de lo que más quería.

—¿Amanda? —gritó aturdido. No sabía cuánto tiempo había pasado, así que salió corriendo escaleras arriba, cuando escuchó el ruido de un coche que arrancaba.

—¡Amanda! —volvió a gritar con fuerza mientras salía de la casa.

Vio alejarse las luces rojas de un coche y, con ellas, su última esperanza para ser feliz. Salió corriendo y gritando, intentando perseguirlo, pero a los pocos minutos de carrera ya se había perdido en el horizonte.

Capítulo 84

24 de diciembre de 2013. 00.34 horas. Boston

Al cortarse la llamada con Steven me muero por dentro. ¿Qué ha entendido? ¿Qué va a hacer? ¡Dios santo! ¿Va a asesinar a Claudia Jenkins? ¿Qué he hecho? ¿En qué me he convertido? ¿En una simple marioneta? ¿En un títere más? ¿Igual que Steven? ¿Quién soy? Una vida sin vida, unos sueños sin sueños, un amor perdido para acabar convirtiéndome en un juguete con el que seguir masacrando vidas. ¿Eso es lo que soy? ¿Cómo he podido caer en esta maldita trampa?

Quien me ha llamado sabía lo que haría, sabía que llamaría a Steven y que pronunciaría esas palabras. Sabía que la llamada se cortaría en el momento justo para sacar las cosas de contexto, para hacerle creer que tenía que asesinar a Claudia Jenkins. Ella no merece morir. Quizá lo que dicen es cierto y el destino está escrito. ¿Cómo sabían si no que pronunciaría esas palabras?

Comienzo a llorar desconsolado, y con el fuego acuciante rodeándome por todas partes y golpeando con sus brasas mi cara, me derrumbo. Me siento en el escritorio y espero mi muerte. ¿Para qué vivir si no he cumplido mi promesa de protegerte, Amanda? He acabado con seis pero son muchos más. Moriré aquí dentro y ellos seguirán con su espiral de destrucción: quebrantando sueños, destrozando vidas, aireando ilusiones, desgranando futuros, eliminando aspiraciones y, sobre todo, dilapidando amores.

En el instante en que pierdo la esperanza de sobrevivir, me fijo en que encima del escritorio, delante de mí, ha estado durante todo el tiempo un libro con tapas de piel en el que no me había fijado. La luz del flexo sigue parpadeando, aunque ya no hace falta, puesto que las llamas iluminan la habitación con su color naranja.

Agarro el libro, buscando una última visión antes de sucumbir al humo negro que se está apoderando del techo. Lo abro por la primera página, y el corazón se me desboca:

—¡¿Amanda?!

Una fotografía de Amanda está pegada sobre el papel. Ella está entrando en la licorería, al tiempo que sale una señora mayor. La foto la han tomado desde la lejanía, como si estuviesen espiándola. ¡¿Son las fotos de cuando la seguían?! Paso una página más, y se ve a Amanda corriendo por la calle a oscuras mirando hacia atrás. En ella veo su rostro de pánico, y cierro el puño con tal fuerza que me clavo mis propias uñas. Su rostro me hace darme cuenta de hasta qué punto ella les temía, y yo no pude hacer nada por salvarla.

Paso la página y al ver la siguiente foto, el corazón me oprime el pecho con tanta fuerza que lo siento latir con virulencia. En la imagen se ve a Amanda atada a una silla en el centro de una habitación, con cegadores focos apuntándola, mientras una mujer con una bata blanca está inclinada hacia ella, y le muestra en la mano cuatro dedos delante de su cara.

—¿Qué diablos significa esto? ¿Qué le hicisteis?

La paz que estaba sintiendo momentos antes frente a la idea de morir se ha convertido ahora en odio.

Paso la página y se ve a una chica mayor, de unos veintidós o veintitrés años, entrando en la oficina de alistamiento del FBI. Sin ninguna duda es Amanda, reconozco su pelo cobrizo que destaca sobre su piel. La fotografía igualmente ha sido tomada desde lejos, pero claramente veo su rostro.

—¿Estás viva, Amanda? —grito.

Paso una página más, y la última fotografía es distinta. Es una imagen de un anuario en blanco y negro.

Amanda mira de frente a la cámara con el logo del FBI de fondo. Aunque algo mayor que en la anterior foto, no me cabe duda de que es ella, con su mirada, su sonrisa y sus anhelos de alegría. Al leer el pie de página, me quedo sin palabras: «Stella Hyden».

¿Qué significa esto? La voz del teléfono pronunció su nombre. ¿Quiere decir que es ella? ¿Amanda es Stella Hyden? ¡No puede ser! ¡Es imposible! Vuelvo un par de páginas atrás, y comprendo que lo que le estaban haciendo a Amanda en la silla no era otra cosa que eliminar su mente, sus recuerdos, y transformarla en una persona que no era. ¿Acaso eso se puede hacer? ¿Acaso se puede olvidar un amor?

—¡No! —grito colérico.

Me levanto de un salto y recobro las fuerzas para luchar. Agarro la silla y comienzo a golpear la ventana con todas mis fuerzas. Ya casi no se puede respirar, y hace rato que he dejado de oír llantos y gritos desde el salón. Sigo golpeando, más y más fuerte, reviviendo en cada golpe el recuerdo de Amanda, recuperando la ilusión de que la veré con vida, que me mirará, que la miraré, y que me seguirá queriendo. Porque no hay nada más fuerte que un amor juvenil, no hay nada, absolutamente nada, que me pueda separar de ella.

Con el último golpe en el que casi caigo exhausto, revienta la ventana y cae hacia el otro lado. No tengo tiempo de pensar, y cuando creo que el fuego me va a alcanzar, salto por la ventana.

Son varios segundos los que dura el vuelo, pero es como si el tiempo se parase. Todo se ha quedado inmóvil y soy yo el único que se mueve precipitándose al jardín, mientras el aire fresco me acaricia y me transporta de nuevo a Salt Lake. Ni siquiera oigo el crepitar del fuego, solo escucho el grito que Amanda vociferó cuando vino a mi encuentro. Me recreo en cuánto duró nuestra noche juntos, en cómo nos besamos a la luz de las estrellas.

Al caer sobre el césped me duele todo, pero nada comparado a lo que siento por dentro. La vitalidad que me invade me da fuerzas para levantarme y darme cuenta de que tengo la ropa en llamas. Me la quito a toda prisa sin pensar, antes de que me queme la piel.

—Ha estado cerca —me digo.

Me he quedado desnudo pero no me importa. Noto la brisa de la noche acariciar mi piel, y no hay sensación más agradable que la de un deber cumplido. Tengo que seguir con mi plan: hacer que me detengan y enfrentarme al doctor Jenkins. No he olvidado lo que hizo. Me separó de Amanda y destrozó mi vida. Solo espero que Steven no haga ninguna locura.

Si Amanda sigue viva estoy seguro de que acabaremos juntos, puesto que si el destino existe, sabe que estamos hechos el uno para el otro.

Tengo las manos manchadas de sangre y llenas de magulladuras. Sobre el césped está la mochila donde dejé el libro con todos los nombres de las víctimas y que acabé lanzando por la ventana junto a la cabeza de Jennifer Trause. Saco el libro del interior con decisión, sabiendo lo que implica, y mirándolo con odio. Ya no me importa nada más, así que escribo en la última página, con la sangre de mis dedos, el lugar donde se inició todo, con la esperanza de que lo encuentre alguno de los que forman este maldito grupo de locos, y sepan dónde pienso encontrarlos: «Salt Lake».

Lo dejo debajo de los restos de mi ropa que no se han quemado y me muero por dentro al ver, a escasos metros de mí, la cabeza de Jennifer Trause. La levanto con lágrimas en los ojos y, con la firme decisión de recuperar a Amanda, cruzo la verja caminando hacia el centro de la ciudad, dejando tras de mí el horror de una noche sin fin.

Capítulo 85

16 de junio de 1996. Salt Lake

Steven conducía nervioso, implorando al cielo que nada grave le hubiese ocurrido a Amanda. El Ford azul recorría a toda velocidad las sinuosas curvas de la carretera de Salt Lake, zigzagueando de izquierda a derecha, mientras se temía lo peor. No sabía dónde estaban Kate y Carla, y por un segundo se le pasó por la cabeza que quizá a ellas también les había ocurrido algo. Comenzó a llover ligeramente y la luna del coche se llenaba con pequeñas gotas que rápidamente se esfumaban en el aire.

En una de las curvas alguien se le cruzó en mitad de la carretera con las manos en alto haciéndole gestos desesperados de que parase. Steven lo vio porque su silueta quedó iluminada por los faros del coche, pero estuvo a punto de atropellarlo. Se acordó del accidente que tuvo el día anterior con el tipo que iba a ser padre y el corazón se le desbocó.

—¿Señor Maslow?, ¿es usted? —gritó Jacob. Tenía el pelo mojado, los pómulos rojos y la mirada llena de desesperación.

—¿Jacob? ¿Y Amanda? ¿La has visto?

—Señor Maslow, ayúdeme, por favor, dos personas se la han llevado. Me desperté y ya no estaba.

Aquellas palabras martillearon el alma de Steven, e hicieron que las manos le temblasen. Instintivamente, Steven se bajó del coche, y agarró a Jacob del brazo con la intención de calmarlo.

—¿Dónde estabais? —dijo.

—Aquí en casa de mi tío, detrás de esos árboles. Esa casa en construcción. Me desperté y no estaba. Lo siento muchísimo, señor Maslow. Bajé al sótano y un hombre y una mujer la habían dejado dormida. Había un enorme asterisco en la pared, y entonces me golpearon, y había más gente, y...

—Cálmate, Jacob —dijo—. ¿Por dónde se han ido?

—Hacia el centro del pueblo. Por favor, señor Maslow, ayúdeme. No he podido salvarla, por favor, lo siento.

La voz de Jacob se había quebrado con los gritos de ayuda y Steven percibió que, a pesar de mantener la compostura, su nerviosismo y, sobre todo, su decisión de proteger a Amanda eran lo más férreo que había visto en un chico tan joven.

—Quédate aquí, Jacob.

—¡Iré con usted!

—¡Quédate aquí! —gritó con rabia.

Steven se montó en el coche cerrando la puerta de un golpe. Su rostro se había transformado y, con los ojos cargados de ira, arrancó.

—Déjeme ir con usted, Amanda es todo lo que tengo —dijo Jacob rompiendo a llorar.

—¡No! —gritó.

Apretó el acelerador, dejando a Jacob en mitad de la carretera, con la lluvia cayendo sobre él y observando cómo las dos luces rojas se alejaban a toda velocidad. Entre lágrimas, Jacob metió la mano en uno de los bolsillos de su pantalón, y sacó una nota amarillenta, cuya tinta se diluía poco a poco con la lluvia: «Amanda Maslow, junio de 1996».

Cerró el puño con rabia, estrujando la nota, y sintiendo que su vida ya no iba a ser la que había soñado. Jacob todavía se sentía turbado por esa sensación de felicidad efímera pero real que había experimentado junto a Amanda. Se le acumularon de golpe todas las experiencias recientes vividas: la muerte de su madre, la huida de su hogar y la soledad que sentía allá donde estuviese... Y entonces se dio cuenta de cómo lo había superado todo gracias a Amanda. Ella se había convertido en su luz al final del túnel y en su amor para siempre. Se dio cuenta de que ella ya no estaba y gritó con todas sus fuerzas al cielo.

Steven conducía a toda velocidad. La lluvia empañaba el cristal y apenas le permitía ver bien por dónde iba. Daba volantazos a un lado y al otro, intentando encontrar un coche en la oscuridad de Salt Lake, solo interrumpida por la luz centelleante de la feria. A los pocos minutos, a lo lejos, vio las dos luces traseras de un coche que, sin duda, huía de la misma zona a toda prisa.

Apretó el acelerador e intentó darle caza, mientras ambos coches se dirigían imparables hacia la zona de la feria. Desde donde estaba Steven, se apreciaban dos siluetas a través del cristal.

—No iréis a ninguna parte —susurró decidido.

Steven aceleró aún más. Las revoluciones del motor y el roce de las ruedas contra el asfalto mojado creaban una siniestra melodía perfecta para los peores planes. Ambos vehículos circulaban por las inmediaciones de la feria a toda velocidad, cuando sintió un fuerte golpe contra el parachoques del coche.

Todo sucedió tan deprisa que nadie pudo hacer nada.

La luna delantera se rompió en mil pedazos y Steven se quedó petrificado sujetando el volante con las manos que no paraban de temblarle. Frenó en seco, perdiendo de vista al coche que perseguía, pero temiéndose lo peor. Desde la feria se escuchaban los gritos de pánico, la música dejó de sonar y los gitanos ya no vociferaban las maravillas de sus cacharros inservibles. Steven se bajó del coche lentamente, mientras sentía cómo poco a poco se iba acercando la gente de la feria hacia él con cara de horror. En medio del tumulto que empezó a rodear el coche apareció Kate corriendo.

—¡Carla!, ¡Carla! —gritó rompiendo en llantos, mientras se tiraba al suelo.

Steven se arrodilló llorando con las manos en la cabeza y abrazó el cuerpo de su hija.

—¡Por favor, no! ¡Por favor!, Carla, vida mía... ¡Por favor, no! —gritó Steven al cielo.

Capítulo 86

28 de diciembre de 2013. Salt Lake

Stella subió las escaleras de la casa y caminó por la salita, que hacía las veces de recibidor, más desconsolada y más aturdida de lo que había estado en su vida. Fuera se escuchaba aún el forcejeo de Jacob con el director, y al darse cuenta de que ya no se escuchaban los golpes de Laura contra la puerta de la casa, se asustó.

Instintivamente, se volvió sobre sí misma y apartó de un empujón las manos envejecidas de Laura que estaban a punto de agarrarla. Stella le hizo una llave y la tiró al suelo. Asustada, salió corriendo de la casa y pasó al lado de Jacob mirándolo de reojo mientras este le daba golpes al director.

—¿Me recuerda ahora? ¿Eh? —gritaba Jacob al director, mientras él no entendía nada. Su mente divagaba de un recuerdo a otro, de la muerte de Claudia a sus años en Salt Lake, de cuando conoció a Laura a cuando charlaba todas las noches con ella. Para él, Laura había desaparecido a los pocos días de nacer Claudia, pero nunca imaginó que él hubiese sido un títere en manos de su esposa—. ¡¿Me recuerda?!

Stella comenzó a hurgar entre el crecido césped del jardín buscando la pistola que había dejado caer Laura.

—Stella Hyden, tienes que morir, ¿entiendes? —dijo Laura con su voz mortecina bajo el marco de la puerta—. He soñado contigo. Tienes que morir. Así funciona. Eres Stella Hyden y he soñado contigo, tienes que morir o se acabará el mundo. Tiene que ser aquí en Salt Lake. Lo soñé así, una ciudad que desaparecía. ¡Sí, eso es! Una ciudad en la que poco a poco todo iba desapareciendo, como si no hubiese existido jamás. Esa ciudad es Salt Lake, ¿sabes? Aquí es donde te convertiste en quien eres. ¿Lo entiendes, Stella? Es inevitable. El destino lo ha dicho. El destino ha dicho que Stella tiene que morir.

Laura caminaba hacia ella con una mano tras la espalda, hablando rápidamente y sin conectar una frase con la otra, haciendo que Stella se perturbase más. Pero de pronto la agente sintió la pistola entre el césped y la levantó con decisión.

—¡Quieta! ¡Enséñame las manos!

Laura seguía acercándose, y comenzó a reírse sin emitir sonido alguno. Mientras caminaba, gesticulaba con la boca como si estuviese hablando con alguien y movía la cabeza de un lado al otro.

—¿Lo entiendes, Stella? Es simple, tú mueres y ya está. Aquí es. Sí, aquí. En Salt Lake. Tienes que morir porque así funciona. No. No hay otra manera.

—¡No te acerques!

—Quise cambiarlo hace mucho, ¿sabes? Pero no. No se puede. Tienes que morir. Hice un trato. La vida de mi hija a cambio de conseguir a alguien más que nos ayudase. Steven se pondrá triste, pero es eso. Ahí está. No, no se puede cambiar. ¿Lo entiendes? No. No hay otra manera. Ja, ja. Es inevitable. El destino pesa. El destino lo es todo, Stella Hyden.

En ese instante, Laura levantó la mano y dejó ver un afilado cuchillo alzarse sobre su cabeza.

Jacob volvió la mirada hacia Stella, y por un momento pensó en que la perdería de verdad. Se levantó con rapidez, intentando llegar hacia Laura, pero en mitad de la carrera, Stella dijo:

—Yo soy Amanda Maslow.

Y disparó.

Laura cayó de espaldas sobre el césped e, instintivamente, el director salió corriendo hacia ella. No se acercaba ni tan siquiera a la imagen que recordaba de Laura, pero tenía tantos interrogantes, tantas preguntas en el aire, que empezó a llorar al ver que todas las respuestas se desvanecerían con ella.

—Laura, por favor. ¿Por qué? ¿Qué hiciste? ¿Qué me hiciste?

La sangre le había comenzado a salir abruptamente del abdomen, y el director le apretó la herida, tratando de cortar la hemorragia con desesperación.

—Lo siento, Jesse —susurró Laura—. No se puede engañar al destino.

—¿Qué dices, Laura?, ¿qué quieres decir?

—Soñé con Claudia y decidí protegerla. Ellos la habrían matado. Lo intenté. Me alejé por ella. Pero no se puede cambiar el destino. No se puede —dijo dolorida.

—¿Qué me hiciste, Laura? ¿Por qué?

—Tú cuidarías de Claudia. ¿No lo entiendes? No recordarías nada y tú te encargarías de cuidarla. Saldrías de mi vida. El resto no habría dejado que te fueses sin más. Necesitaba alejarte, pero necesitábamos a alguien más. Lo sabías todo y necesitábamos ser siete. Así que lo hicimos.

—¿El qué? ¿Qué hicisteis?

Laura no respondió.

—¡¿Laura?! ¡Laura!

El director comenzó a gritar maldiciendo al cielo su vida. Por su mente pasaron las imágenes de la cabeza de Claudia, su primera conversación con Jacob en la sala de interrogatorios, su vida criando a su hija en solitario, la *bella vita*, su despertar en el hospital, la muerte de Laura en sus brazos... Sus recuerdos se agolparon uno tras otro en su mente con tal impacto que lo sacaron de sí mismo.

—¡Ah! —gritó colérico.

Se levantó con rabia y comenzó a dar patadas al suelo, a lanzar puñetazos al aire, a odiar su vida con todas sus fuerzas.

—Cálmese, doctor Jenkins —dijo Amanda, aún aguantando la pistola humeante—. No quiero dispararle.

—¿Que me calme? ¿Que me calme? ¿Quién se cree que es para decirme que me calme? ¿Quién? —gritó el director, alzando la voz cada vez más y gesticulando con los brazos.

—Doctor Jenkins —dijo Jacob con voz serena, interponiéndose entre Amanda y el director—, no se acerque ni un paso más. Ya ha causado suficiente daño. Claudia no querría verlo así.

—¿Claudia? ¿Cómo te atreves a mencionarla?

—Doctor Jenkins, no haga ninguna locura.

—¡Ya no queda nada de mi vida! ¡Nada! —vociferó al cielo mientras los ojos se le inyectaron en sangre.

Se abalanzó sobre Jacob con tal velocidad que Amanda no pudo hacer nada. Ambos cayeron al suelo y comenzaron a forcejear con los brazos intentando dominar al otro. Amanda levantaba el arma, pero los cambios de posición de Jacob y el director eran tan rápidos que no se atrevía a disparar. En una de las vueltas, el director agarró el cuchillo que se encontraba junto al cadáver de Laura y lo alzó con decisión hacia Jacob. El cuchillo dibujó una trayectoria directa hacia el pecho de Jacob, pero este consiguió evitarlo cuando apenas notó que su punta se clavaba ligeramente sobre las costillas. Lo aguantó como pudo entre sus manos durante unos segundos, mientras Amanda no sabía qué hacer.

—¡Dispara! —gritó Jacob—. ¡Vamos!

—¡No puedo!

—¡Dispara, Amanda!

No era la primera vez que escuchaba su nombre pronunciado por la vibrante voz de Jacob, pero le llegó al alma de tal manera que se armó de valor y, decidida, centró el disparo hacia el director. Cuando estaba a punto de apretar el gatillo, justo antes de que Jacob no pudiese aguantar más la fuerza del director, sintió cómo alguien pasaba veloz por su lado. Fue una brisa tan enérgica, con tanto vigor, que se quedó paralizada y se le erizó la piel como si hubiese probado un sorbo del mejor vino.

Unas manos recias rodearon el pecho del director, que sintió cómo lo arrancaban de su único objetivo y le arrebataban el cuchillo con la misma facilidad. Amanda no reconocía la silueta del hombre que le daba la espalda frente al doctor Jenkins, pero le resultaba tan familiar y protectora que se le encogió el corazón.

Al caer al suelo de espaldas, el director contempló cómo Steven lo miraba amenazante. Sin darle tiempo, Steven se acercó a él y lo noqueó de un puñetazo portentoso.

—¿Papá? —dijo Amanda mientras las lágrimas recorrían su rostro.

Capítulo 87

16 de junio de 1996. Salt Lake

Kate lloraba al pie de la cama en la que se encontraba Carla en coma, mientras Steven daba vueltas aturdido por la habitación. No sabía qué decir. Desde que habían llegado al hospital Kate no le había dirigido la palabra. El silencio imperaba entre ellos dos con la misma solemnidad que el pánico. Era un silencio tan denso, que Steven se refugiaba en cada pitido incesante del monitor cardiaco. Esos pitidos lo tranquilizaban y suponían para él la esperanza de que Carla sobreviviese.

Dos policías, uno rubio y otro moreno, se asomaron al arco de la puerta de la habitación y les hicieron señales para que saliesen. Kate se levantó de golpe y adelantó a Steven rápidamente:

—¿La han encontrado? —preguntó Kate con la voz desgarrada.

—Señor y señora Maslow —dijo el moreno mientras caminaban por el pasillo—, hemos enviado a todas las unidades a rastrear el pueblo y las inmediaciones en busca de Amanda. —Hizo una pausa al ver la cara de esperanza de Kate. Agachó la cabeza y continuó—. Lamento decirle que no hemos encontrado nada.

—¿Cómo que no han encontrado nada? —gritó Kate.

—No hay nada. No hemos visto esa camioneta que usted menciona, ni nadie la ha visto por ninguna parte. Hemos hablado con el chico, Jacob, y el pobre lleva toda la madrugada corriendo por el pueblo dejándose la voz gritando su nombre. Según nos ha contado, no recuerda claramente las caras de ninguna de las personas que se la llevaron. Está conmocionado. Nos ha dicho que no parará hasta encontrarla, pero sinceramente, cada hora que pasa perdemos un poco más la esperanza.

—Pero tienen que encontrarla —gritó Steven—. ¿Cómo va a desaparecer sin más?

—Hemos buscado huellas en el sótano de esa casa, pero no hemos encontrado absolutamente nada. El asterisco, solo eso. El mismo que había en su trastero. Me duele decirles esto, pero prepárense para lo peor.

Kate se dejó caer de rodillas al suelo y gritó desconsolada por Amanda, y en su interior se lamentaba por no haberla dejado en Nueva York en un primer momento. La culpabilidad y el dolor los atrapó a los dos con tanta virulencia que les impidió seguir escuchando al policía moreno, mientras el rubio observaba la conversación con una inexpresividad familiar.

De repente, una luz roja de alarma se iluminó en el pasillo y rápidamente varios enfermeros corrieron hacia la habitación de Carla. Kate abrió los ojos llenos de terror.

—¡Carla! —gritó.

Pegó un salto y se incorporó abrumada por el pánico. A Steven se le paró el corazón al sentir cómo su hija iba a morir por su culpa, pero cuando todos entraron en la habitación y se agolparon en la puerta, se quedaron petrificados.

La cama estaba vacía y Carla había desaparecido.

Capítulo 88

28 de agosto de 1996. Nueva York

La casa estaba sumida en un aura tan desoladora y en un gris tan perturbador que Steven se sentía muerto por dentro. Desde la desaparición de Amanda y Carla, Kate y Steven habían dejado de hablar el uno con el otro. Él se sentía tan desdichado, tan abrumado por la presión de la culpabilidad que era incapaz de pensar en otra cosa que no fuese en sus hijas. La luz apenas entraba por las ventanas, cuyas cortinas siempre permanecían cerradas. Tras lo sucedido en Salt Lake, Steven dejó el bufete y se entregó a la pena, sin importarle nada más. Se pasaba largas horas llorando en el cuarto de las niñas, hojeando sus libretas y mirando sus fotos, su ropa. No hacía caso a los continuos llamamientos de atención de Kate, que lloraba día sí día también en la cama. Ya había intentado suicidarse en dos ocasiones, y las continuas visitas de los psicólogos no conseguían hacerle ver que la vida continuaba, y que por muchos agujeros insalvables que esta tuviese, todo seguía adelante. El correo se amontonaba en la entrada de la casa, y Steven, con una incipiente barba como nunca había tenido, ignoraba, sumido en su propia pena, las continuas llamadas de teléfono de viejos amigos y familiares.

Steven se encontraba en el sofá con la mirada perdida, llorando más que nunca. Era el decimoséptimo cumpleaños de Amanda, y la sola idea de no tenerla a su lado junto con la pequeña Carla lo destrozaba por dentro.

De repente, el teléfono comenzó a sonar insistente. Lo ignoró durante algunos momentos, hasta que, en ese mismo instante, alguien llamó a la puerta, con tres golpes tan firmes y abrumadores que lo sacaron de su trance y lo hicieron pensar que la persona al otro lado estaba dispuesta a echarla abajo. Miró hacia la puerta y se le paró el corazón al ver cómo, por la rendija, entraba velozmente un sobre marrón.

Se levantó y se acercó a la puerta preocupado.

—¿Sí? —dijo.

No respondió nadie.

La abrió de par en par, pero tampoco había nadie al otro lado.

Volvió extrañado sobre sus pasos y se agachó para coger el sobre. Era de tamaño estándar y no tenía remitente ni destinatario. Lo abrió con curiosidad, y cuando sacó el contenido del sobre se quedó inmóvil: era una fotografía de Amanda, atada a una silla de madera, amordazada y con los ojos vendados.

—¿Amanda? —dijo. Por su mente pasaron un millón de pensamientos, en un relámpago de emociones que lo perturbaron.

Instintivamente le dio la vuelta a la fotografía, y allí estaba, un perfecto asterisco de nueve puntas, idéntico al que habían encontrado en el sótano de la casa del tío de Jacob cuando desapareció.

Su mente se convirtió en un auténtico caos de emociones de culpabilidad y de pena por su hija. La rabia se apoderó de él, y justo en el momento en que las lágrimas comenzaron a caer por sus mejillas, el teléfono volvió a sonar con su estridente melodía.

Se acercó con miedo al auricular, y lo descolgó:

—¿Quién es? —dijo con la voz desgarrada.

—Hola, Steven —dijo una voz femenina al otro lado del auricular—. Supongo que ya habrás visto la foto.

—¿Qué quieres? —gritó—. ¿Dónde está Amanda? ¿Qué le habéis hecho? ¿Está bien?

—¿Quieres volver a verla? Hay una manera de que recuperes a tu hija.

—Haré lo que sea. Os daré lo que sea. Tengo dinero. Puedo conseguir cuanto me pidáis.

—¿Dinero? No.

—¿Qué queréis? Pídemelo y haré lo que sea.

—Diecisiete años de tu vida.

—¿Qué?

—Amanda acaba de cumplir diecisiete años. Puedes recuperar a Amanda si nos entregas diecisiete años de tu vida.

—Haré lo que sea, pero dejadla ir. Haré lo que queráis.

—Te diremos cómo encontrarla dentro de diecisiete años, cuando hayas cumplido lo que te pedimos.

—Por favor, decidme qué tengo que hacer para que la dejéis libre.

—En algún momento de los próximos años, recibirás una nota y una fecha. Puede que sea mañana, o puede que nunca ocurra. Pero si quieres recuperar a Amanda, tendrás que hacer lo que te pidamos cuando llegue el momento.

—Lo que sea, pero no le hagáis nada. —Lloró.

—Si vas a la policía, Amanda morirá. Si le cuentas esto a alguien, Amanda morirá. Si no cumples con lo que te decimos, Amanda morirá —aseveró la voz.

—Solo decidme que está bien.

—Adiós, Steven.

—Por favor, por favor. ¿Y Carla? ¿Está bien?

—...

Y colgó.

Capítulo 89

28 de diciembre de 2013. Salt Lake

—¿Amanda? —gritó Steven entre lágrimas—. ¿Eres tú?

—¡Papá! —dijo corriendo hasta abrazarlo. Sus delgados brazos lo rodearon y sintieron la áspera piel de Steven, ajada por una vida de abandono.

—Hija, lo siento. Siento no haberte protegido. Lo siento tanto. Gracias a Dios, estás aquí.

Se arrodilló frente a ella, mientras Amanda intentaba hacer que se mantuviese en pie a su lado. Se agachó hasta ponerse a su altura, sin saber qué decir ni qué hacer.

—Papá, ya estoy contigo otra vez. —Lloró.

Steven la abrazaba entre sollozos, mientras temblaba de la alegría. Estaba muerto por dentro por todo lo que había tenido que hacer, pero sentir de nuevo a Amanda a su lado hizo que resurgiera desde las profundidades de sí mismo con un vigor tan doloroso y vital que no podía apenas articular palabra.

—Lo siento, Amanda. Me... he martirizado toda la vida por recuperarte y estás aquí. Tan..., tantos años.

—Siento no haber estado. Lo siento.

—Tú no tienes culpa, hija. No te protegí como debía. No te creí. Perdóname, hija, por favor, perdóname. Dime que estás bien. Dímelo.

—Estoy bien, papá. Estoy bien. No llores más, por favor —dijo entre sollozos.

Permanecieron en silencio abrazados durante varios minutos, mientras Jacob observaba la escena con la solemnidad de quien espera una vida nueva. Observaba cómo Steven abrazaba a su hija y sentía cada sensación de estar junto a ella: el olor de su pelo, el sonido de su respiración, el tacto de su abrigo. Se le saltaron las lágrimas al saber que Amanda ya era ella y estaba viva. La había tenido delante de él durante las entrevistas y la había reconocido nada más oír su voz. En el instante en que se asomó por la puerta de la sala de confinamiento y saludó al director ya supo que era ella. Le costó mantener su compostura, teatralizar su locura, introducirle recuerdos poco a poco sobre él, y sobre Salt Lake, prepararla para la verdad, pero lo que más esfuerzo le supuso, sin duda, fue no levantarse y besarla nada más sentirla cerca.

Susurrarle al oído que era él, su Jacob, el de hace tantos años; que ella era Amanda, su vida, y el motivo por el que luchaba cada día por ser feliz.

Steven levantó la vista y lo vio llorar junto a ellos, mirándolos de pie, inmóvil de felicidad.

—Ven aquí, hijo —dijo entonces, levantándose y abrazándolo—. Gracias, Jacob. Nunca perdiste la esperanza.

Jacob no respondió. No podía. Tenía un nudo en la garganta que no lo dejaba hablar. Amanda se levantó y se acercó a él. Steven lanzó un gesto de complicidad a su hija con la mirada y se alejó para dejarles intimidad.

Amanda y Jacob se miraron entre lágrimas y, como si no hubiese pasado ningún minuto desde que pasaron la noche bajo un mar de velas, él se acercó despacio hacia ella, temeroso de tocarla y que se desvaneciese, de acariciarla y que no fuese real. Se aproximaron poco a poco sin creer todavía que estuviesen el uno frente al otro. Jacob levantó las manos con delicadeza y le acarició ligeramente la cara. Amanda cerró los ojos un segundo, sintiendo la interminable caricia de Jacob como la más verdadera que nunca podría haberse imaginado.

—No llores, por favor —susurró él.

—¿Cómo no voy a llorar? —preguntó Amanda—. Estás conmigo, como me prometiste.

Sus frentes se tocaron y ambos se sumergieron en las profundidades del amor adolescente. Rememoraron simultáneamente su encuentro en el porche de la casa de Amanda. Ella en pijama y su grito de sorpresa al verlo, las risas de los dos tumbados por la noche sobre la madera observando el techo y el interminable beso sobre la barca en Salt Lake.

De repente, Jacob la agarró con fuerza por la cintura, decidido a no dejarla ir nunca más, y la besó.

En el tiempo que duró el beso, Steven ató a un árbol al director, que seguía inconsciente, y revisó el cuerpo de Laura, buscando desesperadamente una pista que pudiese ayudarlo a encontrar a Carla. En su más profundo ser, esperaba que su otra hija estuviese viva también en alguna parte y que no los hubiese olvidado. Rebuscó entre sus bolsillos, y encontró un trozo de papel de periódico escrito. Reconoció la letra al instante, la misma que él recibía siempre, así que comprendió que era Laura quien escribía las notas. La leyó en voz alta sin prestar atención a lo que leía, pero instantáneamente se dio cuenta de que esta era distinta a las demás: «Stella Hyden, fin de los días».

—Jacob —dijo, interrumpiendo el mundo que habían formado Jacob y Amanda, en el que se susurraban cosas al oído y se maravillaban mirándose el uno al otro—, ¿qué significa esto?

Jacob se acercó y contempló la nota algo nervioso, pero seguro de que nunca más lo separarían de ella.

—Yo era Stella Hyden —dijo Amanda.

—¿Tú? Te perseguirán hasta encontrarte —dijo Steven preocupado.

—No lo harán —respondió Jacob—. No lo permitiré.

—¿Cómo estás tan seguro? —dijo Steven.

—Porque yo no soy Stella Hyden —aseveró su hija—. Yo soy Amanda Maslow.

Jacob la miró con la ilusión de haber recuperado todo cuanto quería, pero sabiendo que en cuanto llegase el FBI a Salt Lake lo llevarían de vuelta a una prisión o a un complejo psiquiátrico. No le importaba. Sabía que ya podía mencionar la existencia de la mansión, el libro con todos los nombres de las víctimas de los últimos años, y en poco tiempo estaría libre. Podía demostrar que él no había decapitado a Jennifer Trause, lo único que realmente tenía que probar. Steven se abrumó por la certeza de que pasaría el resto de su vida en la cárcel si se entregaba, pero la culpabilidad ya le pesaba tanto y el dolor de tantos años a la deriva lo martirizaba de tal manera, que la sola idea de pagar por haber repartido tanta desolación y haber recuperado a su hija, lo conmovió e hizo que esperase el momento con esperanza.

—¿Qué haremos ahora? —dijo Amanda.

—Vivir —respondió Jacob con ilusión.

Esperaron abrazados la llegada del FBI durante varias horas, sentados en el jardín de aquella casa abandonada en un pueblo abandonado, frente a la vieja casa blanca de techos azules que los vio ruborizarse, contemplando las estrellas que permanecían idénticas a las de diecisiete años atrás, mientras Steven los observaba con la mirada de un padre feliz.

—Dime, Jacob —susurró Amanda—, ¿cómo sabías que me asignarían tu caso? ¿Cómo sabías que estaría de apoyo para los interrogatorios con el doctor Jenkins?

—No lo sabía. —Sonrió—. Habrá sido el destino.

Epílogo

Julio de 2014. Sitio desconocido

La luz de la luna se colaba por las claraboyas del techo en el largo pasillo del monasterio en el que dos monjes caminaban silenciosos, ataviados con una túnica negra que les cubría parte del rostro. Uno de ellos llevaba una bandeja de plata con una jarrita de metal con agua y un plato hondo de cobre, lleno hasta arriba de un caldo marrón espeso. Durante el recorrido por el pasillo, había momentos en los que estaban completamente a oscuras, y otros, en los que las velas y los claros en el techo creaban una solemne iluminación tenue. Al llegar al final, otros dos monjes escoltaban una enorme puerta de madera cerrada. Al ver a los portadores de la comida asintieron ligeramente y se apartaron para dejar paso.

—Silencio —susurró uno de ellos.

El que acompañaba al de la comida abrió la puerta ligeramente, tratando de que las viejas bisagras no chirriasen. El interior de la habitación estaba completamente a oscuras y no se veía nada más allá del arco de la puerta. El monje de la comida entró sigiloso, y caminó a oscuras y rodeado de silencio.

De repente, se escuchó una fuerte respiración cerca de donde él estaba, asustándolo y haciendo que dejara caer la bandeja en el suelo. Se quedó paralizado al notar cómo, desde el interior de la habitación, se movió una sombra que no conseguía ubicar.

La sombra encendió una pequeña lamparita, que iluminó ligeramente el cuerpo del monje y la bandeja en el suelo.

La visión que tuvo el monje de un delicado cuerpo femenino junto a la lamparita lo hizo temblar. La joven no hizo caso al monje y, rápidamente, cogió un pedazo de papel que tenía sobre la mesilla, junto a un teléfono antiguo, y escribió: «Jacob Frost, diciembre de 2014».

Instantáneamente, la joven se giró hacia el monje, y permaneció inmóvil ante la torpeza del portador de su comida. El monje la miró con cara de pavor y comenzó a temblar.

—Lo..., lo siento —dijo con la voz entrecortada—. Perdóname, Carla.

Agradecimientos

Doy las gracias de todo corazón a Ana, mi editora en Suma de Letras, por su arduo y concienzudo trabajo de edición de la novela y, especialmente, por escribirme aquel día de febrero. No me cabe la menor duda de que sin ella esta obra no sería la misma.

Dedico un agradecimiento especial a mi esposa, Verónica, por sus lecturas nocturnas en las que intentaba adivinar hacia dónde seguiría la trama después de cada capítulo, y por hacer de consejera y amiga en tantos aspectos de mi vida.

No me puedo despedir sin dar las gracias con todas mis fuerzas a los miles de lectores, soñadores y amantes del suspense, que adquirieron y leyeron la novela cuando se autopublicó en Amazon. Gracias por haber conseguido hacer realidad los sueños de un humilde escritor.

Este libro
se terminó de imprimir en España
en el mes de mayo de 2022